U0129841

修炼好文笔

人人都能妙笔生花

叶开——著

广西师范大学出版社

·桂林·

图书在版编目(CIP)数据

修炼好文笔：人人都能妙笔生花/叶开著.—桂林：广西师范大学出版社，2022.6(2023.4重印)

ISBN 978 - 7 - 5598 - 4998 - 4

Ⅰ.①修… Ⅱ.①叶… Ⅲ.①文学写作学 Ⅳ.①I04

中国版本图书馆 CIP 数据核字(2022)第 076622 号

修炼好文笔：人人都能妙笔生花

XIULIAN HAO WENBI：RENREN DOUNENG MIAOBISHENGHUA

出 品 人：刘广汉
策划编辑：王 檬
责任编辑：刘孝霞
装帧设计：李婷婷　王鸣豪
营销编辑：黄 屏

广西师范大学出版社出版发行

（广西桂林市五里店路9号　　邮政编码：541004
网址：http://www.bbtpress.com）

出版人：黄轩庄
全国新华书店经销

销售热线：021 - 65200318　021 - 31260822 - 898

山东韵杰文化科技有限公司印刷

（山东省淄博市桓台县桓台大道西首　邮政编码：256401）

开本：890 mm×1 240 mm　　1/32

印张：8.75　　　　　　　字数：210 千字

2022 年 6 月第 1 版　　　2023 年 4 月第 2 次印刷

定价：58.00 元

如发现印装质量问题，影响阅读，请与出版社发行部门联系调换。

前　言

就要给这本书写前言了，才惊觉时间过去了五年。

一本书也有自己的前世今生。

2016年夏天，广西师范大学出版社上海分公司、喜马拉雅电台和我三方合作一个写作音频课，当时起了两个名字：《写作，天天向上》和《修炼好文笔》。这个项目是广西师范大学出版社北京分公司前营销总监郭桴的创意，由编辑王檬、吴嫱霞具体对接，喜马拉雅制作人宋静、圆媛指导录制，喜马拉雅付费频道总监朱跃武监制。

那时我不太熟悉新媒体流程，一切都是新的。喜马拉雅公司位于张江高科技园，我每周两次去录音室录制音频。在年轻朋友的指导下，我戴上耳机，对着麦克风，在录音室里录了一遍又一遍，连续录了七八期。每次录制音频，王檬和吴嫱霞都要横跨整个上海，早早地从浦西赶到浦东。录音期间，不断重录的反复过程，也是一种难忘的体验。

有些新媒体作者是写好稿子，对麦克风读稿。而我不喜欢"读稿"，我喜欢自由发挥。自由发挥难免有不充分，或需继续推敲之处，但一些偶发灵感，却会照亮整个章节。这种突然照亮感，是一种难得的意外收获，写作者都十分珍视。不过要一口气说上十五分钟，做到内容扎实，又不离题脱缰，确实不易，以至于一次音频课，要反复录制多次才能通过。好在王檬、吴嫦霞、宋静、圆媛等年轻朋友都很"奈斯"，鼓励与"吹捧"不断，让我维持一点瓜蒂不断之信心。

后来"业务"熟练了，为提高工作效率，我们进行分工合作：我先拟定好新课大纲，发给王檬她们审定，然后，我在家里录好音频，发给她们编辑之后上传。

就这样持续坚持了一个月，终于把二十五节音频课都录完了。

当时，我也没有专业录音设备，只有一只手机、一根耳机线，用手机的"语音备忘录"功能来录制。上海电视台的著名主持人李蕾，让我以一块毛巾裹在麦克风上，如此可以抵消喷麦之类的杂音。多次录，多次回放，多次自我纠正，如此慢慢找到感觉，调整好情绪，然后开始录音，一口气说十五分钟。

当时，新媒体音频课刚刚兴起，我算是吃螃蟹者之一。课程推出后，喜马拉雅和广西师范大学出版社都做了宣传推广，产生了一定的反响，但没有达到理想的"大麦"状态。

事后反思，虽然可算是选题独特的写作音频课，到底音频的形式不是很契合写作的特性。

音频具有"非逻辑性"特点，扩散性很强。这种形式适合娱乐，听新闻，获取信息，但作为相对要求严格的写作课程，却缺乏实践练习的强有效性。写作学习需要具体写作训练，这不是听录音、做笔记，做一副若有所思的样子，就能真正提高的。写作是一种具体实践行为，就是写写写，然后，改改改改。不断地写，不断地改，才能提高写作水平。

写作音频课虽然制作起来耗费心血，但听众如果光听不练，也很难提高写作能力。

好在我们有后续计划，是把这次音频课整理修改后出版。

音频的"非逻辑性"特点，到了文字稿中可以变成强"逻辑性"，这样，每一课都可以让读者更清晰地思考，论述亦可增强逻辑合理性。尤其是探讨某个重要问题时，能够更从容、更充分地展开。行文中涉及一些引用的资料时，也能去检索并查证。

写作过程中，不断学习，不断充实，不断自我修正，不断自我提高，是真正高效的"写作虹吸知识"。

本书编辑王檬耗费大精力，一课一课地听写，把二十五节音频课整理成文字稿发给我。她是这本书最终得以出版的最大功臣。

我原计划是她一边整理，我一边修改，每修改完一课就发回去。如此"流水线作业"，以为会很快就完成书稿修改。没想到音频"非逻辑性"的先天缺陷，导致我细读文字稿时，产生了很大的焦虑。我沮丧地发现，一课一课地修改，比直接写作麻烦多了。几乎每一句，都要推敲，都要修改，恨不得推翻了重写——几乎就是推翻重写。又因这几年忙碌，难有大块空闲时间，时间碎片化严重影响我的修改进程。修改完前六课，就彻底耽搁下来了。

这几年我国内国外地跑，一直没法稳定下来，潜心修改这部书稿。其间，又陆续出版了很多其他的书。2018年8月，广西师范大学出版社出版了我的《写作课》，2019年1月出版了我的散文集《野地里来，野地里长》。2018年7月，百花洲文艺出版社出版了《叶开的魔法语文》。

《写作课》也是一种新尝试。2016年春天，应万玮校长之邀，我在上海平和双语学校给初三学生上了十堂写作课。学校为这次课程聘请了专业摄影师，用三个机位录制教学录像。这十堂写作课，一个孩子的妈妈非常专业地帮我整理成了文字稿。这部书稿，我也反复修改了很多遍。这个修改过程真是苦不堪言。但最终完稿之后，确实也乐在其中。多次反复修改可以让书稿成为一部经得住推敲的作品。《写作课》出书后反响很不错，我自己重读一遍，也觉得很满意。因此，对《修炼好文笔》这部书稿，更是不敢草率，也不能匆忙地修改，而是不断地推敲，不断地完善，尽量少留遗憾。

修改作品，是一件愉快又苦闷的事情。

一部作品，逻辑上可以永远修改下去。搁置一段时间后，你重新打开文件再读，永远都有地方想改动，总有新的想法不断涌现。因为修改过程的拖沓，每隔一段时间，我都要点开书稿，从第一课开始看起，从第一课开始再次修改。第一课《好文章是什么味道》，我大概反复修改了近十遍。仿佛得了修改强迫症，每一个字词都反复推敲，每一个段落都不断斟酌——回车，还是不回车？这是一个值得思考的问题。

好在王檬是一位性情温和的好女子。她没有拼命地催促我，只是偶尔提醒我。我则一次又一次地要赖，连续不断地拖延。

如此就从阳光灿烂的 2016 年秋天，一直拖到了阴云密布的 2020 年夏天。

2020 年 1 月 20 日下午 5 点，我搭乘加航飞机从上海浦东国际机场飞往多伦多皮尔森国际机场。这次旅行我买好了往返机票，本来打算陪家人过完春节，2 月 10 日返回上海。没想到落地第二天，传来了武汉封城的消息。继而接到加拿大航空公司邮件，飞机停航了。

过去这一年，是一个疯狂的年份。

一直到现在，我都处在复杂而迷离的情绪中:既感到记忆犹新，又感到记忆模糊。很多事情都清晰地存在着，很多事情似乎早已消散了。这种复杂的信息和记忆塞满了脑袋，简直无法理清人生线索了。

2020 年 3 月，多伦多也封城了。

这大概是地球上所有人都未曾经历过的大灾变时刻:所有商店都关闭了;热闹的街道也突然阒无人迹了。只有超市还开着，给人们提供生活必需品。头几天，罐头、纸张都缺货，而口罩根本买不到。购物时，大家都戴着口罩，远远地排着队。然后，不断地洗手:进门洗手，出门洗手;进店洗手液，出店洗手液。买好生活必需品后，一整个星期都窝在房子里不出门，吃空喝光了才包裹得严严实实再出门。多伦多没有国内常见的小区模式,所以不存在封闭小区的情况;而且,也不封楼,全靠自觉。虽然封城了,你还是能自由地进出。只是政府公告,若非必须出门,则尽量留在家中。

我们严格遵守,深居简出,然后发现时间回来了。

到了 2020 年秋天,竟然修改完了这本书稿。

有一段时间,我一直恍恍惚惚的,总在想:飞来时同机邻座的那位先生,到底是不是从武汉到上海转机来多伦多的?但记忆断断续续,结不成蜘蛛网。似乎是武汉,可能是成都,或者西安,大概能确定不是上海始发的。这位先生是成功人士,早早就移民了。记得他说自己中加两头跑,是来往频繁的常客。到达多伦多皮尔森机场后,他还要赶去伦敦。当时听他这么说,我一时愣住了:怎么?还要去伦敦?跨越大西洋?后来才反应过来,大多伦多地区有个小镇叫伦敦,加拿大名校西安大略大学,就坐落于此。

茫茫人海中,从此,就各自消失了。

人生旅行真是奇异,如梦幻泡影,如露亦如电。

大诗人李金发有一篇散文《国难旅行》,写他抗战时期自重庆乘船下三峡,计划出荆门后经湖南去桂林。当时交通与现在截然不同,一趟现在看起来并不遥远的旅程,在那时真是耗时耗力,历尽艰辛。船上有一位女子,与他们一起经历了日寇飞机的轰炸,经历了三峡险滩的凶险,备尝乘船的煎熬。总算平安地到达湖北境内下船,李金发一行转向湖南,这位女子则要继续冒险去上海,深入敌寇腹地。她是一个奇女子,在重庆安顿好之后,历经千辛万苦,要把家里人接过去。在当时的旅行条件下,这位女子孤身历险,艰难地往返于长江中下游的漫长旅途中,简直就是传说中的大勇者。同船共渡的一行人就此分道扬镳,事实上也永远不可能再碰上了。

人生旅途中,有多少这种偶然的轨迹交叉,又最终渐行渐远呢?

在修订这本书时，我获得了一种难得的愉悦感。虽身处遥远，仍能与国内朋友保持着即时联系，真是一种值得纪念的缘分。

时间在每一个人身上都是匀速的，虽然记忆深浅不一。这部书稿，竟然就真的全部修改完了。

我把全部二十五课书稿发给王檬后，都不敢相信自己的眼睛。

五年过去，当时一名刚入学的大学生，都毕业一年了。

修改书稿时，我偶然会去阳台，看一下楼下的公园。

公园里，树叶由初绽到繁盛，而又秋叶残尽，冬雪覆盖，四季交替了。

一霎间，竟然在这里两个春天了，不禁有今夕何夕之叹。

一本书也有自己的命运，它就这样出现了。

2021 年 6 月 12 日写于多伦多

目　录

创意写作：写出一个星辰大海

写作入门

找到你的写作方向

第一课
好文章是什么味道

谈到写作,我们要面对的第一个问题是:怎样判断一部作品是好,还是坏?

我是一名职业文学编辑。二十多年来,我读过大量著名作家、普通作家、无名作者的各种各样的投稿。我和编辑部同仁面临的一个核心问题是:在数量众多、水平不一、风格不同的作品中,如何更有效率地审稿,更准确地找到好作品?

这个问题看起来简单,实际操作起来极复杂,乍一看亦似无规律可循。

《聊斋志异》里有一篇妙文《司文郎》,为"审稿"提供了一种独辟蹊径的角度——"闻气味"。

文中有两个书生,北方的王平子,南方的余杭生,他们都来京城参加乡试,租住在报国寺,是隔壁邻居。王平子见余杭生是同道中人,于是投刺打算拜访。没想到余杭生很高傲,根本不理他,弄得王平子吃了一鼻子灰,很无趣。

有一天,报国寺来了一个游寺少年,王平子见他气质非凡,就主动去攀谈,发现对方学识渊博,谈吐高雅,遂引为知音。少年自称是山东的宋生。王平子设座款待宋生,双方畅谈不已。这时,余杭生正好经过,两人谦逊让座,余杭生很不客气地坐了上座,而且神情高傲,十分无理,让宋生感到很不高兴。一谈之下,知道宋生无意于科举,余杭生对他十分不屑。但宋生对余杭生也颇为不屑。言谈渐入僵局,余杭生兴起,要跟宋生较量文艺。没想到宋生显示出了过人的才智,把余杭生呛得夺门而走。

再后来,王平子向宋生请教文章,宋生很快看了王平子的上百篇文章,王平子因此对宋生深感敬佩,以老师之礼待他。宋生认为,王平子的文章虽不能称有多妙,但是还不错,很可能中举。而余杭生的文章,则遭到宋生毫不留情的批判。

为此,余杭生一直耿耿于怀。

后来科场考试结束,王平子把考试文章拿来请宋生看,宋生认为很不错。一天他们走到大殿,看到有一个盲眼老僧正在设摊看病,宋生说,这位盲僧是文章大行家,你为何不向他请教呢?

王平子赶回寓所拿自己的文章时,碰到了余杭生,说起这件事情,就各自拿了文章,一起回来找盲僧。

盲僧说:"我一个瞎眼老和尚,怎么能看你们的文章呢?"

王平子说:"要么我读给您听?"

盲僧说:"一篇文章两千字,我哪里耐烦听这么多?不如你把自己的文章烧了,我闻一下气味。"

王平子把自己的几篇文章逐一焚烧,盲僧每次都点头赞许,说:"你的文章虽然有模仿几位前辈大家的痕迹,但很不错了,简直有点沁人心脾的意思。"

王平子问:"大师,我这样的文章,有希望考中吗?"

盲僧说:"很有希望。"

余杭生对盲僧将信将疑,先烧了一篇前朝名家的作品。

盲僧一闻到气味就点头说:"好文章! 不是胡友信,便是归有光。"

余杭生大为吃惊,接着把自己的文章烧了。

盲僧叫了起来:"气味太难闻了! 这篇文章太烂了! 我简直要吐了! 赶快停止!"

遭到盲僧恶评,余杭生很不高兴,拂袖而去。

没想到,考试出榜,余杭生中举,王平子落榜。

余杭生得意扬扬地跑去找盲僧说:"老和尚,你不仅眼盲,而且心盲,是个欺世盗名之辈!"

盲僧悠悠地说:"我只能评判文章优劣,却不能干涉一个人的命运。你不妨把你老师的文章找来烧给我闻一闻,哪个是你的阅卷老师我一闻便知。"

余杭生说:"你如果闻错了呢?"

盲僧说:"那就把我的眼珠子剜出来吧。"

过了几天,余杭生和王平子把搜罗来的八九篇阅卷老师的文章拿到盲僧面前,逐一焚烧给他闻气味。前面五篇,盲僧都摇头。烧到第六篇时,盲僧忽然大为恶心,对着墙壁大声呕吐,放屁如雷,围观者哄笑成一片。

盲僧叫了起来:"这气味我一闻就鼻子发痒,肚皮不适,直接就从肠道里出来了……这一定是你老师的文章!"

《司文郎》这篇作品精彩有趣,是对科举制度的一个绝妙讽刺。它认为:

文章好,气味香;文章差,气味臭。

这是传统中国文艺批评中的绝妙隐喻,也是判断文章优劣的极佳方式。

一部作品好，气味必定宜人。普通人缺乏盲僧那种特异功能，但真正有经验的读者，都会养成自己的独特嗅觉。

作为职业文学编辑，我每天都要读很多作品，每次读完都要直接做判断。

长时间的经验积累之后，我总结了三个判断标准。

一、语言准确

一篇文章语言准确与否，决定了这篇文章的优劣。

意大利文学大师伊塔洛·卡尔维诺说："准确，是最优美的语言。"

语言表达要准确这个概念跟数学、物理、化学不太一样。

精确地描述，具体地呈现，准确地传达作者的思考，有效地带动情绪，生动地再现场景，这就是准确的语言。

伊塔洛·卡尔维诺的名作《分成两半的子爵》，是一个现成的好例子。

主人公梅达尔多子爵参加了同土耳其人的战争。他的身体被一枚炮弹击中，劈成了"两半"。军医给这两半身体分别包扎后，就扔下不管了。然而梅达尔多子爵没有死，他的两半身体都"活着"，还恢复了行动能力。

梅达尔多子爵那代表邪恶的一半身体先回到了家乡。

他的"恶身体"不再是村民们记忆中那个善良、有活力、充满爱心的青年人了。"恶身体"残缺不全，思想上信奉"一分为二"，认为世界上万事万物，只要"一分为二"，就会让人看到事物的本质。因此，"恶身体"见到任何动物或植物，都要用刀切开，分成两半。他对这样的事情乐此不疲。

有一次"恶身体"失踪了,仆人们都去寻找他。

从田野到森林,仆人们看见以下令人震惊的景象:

> ……一个被切成一半的蘑菇,半个石菌,随后又是半个石菌,半个有毒的红蘑。他们继续向森林中走去,不时看见一个个蘑菇从地面冒出来,只有半边把和半个顶。仿佛有人一刀把它们劈成两半,另一半连一点渣子也没有留下。这是一些各式各样的蘑菇,有马勃、胚珠、伞菌,有毒的和可食用的数量上差不多是对半分。

这段描述性语言,把情感处理成中性,不带剧烈的情绪波动,有效地呈现出令人震惊的场景。人物行动具体,语言带出感很强。

这就是准确的语言。

民国大学者王国维先生的名著《人间词话》第 39—42 则谈到诗词的"隔"与"不隔"。

他引用姜夔的词举例说"隔":"白石写景之作,如'二十四桥仍在,波心荡、冷月无声','数峰清苦,商略黄昏雨','高树晚蝉,说西风消息',虽格韵高绝,然如雾里看花,终隔一层。"

"雾里看花,终隔一层",指描写准确性差,呈现力不强,那些被描写的事物,无法从雾中透出来,影影绰绰,看不清楚。

那么何为"不隔"?

王国维先生引用谢灵运和薛道衡的诗:"'池塘生春草'、'空梁落燕泥'等二句,妙处唯在不隔。词亦如是。即以一人一词论,如欧阳公《少年游》咏春草上半阕云:'阑干十二独凭春,晴碧远连云。千里万里,二月三月(此两句原倒置),行色苦愁人。'语语都在目前,便是不隔。"

语言跟描述对象紧密相连,词及于物,准确有效地呈现事物,充分地唤起读者的共情感,就是"不隔"。

准确的语言,就是"不隔"的语言。过多修饰,过多堆砌,都是不必要的、"隔"的语言。词与物之间,被太多形容词和大段定语"隔"开了。

那么,语言如何做到准确呢?

一个天才作家的语言能力可能是天生的。大部分普通人通过有效的写作训练,也能提高自己的语言水平。

要真正有效地提高自己的语言能力,就要在写作实践中具体地运用,逐步提升语感。一篇文章写完后,沉淀一段时间再去修改。小满意之处反复推敲,删掉多余词句,包括形容词和抒情性语言。

鲁迅先生谈写作的话,大家应该都熟悉:

"写完后至少看两遍,竭力把可有可无的字、句、段删去,毫不可惜。"

二、呈现细节

有句话说,细节是魔鬼。然而在写作中,细节是魔王。

一个生动精彩的细节,表现效果远超冗长的叙述。

著名作家余华善于运用细节描写人物情感,呈现人物个性,反映独特的社会形态。

他的长篇小说《许三观卖血记》需要表现大饥荒年代。但他不正面写饥饿状况,而是通过主人公许三观一家人饿得躺在床上,口头虚拟做红烧肉的情景,把普通人的强烈饥饿感以及随之而来的痛苦,生动地烘托出来。

大饥荒年代,全民缺粮,许三观全家躺在床上熬着。

他有三个儿子:一乐,二乐,三乐。

一天晚上，最小的三乐饿得受不了，说，爸爸我要吃肉。

这个不可能的任务并没有难倒许三观。他说，好吧，爸爸就来给你做红烧肉。我们先拿出一块上好的五花肉，切四片，用水汆了，煮熟，放到油锅里一炸，再上锅炖……

在许三观绘声绘色的讲述中，全家人吞咽口水之声不绝。

虚拟红烧肉吃完，全家"酒足饭饱"，大家沉默了一会儿，二乐也顶不住了，说，爸爸我也饿了。

许三观说，好吧，你想吃什么？

二乐说，我也想吃红烧肉。

许三观说，好吧，我们再做一碗红烧肉。他重复了做红烧肉的整个过程，全家人又是一阵口水轰隆。但是虚拟无法替代实体，他们越想越饿，越饿越受不了。

一乐也说，爸爸我也饿了。

许三观不太喜欢一乐，怀疑他不是亲生的。帮别人养的儿子，还要做红烧肉给他吃，太不划算了。但许三观是个善良的人，就说，好吧，你想吃什么？

一乐说，我也想吃红烧肉。

许三观大吃一惊，怎么都要吃红烧肉？！

以上内容是我凭记忆的概述。作品里的细节更生动，更精彩。

这就是细节直接呈现的力量。

三、真情实感

"真情实感"不是新词，却被滥用了，以至于人们忘记了其本质。

"真情实感"，是跟你的生命、你的经历、你的精神、你的情感发生直接联系的独特感受。

人们对世界缺乏感受,对社会缺乏认知,对内心缺乏反思,又缺乏理性思维和批判能力,就会把"虚假情感"当成"真情实感"。

如果长期熏染于"虚假情感"的环境里,还会产生情感的颠覆,"真情实感"被"虚假情感"所取代。其"病症"是:人们对需要表达真情实感的亲人态度冷漠,却总为电视上那些遥远的虚假滥情而激动。他们爱虚无缥缈的事物,却对真实世界无动于衷。

大多数人被包裹在"信息茧房"里,很难接触到真实世界,也被剥夺了真情实感。

"真情实感"是天然存在的,在"信息茧房"的机制下,反而被隔离了。一名真正的写作者,要对自己的情感、自己的经验、自己的经历,进行深入的自我反思,才能表达出真情实感。

有效的写作训练,恰恰可以培养批判性思维能力,也可以让你更好地表达真情实感。如何判断一名作家表达的是"真情实感"呢?

首先,看细节表现。

著名作家萧红的名作《呼兰河传》,主角是"呼兰河"。

呼兰河是一个北方小镇,也是一条流过萧红生命的故事长河。要写"一条河"很难,很容易虚无缥缈,"虚情假意"。但萧红是天才作家,她用具体的细节来体现这条河,这个镇。她不喊口号,不热泪盈眶,只是冷静呈现那个世界的一草一木、一人一事。

《呼兰河传》开头写镇子马路中央有个大泥坑,不记得什么时候就存在了。人人都要经过那里——要么绕过去,要么跳过去,要么顺墙爬过去。也有人冒冒失失冲过去,落入泥坑里,还得找好多人把他拖出来。

大泥坑横在路中央的时间很久了,从来没有人想过对它做点什么。大泥坑就这样日复一日,月复一月,年复一年地长在马路中间。

"大泥坑"是一个非常夺目的意象，一下子把整个镇子具象化，立体地带动起来了。

萧红出生在这个小镇上。小镇上的一草一木、一人一事，都跟她发生直接关联。那些人与事，都是她耳闻目睹的，跟她的生命息息相关。她勇于反思自己，说自己也是小镇上日日走过泥坑中的一个，她并没有高于其他人。大泥坑是一个魔法般的存在，它在这里，让每一个人感知到，却没有人去想办法处理。她和小镇的生活同步，并不高高地处在别人之上，也不像某些道德家，只批判别人而宽容自己。

这样勇于自我反思，把自己放在具体环境中思考而表达出来的情感，便是"真情实感"。

其次，看语言运用。

煽情与繁复的语言，通常被用来表达"虚假情感"。

细致、理性、思辨的语言才能表达"真情实感"。

综上所述，在写文章时要注意以下三点：

1.语言的准确运用；

2.细节的生动呈现；

3.情感的真实表达。

语言准确、细节生动、情感真实，是写出好文章的基本要求。

写作是一种实践，要不断地写作，并养成修改的习惯，从而培养良好的语感。

这样坚持下来，你也能写出一篇"味道好极了"的文章。

课后作业：

我们来做一个"闻味"实验。

下面四段文字分别摘自现代文学中四位著名作家吴浊流、李劼人、萧红、张资平的代表作品。请从语言、细节、情感三方面来"闻气味",猜哪段文字是哪位作家的作品。

1.六月里,后花园更热闹起来了,蝴蝶飞,蜻蜓飞,螳螂跳,蚂蚱跳。大红的外国柿子都红了,茄子青的青、紫的紫,溜明湛亮,又肥又胖,每一棵茄秧上结着三四个、四五个。玉蜀黍的缨子刚刚才苗芽,就各色不同,好比女人绣花的丝线夹子打开了,红的绿的,深的浅的,干净得过分了,简直不知道它为什么那样干净,不知怎样它才那样干净的,不知怎样才做到那样的,或者说它是刚刚用水洗过,或者说它是用膏油涂过。但是又都不像,那简直是干净得连手都没有上过。

然而这样漂亮的缨子并不发出什么香气,所以蜂子、蝴蝶永久不在它上边搔一搔,或是吮一吮。

却是那些蝴蝶乱纷纷的在那些正开着的花上闹着。

2.不久两人走下一片松树的大斜坡,来到面对着有榕树广场的云梯书院。书院隔着榕树与一所庙相对,利用庙方的一栋房屋作为教室。狭窄的空间也有三四十个学生,朗读声与学生们的嬉笑声混合,那杂然的教场气氛,传到了外面。老人带着太明走进暗淡的建筑物里面。因为从明亮的户外突然踏入光线阴暗的室内,一时视界看不清楚,但眼睛适应了,室内的样子便徐徐清楚地显现出来。一隅有一张床,那上面放置着一个方形的烟托盘。烟托盘上有一个酒精灯般的风灯,淡淡的小火光寂寞地闪着。而那暗淡的火光阴沉地照出杂乱地散放着的烟筒、烟盒、烟挑等鸦片吸饮用具,和在其旁边躺着的一个瘦老人。床前的桌子上堆积着书本,插着几支朱笔的笔筒(这时距夏天还有一段时间,笔筒里却插着一把脏污的羽毛扇,格外显眼),正面墙壁上有孔子像,线香的烟如缕袅袅上升,这一切使室内沉淀的隐居般的空气,更浓厚地显出来。

3.堂屋背后,是倒坐厅。对着是一道厚土墙。靠墙一个又宽又高的花台,栽有一些花草。花台两畔,两株紫荆,很大;还有一株木瓜,他们又唤之为铁脚海棠,唤之为杜鹃。墙外便是坟墓,是我们全家的坟墓。有一座是石条砌的边缘,垒的土极为高大,说是我们的老坟,有百多年了。其余八座,都要小些;但坟前全有石碑石拜台。角落边还有一座顶小的,没有碑,也没有拜台,说是老王二爷的坟。老王二爷就是王安的祖父,是我们曾祖父手下一名得力的老家人,曾经跟着我们曾祖父打过蓝大顺、李短褡褡,所以死后得葬在我们坟园里。

坟园很大,有二三亩地。中间全是大柏树,顶大的,比文庙、比武侯祠里的柏树还大。合抱大枫树也有二十几株。浓荫四合,你在下面立着,好像立在一个碧绿大幄当中。爹爹常说,这些大树,听说在我们买为坟地之前,就很大了。此外便是祖父手植的银杏与梅花,都很大了。沿着活水沟的那畔,全是桤木同楝树,枝叶扶疏,极其好看。沟这畔,是一条又密又厚又绿的铁蒺藜生垣。据说这比甚么墙栅还结实,不但贼爬不进来,就连狗也钻不进来。

4.她的住宅——建在小岗上的屋,有一种佳丽的眺望。小岗的下面是一地丛生着青草的牧场。牧场的东隅有一座很高的塔,太阳初升时,投射在草场上的塔影很长而呈深蓝色。塔的年代很古了,塔壁的色彩很苍老,大部分的外皮受了长期的风化作用,剥落得凹凸不平,塔壁的下部满贴着苍苔。塔的周围植着几株梅树,其间夹种着无数的桃树。梅花固然早谢落了,桃树也满装了浅青色的嫩叶。

朝暾暮雨和正午的炊烟替这寒村加添了不少的景色。村人的住宅都建在岗下,建在岗上的只有三两家。她站在门前石砌上,几乎可以俯瞰此村的全景。

村民都把他们的稻秧种下去了。岗下的几层段丘都是水田,满栽着绿荫荫的青秧。两岸段丘间是一条小河流,流水和两岸的青色相映衬,像一条银带蜿蜒的向南移动。对岸上层段丘上面也靠山的建立着一列农家。

第二课
写什么：如何找到你自己的写作人格

第一课我讲了好文章是什么味道。

我建议在写作时，注意运用语言、细节、情感这三种标准，作为判断文章好坏的方式，以培养自己的语感，提升写作能力。

第二课，我要讲一个新的，也是老的问题——写什么。

每一名写作者都会面临"写什么"的困扰，哪怕是成名作家。

互联网时代，海量信息潮涌，每个人都被反复冲击着。信息铺天盖地，有些跟你有关，大部分跟你无关——所有这些信息涉及的人与事，逻辑上都可以进入写作，但只有极小部分被过滤出来，被写成你的作品。

首先，要区分什么是信息，什么是知识。

信息让我们知道，知识使我们了解；

信息是碎片化的，知识是系统化的；

信息只是资料的获取，知识则需要深入的研究；

信息是"感性"的，知识是"理性"的。

在信息爆炸时代，区分这两者很有必要。

我们看到的八卦，听到的绯闻，刷朋友圈刷到的各种突发新闻，都是碎片化信息。昨天的八卦，今天大部分都忘了。上周的绯闻，今天几乎都想不起来了。极少数有穿透力的大八卦，或经反复操作含义深刻的段子，有可能沉淀下来，成为碎片时代的信息化石，如同珊瑚礁般，累积成特定的有效知识。而对绝大多数人来说，这些碎片化的信息，没有沉淀价值，只有娱乐、消遣价值。

那么，碎片信息能不能进入写作呢？

有些可以，大部分不能。还要具体问题具体分析。某些专注于新闻、报道、八卦的时文写手，可能以急就章方式介入这种碎片信息的海洋中，成为碎片信息泡沫的一部分，并助力把信息泡沫吹得更大。

时文写作，时效性很强，携带着大量碎片化信息泡沫。在这些碎片化信息泡沫底层，藏有一块世俗道德花岗岩——时文写作不会挑战传统道德伦理，相反，为了吸粉，时文作者要迎合世俗道德。时文作者不挑战现实，不挑战既成事实，而是维护传统道德，让文章顺滑地被时文读者消化掉，如同一块下午茶点心。时文作者和读者，沉浸在这种现成的信息泡沫中，成为泡沫的一分子。

时文写作也是写作的一种，这无可厚非。

在网络时代，时文写作制造更多碎片化信息泡沫，产生了强烈的娱乐和消遣效果。但也许有少数写作者，在追求更有反思价值的严肃写作。

不同类型的写作并行不悖，或短或长，各有自己的使用价值。

写什么，这跟写作取向有关。

如果你想写出一部跟自己的情感、记忆、人生有紧密关联的个人化作品，就要过滤碎片化信息，沉淀个人价值，凝聚独特思考，开始个人化写作。

从社会属性的角度来看,写作可以分为两种:面向大众的写作和面向自我的写作。

面向大众的写作,是通俗文学;面向自我的写作,是严肃文学。

通俗文学迎合既有道德;严肃文学挑战既有道德。

通俗文学追求绚丽的背景、独特的人物、有趣的故事、复杂的情节、更多的反转、更多的出人意料又在意料之中。类型小说中的武侠小说、侦探小说、玄幻小说、穿越小说、情感小说,大多数都是这样的——如果你深究这些作品背后的道德伦理,会发现绝大多数都是顺从既有的道德伦理。

严肃文学质疑既有道德,本质上是"反社会"的——准确地说,是"反思社会"的。严肃文学不过分注重外在表现形式,不过分注重情节曲折的吸引力,而是深入人物的内心,在那个丰富而暧昧的内心世界中,探索通往未知世界的复杂道路,从而展现被束缚的人性,呈现复杂的认知逻辑,进入人性中幽暗而难以简单划分的双重世界。如果你深究这些作品背后的道德伦理,会发现绝大多数都是蔑视的,质疑的,反叛的,对抗的。

日本名作家村上春树在获得耶路撒冷文学奖时发表感言:"假如这里有坚固的高墙和撞墙破碎的鸡蛋,我总是站在鸡蛋一边。"

个人对抗社会,正义对抗邪恶,弱者对抗强者,通俗地说是"鸡蛋碰石头"。一名有深刻自我反思精神的作家,通常站在弱者一边,站在个人一边;而很多通俗文学,很多媚俗作家,却站在强者一边,为权力站队。

举三部经典名著为例:法国作家福楼拜的《包法利夫人》、美国作家霍桑的《红字》和俄罗斯作家列夫·托尔斯泰的《安娜·卡列尼娜》。

这三部作品写了三位不符合传统道德要求的女子,用现在的贬义说法是"小三"。然而，这三部经典却不沉迷于"打小三"，而是反思这种现象出现的背后原因，从而发现窒息人性、钳制自由的旧道德，正是造成这些女子苦难的原因之一。这些作品的主基调是"反道德"，站在人道主义、自由精神的立场上，反思旧道德对人性的戕害，对自由的束缚。这些伟大的作品最终得出了令人信服的，让卫道士们震惊和战栗的结论：这些试图冲破旧道德的女子是可敬的，她们的奋斗令她们拥有人性的光辉。

挪威大戏剧家易卜生的名作《玩偶之家》，曾在二十世纪二三十年代的中国社会中，激发了极大的讨论。"娜拉出走"成为那一个时代最激动人心的行动。

在探讨女性解放的大主题时，鲁迅先生想得更深，追问得更加彻底：娜拉出走之后怎么办？他的追问太深，太尖锐，以至于问过头了。他追问的是社会问题，而非道德问题。而"娜拉出走"恰恰是一个道德问题，鲁迅先生那个著名的追问偏离了"真正的目标"。

每个人在开始写作时，总会面临这样的选择：面对大众写作还是面向自我写作。

不同的选择，决定了作家的自我定位和未来的追求。

不必分出高下，要区分你面对的是内心世界还是外部世界。

在全民写作时代，你不能把所有事情都列入写作计划。只有那些跟你的人生、跟你的情感、跟你的志趣发生谐振、产生共鸣的素材，才能真正进入你的写作。

比如手表的一个零件，如果规格不匹配，做得再漂亮、再精美，也塞不进一款成品手表里。瑞士手表工厂虽然有无数个手表零件，但只有符合规格的零件，才能组装到一起，塞进你的手表。

手表是一个精密的机械系统，写作同样讲究精密调配。这种写作的精密,却因为语言的非可视性特点常给人感觉是非精密的,普通读者不容易觉察写作的精密性。语言运用如同手表零件匹配,写作者要找到哪些内容匹配自己的思考,哪些内容符合自己的判断,才能激发自己的写作热情。

一旦热情激发,写作可能就是夜以继日、废寝忘食的。

通常来说,一个孤独的人最适合写作,也最需要写作。

如果你是一个孤独的人,就应该立即拿起笔来,或打开电脑开始你的写作。

写作比打游戏更治愈,比旅游更广阔。

在写作中,你可以创造出自己的文学王国。

你可能没有感受过刻骨铭心的饥饿,但你的孤独是全人类共有的,你的孤独是全人类孤独的一个组成部分。虽然表现形式不同,本质却没有差异。

在读图时代,在万物互联世界,"孤独"仍然是不能轻言"治愈"的。因此,"孤独"仍然是我们宝贵的写作财富。精神的匮乏,跟身体的饥饿一样,让人们目光迷惘。

从个人的孤独引申开去,成为整个社会的孤独、整个世界的孤独。这样,就从自我升华为超我了。

现代社会,虽然肉体的饥饿少了,但精神的饥饿更厉害了。

关于孤独,我们可以继续深入思考,尤其是切身的体会,能让写作充满弹性。

每一个写作者都会拥有两种资源。

第一种是"自我资源"。

"自我资源"可以简化为成长经验与精神世界。

对于他人来讲,你的世界、你的经验,都属于仅有你自己知道的"黑暗知识"。你不写出来,谁也不知道你的"孤独"。写出来跟读者分享,人们就得以进入这个本来紧闭的幽暗世界。这,就是一个世界向另一个世界的敞开。自我资源的独一无二特性是向内开掘,越挖越深,越深泉涌越猛烈。

举个例子,《哈利·波特与魔法石》第十章"万圣节前夜"里,哈利、罗恩、赫敏三人组在盥洗室里齐心合力打败了巨怪之后,作者这样写道:

> ……然而就从那一刻起,赫敏·格兰杰成了他们的朋友。当你和某人共同经历了某个事件之后,你们之间不能不产生好感,而打昏一个十二英尺高的巨怪就是一个这样的事件。

这个精彩情节完成后,三人成了真正的死党。

每个人的人生中,都会碰到各种"巨怪":妈妈、爸爸、老师、邻居,某些时刻都可能是你的巨怪。你要超越他们,打败他们,成为更好的自己,就要勇敢面对这些巨怪。

有些巨怪还可能是你不擅长的、常被人嘲笑的事情,是抽象的,或者具象的。比如跑步、画画、唱歌、跳远、做实验、跟人交际,这些巨怪都会让你感到不安、害怕、难以控制自己的情绪。

你人生中的巨怪,这是最值得写,也是最现成的题材。

有个小朋友跟我说:"语文老师是我的巨怪。"

另一个小朋友说:"八百米跑步是我的巨怪。"

还有一个小朋友说:"没有巨怪是我的巨怪。"

对于成年人来说,人生的巨怪可能是部门经理,是亚洲区总经理,是隔壁邻居,或是你的上海弄堂口婶婶——这个巨怪简直是你人生中的噩梦。你以为她听不懂上海话,有次用上海话爆粗口,没想到她靠在门框上,目光炯炯地看着你说:"小赤佬,哪能?"你差点夺路而逃,钻进地缝。

第二种是"外部资源"。

绯闻、八卦、神奇的故事、天上掉馅饼、摇钱树,各种各样的内容,都是可以调用的资源。但要如何调用,才能成为有效的写作资源?才能整合到自己的写作中来?这跟你的选择相关。你得创造一个合适的环境,还得消除"排异性",让这些外来物种能够存活下来,成为你的文学王国里有机的组成部分。

写作有两种不同类型:一是虚构写作,二是非虚构写作。

以一个大家都知道的段子"隔壁老王"为例。以非虚构方式写作:

一天夜里,隔壁老王心脏病发作,死了。

这是陈述事实,讲出一个事件。这个写作告诉人们发生了一件事情,以及发生这件事情的人物、地点和时间。简单,明确,一句话全讲完了。

可人类的好奇心是无法抑制的。作为被好奇心驱使的八卦爱好者,读者们都想知道更多的内容。他是谁?怎么死的?

如果要添加更多内容,可能会涉及两个方面:一是更多的真实存在的事件,二是经过合理想象后创造的事件。如此,"隔壁老王"的故事,就会由单人独角戏,拓展为多人物故事:一主角,一配角;一主角,多配角;或者双主角,加上配角群像。这样,一句话的消息被拓展为短篇、中篇,甚至再进一步丰富,就成了长篇。

以现实中发生的事件为素材来构思写成作品,是非虚构写作。

举一个传播凶猛的事件：刺死辱母者。

这是个典型的非虚构文本，因为人物关系特别、故事发展离奇、情节反转突然，而在网络上传得漫山遍野。

《刺死辱母者》这篇非虚构作品是准确叙事的典型范本。它没有使用煽情语言，而是运用陈述性语言，叙述了已发生的事实，并逻辑合理地分析了前因后果——这种严谨的叙述，引发了全网范围内的广泛共鸣。

假设以"隔壁老王"为题，进行非虚构写作，你要多收集、多采访、完善资料，挖掘潜在可能性，从时间、地点、人物三要素去拓展。

什么时候的夜晚？在哪里的一个隔壁？他为何要自杀？——重病不治？患忧郁症？工作不顺？情感破裂？绯闻事件？第三者插足？……

调查获得的资料越丰富越好，虽然大部分材料可能最终都用不上，却能让你对"隔壁老王"形成一个立体的认识。这样充分认识之后，非虚构写作会更精彩。

反之，如果从虚构写作角度来写，这个事件会产生迥然不同的样貌。

非虚构写作能满足人们的猎奇心理，但不一定能满足人们对这个事件产生的特殊愿望。这时，虚构写作可能以独特的创造性，为这个故事创造一个崭新的文学世界，把一个看起来具有独特性的人物与事件，拓展为普遍性的人物与事件。

虚构写作，是基于现实逻辑的写作，并非"胡思乱想"。虚构写作在人类文明的发展中，产生了至关重要的作用。

以色列历史学家赫拉利教授在他的畅销书《人类简史》里说，我们的智人祖先能战胜其他人类竞争者，最重要的能力是虚构能力。

这是个精彩而独到的归纳。

虚构是一种独特的创造力，人类创造出各种自然界并不存在的事物：神灵、民族、国家、制度、宗教、文化、公司、品牌等，让人类从狩猎采集社会发展到农业文明社会、工业文明社会继而到信息社会。

智人祖先用虚构的事物，如宗教、祭祀、民族等来形成凝聚力，动员超过一百五十人的团体，齐心协力地狩猎、采集、建造大型工程。古埃及的法老集团以神圣名义，动员超过三十万人之众，协调组织而修建成吉萨大金字塔。中国秦朝以防御北方游牧民族入侵为目的，动员超过七十万人之众修建长城。这两个例子都是人类以"虚构"之力来驱动庞大的人力物力，从而建造超大型的人类工程。

其他灵长类动物因为缺乏虚构能力，没有创造性思维，因此很难动员十个以上的成员组成一个协作团体。非洲豺狗是群体协同狩猎的食肉动物，但最多只有十几个成员——即便如此，这种团队协作的能力，已经使得它们的狩猎活动，具有令人震惊的高效率了。

虚构，是无中生有地创造一种"物"，这个"创造物"成型之后，反过来成为人们共同遵奉甚至膜拜的对象——宗教、主义、理想、民族、国家，都是典型的"虚构物"，而非"自然物"。

建立在虚构基础上的叙事能力，用语言文字记录下来，就能不断地传递给后代，这是人类文明独有的复制力，避免新一代每次都需要从头开始学习而无法积累知识，无法延续下去成为一种文明形态。而书写工具笔和纸的发明，让这种知识的复制得到了保证。

一匹草原狼无法讲述自己远祖的故事，但加拿大动物小说家西顿先生却能写出一部精彩绝伦的《狼王洛波》。

表面上看，"隔壁老王死了"这个事情并非至关重要，也不是每个人都必须关心的重大事件。"隔壁老王"为什么能撩动读者的隐秘情感呢？可能是因为一个流传很广的段子：

一对夫妇生了一个孩子。孩子很可爱，直到三岁都不开口说话。夫妇很着急，带孩子到处求医问药，却怎么也治不好。有一次，父亲碰到了一个算命先生，抱着病急乱投医的心态，去算了一卦。算命先生说："你家孩子不能开口说话，他一说话就要死亲人的。叫到谁的名字，谁就会死去。"孩子父亲听了感到很沮丧，他把算命先生的话告诉了妻子和父母。本来大家对孩子不说话感到很着急，可是一想到小家伙开口说话会死亲人，心里反而平静了。不说话就不说话吧，死人总是不好的。又过了很多年，随着孩子的长大，他的缄口不言让外公忍不住了：一个孩子不能说话，岂不是废物吗？他不顾家人的强烈反对，对孩子说："你叫我一声外公，我倒要看看，叫一声外公会不会死人？"孩子叫了一声外公，当天晚上外公就死了。父亲母亲这下真的是吓坏了，不敢再要求孩子叫爸爸叫妈妈。这样又过了很多年，孩子长得很高了，健康、聪明、可爱，只是不能开口说话。每天面对着孩子，父亲感到越来越难过。他想：我养了一个儿子，这么爱他疼他，可他却不能叫我一声爸爸，这样活着有什么意思呢？还不如死了。不顾妻子反对，他决意让孩子叫声爸爸。于是孩子叫了一声："爸爸。"可怜的父亲又幸福又伤心，悲伤地回到房间里，抽根烟、喝杯酒，安静地等待死亡的降临。第二天早上醒来，他惊讶地发现自己没死，就别提心里有多么激动和高兴了。这时，赶早买菜刚进门的丈母娘说："昨天晚上，隔壁老王死了。"

于是"隔壁老王"这个虚构故事，变得意味深长起来了。其中有暗示，有烘托，有言外之意。有人不断地新编，最终形成现在这个经过我修订的版本。

随着《修炼好文笔》这个课程不断进行，我们可以不断地思考，不断地阐发，不断地"添油加醋"，把"隔壁老王"这个段子写成一篇真正的小说。

小品、段子、笑话，和虚构写作是不一样的。

前者只要营造气氛，抖好包袱，能让人会心一笑就可以了。段子的前提可以是荒谬的、不合理的，如"一开口就会死亲人"这个前提就缺乏逻辑合理性，也缺乏必要的因果关系。"开口"跟"死亲人"之间，找不到因果关系，不构成必然性。讲笑话，不一定要如此合理，但虚构写作却要思考逻辑合理性，要注意逻辑的自洽，要关注因果律，并进一步塑造独特场景，创造有活力的背景环境，让整个事件和人物合理化。

假设将这个段子修改为虚构写作：

一天，老同学王师东死了。有人说是心脏病发作，有人说是服毒自杀。只有我知道，同学群里风传的那些八卦消息，全都是假的。

不要停下来，再加些细节：

……大学时，我和王师东上下铺。他为人刻板，作息严谨，晚上十点睡觉，早上六点起床。其他人却都是日夜颠倒的夜猫子。早上六点睡得正香时，他床上的闹钟响了。全寝室的人都被惊醒，他自己倒睡得正酣。闹钟闹醒的是我们，而不是他。有一段时间，我恨不得把他从上铺踢下来……

这样，有细节，有历史，有个人独特性。继续写下去，看着有很大的拓展空间。

课后作业：

作为写作者，你得确定自己到底要干什么，再考虑寻找材料，运用材料。

性格决定命运，也决定写作，每一个写作者都有自己独特的写作人格。你是一个什么样的作家，什么材料才能入你的眼、为你所用,都受写作人格的影响。

如何测定自己的写作人格呢?你可以做一个"自动写作"训练:拿一支笔,找一张纸,以"一天夜里,隔壁老王死了"为开头,连续不断地写十分钟。

不要思考,不要判断,不要斟酌,不要修改,写作中间不能停顿,要连续不断地写十分钟。脑子空白,实在没有内容可写了就乱写,如"我我我是这样的那个没想到什么都可以但是老王有一只麻雀飞过可以吗"之类都可以。再强调一次:不要逻辑,不要修改,目标是打破禁锢,释放自己,想到什么写什么。畅快自由地写,要如一股泉涌出。

写完后可以和写作的小伙伴交换阅读,也可以发表出来与大家分享,还可以当众读出来。

我在现场写作课中,给小学生、中学生、语文老师都做过这个训练。很多小朋友、很多老师都愿意举手,读自己的"自动写作"的作品。这种写作很有意思,会有出人意料的效果。在此之前,没人想到自己会写出这种"东西"来。

自我型写作人格,更适合在写作中剖析自己,写人生中的复杂情绪和各种冒险,写成长中的打"巨怪"过程。

社会型写作人格,会更关注外在世界。适合构思玄幻、武侠等类型文学,在写作中控制人物命运,在自己创造的世界里生杀予夺。

无论你是什么样的写作人格,写出自己满意的作品才是王道。

第三课
如何写出一个令人过目不忘的开头

之前的两堂课，我做了写作方面的整体铺垫。

第三课，我们将进入一个重要环节：写文章如何开头。

万事开头难，写文章开头更难。为了这节课，我做梦都在想怎么开头，想了许许多多、各种各样的开头。翻了好多书，看了好多八卦，忽然想到过去很多女孩子都会织毛衣，织毛衣是个好例子。

现在手工织毛衣的人大概不多了。上这门课的女孩子，我建议你尝试一下手工织毛衣。这个手工活是非常好的自我训练，有点像瑜伽，有点像冥想。

织毛衣，开头最重要。多少针、多少线，决定了这件毛衣织成什么样子，怎么织下去。

写作很像是编织毛衣。结构是棒针，语言是毛线。

写作也要先构思一个好开头。把开头写好了，在故事不断的发展中，再考虑织什么花纹——无穷无尽的语言，无穷无尽的毛线，在巧心思驱动下，无中生有地织成一个艺术品。

写作一开头，就要定下整部作品的基调：人物关系、人物命运、结构形式、情节发展。

写作和织毛衣相似,可能比织毛衣还难。织毛衣需要学习,可能要看一些书,请教一些高手,怎么织出漂亮图案、特殊图案。写作更要读书,读大量的好作品。好作品是怎么开头的?人物怎么塑造的?整体怎么构思的?故事冲突是如何产生的?人物关系是怎样的?进一步思考:这部作品探讨的是什么问题?哪些部分具有启发性?为何作者可以这么构思,能用这种特殊的角度来切入写作?为什么我没有想到?

无论你要织毛衣,还是学习写作,准备工作都是必要的。

很多文学青年、文艺爱好者会在写作网站上分享写作心得,很多人都有不错的观点,谈问题都头头是道。这些观点,都可以供我们参考。

不过,写作不是理论,而是手工活。写作不需要太多理论,而要大量的写作实践。写作,最本质、最简单的一点,就是一定要写,不断地写。有灵感就记下来,把偶然想到的好点子都记下来。所有这些灵感,这些记录,你都会不断地思考,不断地使其成型,如同浇灌菜园子里的蔬菜。你可以同时思考很多个灵感,如同你可以同时浇灌多种蔬菜。你记下越来越多的素材,持续不断地写作,或多或少,或大或小,让自己保持在思考和写作的过程中。

说到开头,有人总结了上百种小说开头:"最打动我们的 100 种开头""24 部小说的经典开头"等等。或许有点启发,但用处不大。

我在刚开始学写作时,也拼命阅读,找各种经典开头,看到喜欢的还抄在笔记本上。

每个文学青年都熟悉《百年孤独》的开头:

> 多年以后,面对行刑队,奥雷里亚诺·布恩迪亚上校将会回想起父亲带他去见识冰块的那个遥远的下午。

我在三十年前读了加西亚·马尔克斯的长篇小说《百年孤独》。这个可怕的开头，让当时二十岁的我感受到了破坏性的阅读体验。

　　《百年孤独》的开头如此与众不同，把一个故事可能涉及的所有时间都闭环了：过去、现在、未来，在一句话中说尽。这是一个"神结构"，把任何可能的内容，事先画个圈全都占了。然后，作者从容地写下去：

> 　　……当时，马孔多是个二十户人家的村庄，一座座土房都盖在河岸上，河水清澈，沿着遍布石头的河床流去，河里的石头光滑、洁白，活像史前的巨蛋。

　　这个开头如此震撼，以至现在我都很难摆脱它。

　　二十世纪八十年代，《百年孤独》这个开头笼罩在新一代作家的头上，成为一个紧箍咒，几乎人人都落入其中不能自拔。一名当代作家必须经过长期写作，反复思考，反复实践，费尽九牛二虎之力，才可能摆脱这个魔咒。然而，一旦摆脱加西亚·马尔克斯的魔咒，中国作家就搁浅在一片现实主义的贫瘠戈壁上。如同丧失了神性的世界，缺乏河流森林，缺乏郁郁葱葱，缺乏神秘性和丰富性。

　　列夫·托尔斯泰的名作《安娜·卡列尼娜》的开头也非常经典：

> 　　幸福的家庭都是相似的，不幸的家庭却各有不幸。

　　又或者《三国演义》的开头：

> 　　天下大势，分久必合，合久必分。

我个人最喜欢的开头,来自现代主义大师卡夫卡的《变形记》:

> 一天早晨,格里高尔·萨姆沙从不安的睡梦中醒来,发现自己躺在床上变成了一只巨大的甲虫。

这个开头包含着巨大的震撼,直接把整个作品的基调定下来了:一个人好好的,突然变成了大甲虫,他今后怎么办?他的人生会发生什么呢?

"隐含叙事"风暴刮起来,接下来的事情都会围绕着格里高尔变成的甲虫发生。由此带来的不同心态和个人选择,会逐渐深入下去,直至格里高尔和他的妹妹、他的父母的关系突然绷断。

玄幻高手如果把这个故事写成玄幻小说,《变形记》可能会是另一个走向。但卡夫卡的作品没那么玄幻,他笔下的主人公很普通,很日常,不是大英雄,不是神级高手,而是一个普通的推销员。格里高尔家里有父亲、母亲和妹妹,都要靠他推销生意赚钱来维持生计。妹妹一直期望能进入音乐学院深造,这更是需要一大笔钱。一旦格里高尔变成了甲虫,丧失了劳动力,本来毫无问题的家庭就会突然陷入巨大的麻烦中。接着,我们和作者都会惊恐地发现,原来以格里高尔挣来的金钱维持着的亲情,也陷入了崩溃的境地。

卡夫卡深刻洞察了人与人之间关系的脆弱性,以及这种脆弱关系随着社会关系的变化而"物化"的可能性。他的作品和二十世纪初其他现代主义流派都不一样。现在阅读他的作品,仍然会引起深刻的共鸣,似乎卡夫卡写的就是现在的社会状态及人与人的关系。

卡夫卡另有一篇短篇小说名作《地洞》,我重读后仍然深感震撼。

这篇小说写一个动物生活在地下,天天都处在莫名的不安和恐惧中，它一刻不停地经营自己的三个房间（洞窟），有做不完的事情，总是担心这个担心那个，忙个没完。天敌就在外面徘徊，虽然看不见，但它知道它的存在。这个动物的日常生活中充满了恐惧感，怎么也无法消除。这简直就是我们的生存寓言。

卡夫卡不写大人物、不写大历史，他写小人物、写小历史。发生在一个普通人身上的微小不幸，裂缝般拓展，会成为个人的大灾难。通过这些作品，卡夫卡深刻地写出了人与人之间的"异化"。

我也写过很多开头，如长篇小说《我的八叔传》中的：

> 我第一次见到我八叔钟世通，是在二十年前。那时候八叔还只是个穷困潦倒的无业游民，做梦也想不到他后来会富可敌国，挥金如土。

这个开头，几经推翻修改，试图摆脱《百年孤独》的魔力，但是批评家杨扬教授还是一眼就看出来了。

我的另一部长篇小说《口干舌燥》，开头是这样的：

> 徐霞客老的时候，喜欢在徐府大院的后花园里给孙子徐建极讲故事。

《口干舌燥》是我的第一部长篇小说。那时我还年轻，写作上野心勃勃。这个开头还不错，很有拓展性，也有很强烈的带出感，还看不出明显受哪位大作家的影响。

用电脑写作真是幸福。不满意的开头，删除键一按，删掉重来。

手写时代，在一张张稿纸上或奋笔疾书，或苦思冥想。人的思维如脱缰的野马,难免到处乱跑,文字也被牵着到处乱跑。这样就难免要修改,要涂涂画画。本来干净的稿纸,眼看着混乱起来了。

那时有一沓稿纸不容易,一沓五百页,要几块钱或者十几块钱,在那时候是天价。一个开头没写好,不满意,要涂掉,真是心如刀割。

在手写的条件下,写作会更慎重,更认真,想得更周到,会打大纲,列人物表,做情节规划。深思熟虑后很有把握了,才会下笔写。

有些训练有素、思维缜密、养成了写作习惯的名作家热爱手写,十分享受笔触在纸上摩擦的微妙感觉。但对初学者来说,真是一种大折磨。你会发现,不知不觉间,桌边已有几十张"纸尸体"了:被揉成团,被撕碎,扔在边上,每一页都是开头的"残骸"。

所以,每一位作家,包括正在往作家路上飞奔的朋友们,一定要重视开头。

一万个作家有一万个开头,但属于你的只有一个。

不知道你在写作时,有没有一天到晚都在琢磨一个独一无二的开头呢?例如,今天在办公室里,你到茶水间接水,眼睛一瞥,看见一个动物的尾巴,在总经理办公室门口一闪而过!一条狗?不!一只狐狸?惊讶,怎么会有动物?或许,你深入构思一下这个"惊鸿一瞥",可以写成一部修真小说!总经理原来是一只"老狐狸"!他离开深山老林,来到了人世间,开了一家投资公司,跟人类做生意,进行人间修炼。或写一部穿越小说,古代富商穿越到了现代,建立起一个庞大的商业王国!

如果你不是玄幻派,而是现实主义作家,也许可以这样写:一天,托尼到茶水间泡茶,看见珍妮弗和马尔科姆躲在角落里,咬着耳朵,窃窃私语。

"那两个人绝对不可能在一起,他们是死敌!"他感到惊讶,"可是,他们的的确确,是靠在了一起。"

如此发展下去,写成一部激烈内斗的职场小说,如何?

我曾写文章把作家分成两类:先有开头的作家和先有结尾的作家。

当时发现,似乎大部分作家写作都是先有结尾的。这类作家会先构思出人物和事件的结局,然后倒推,逆向排列,回到开头。

现代人有一种强烈的"迷信":理性和逻辑。

大多数人都尊重理性和逻辑。在一部作品中,人物最终会走向一个什么结果,大多数作家都会考虑妥当,前因后果理清楚,再开始动笔。

例如,你听到一个故事,讲一名女犯人的坎坷经历:她也曾青春美丽,热爱生活,但最终走向了人生的悲剧,这都是因为迷恋上了一个浪荡公子。你看到她即使在生活中受尽了侮辱却依然美丽尚存的脸庞,深受感动,觉得必须写下来。于是你有了长篇小说《复活》,你就是列夫·托尔斯泰。

对故事的结尾,你了然于胸,你需要考虑的是如何开头。

在德国科隆市有一个海因里希·伯尔纪念馆。海因里希·伯尔是1972年的诺贝尔文学奖获得者,对写作的理性追求达到了不可思议的境地。伯尔的所有长篇小说,在开始创作之前都会用图表先把人物、人物关系、故事情节画出来。在纪念馆的墙上,我看到一张大纸,故事主线用黄色线,人物线用红色线,人物 A、人物 B、人物 C 各用不同颜色标注。整个构想极其详细:故事发展到第几章第几节,人物的命运线会交叉,都清晰地标了出来。然后,他就按照画好的模板进行深加工。据说,他的最终完成稿跟大纲一般都偏差很小。

伯尔这种超级理性的作家在写作上控制力太强,人物反而不够生动。可以崇拜他,但不要照单全收。

先有结尾的作家,总是掌握了故事和人物的结局。他们置身事外,通观全局,看到了一切,是全知全能者,因此更理性,更有条理。

这类作家也通常活跃在故事性更强的类型小说里。武侠小说、侦探小说、科幻小说、玄幻小说、修仙小说,都适用于"先有结尾"的写法。

我猜金庸先生写武侠小说,一定是先有结尾的。他的故事常有惊人的反转,造成震惊的阅读效果,但最终仍能稳稳地走向"大团圆结局"。这可能都是先设定了结尾,再逆推的结果。

类型小说更关注外在事物,更关注人物命运,但不一定进入作家自我的精神和内心,跟个人成长经验没有必然关系。它呈现的是一个宏大的外部世界,而希望人类的精神也能达到这种高度和宽度。

"先有开头的作家"的典型代表是现代主义大师卡夫卡。

卡夫卡写过三部长篇小说,都有开头,没结尾:《城堡》《审判》和《美国》。

他的写作和他的人生一样,不设终点。他和自己的作品一起冒险,一起探险,一起经历这个世界的可能和不可能。卡夫卡这种作家更关心自我的精神世界。

"先有开头的作家"和"先有结尾的作家"并无高下之分。本质差别是,"先有开头的作家"更注重自己的直觉,更注重发掘内心深处的精神资源和个人的经历,"先有结尾的作家"则更外向。

各位或可以此来定位自己的写作人格,看看你是哪一种类型的作家。

一万个人有一万个开头。每一部作品都应该在开头时就找到属于自己的基调。

无论你是"先有开头的作家"还是"先有结尾的作家",都需要重视开头。

"先有开头的作家"会深入挖掘自己的内心资源,如个人经历、难言的痛楚、爱与恨的交织,呈现精神中的"幽黑世界"。与最好的朋友窃窃私语,与你的闺蜜深夜闲谈,这些都可以成为写作的冲动。

很多人说,我有写作的愿望和冲动,要怎么开始?

我的劝告是:快点回家写个作!

写作是一种具体的行动,首先要动笔把你想到的第一个字写下来,接着,写成一句话,然后写成一段,把出现在你脑袋里的第一个场景写下来。不要考虑有没有意义,能不能够成为经典,也不要思前想后,最重要的是:先写下第一句话。然后继续,每天不停地写。

美国短篇小说大家雷蒙德·卡佛对自己的要求是:要写出一个好开头,可以考虑带一点暗示性,一点紧张感,一点胁迫感,一点悬念。我们不一定非要做到这样,但也应该尽量在一句话里暗含着更多的拓展空间和可能性,不要把什么都讲完。这也是技巧之一。

假设以"上班路上"为题,一个好开头可能是这样的:

星期六早上,露莎走到地铁站,发现地铁停运了。大量的人在站台上涌动,相互挨挤。她花半个小时到下个车站,发现这个车站人更多了。她上了一辆公交车,没想到这辆车朝相反方向开走了。

这是我临时想到的,不一定很完美。但有点意思,有些暗示性,有点可能性,也有拓展空间。

有人或许会说,我是宅男,不上班。

好吧,改成这样:

晚上十一点半,最后一班地铁进站了。某甲打开电脑,屏幕上突然跳出一行字:你的电脑已经被锁死,如需解锁,请于一天之内支付 300 美元赎金。否则,你的所有重要文件,将在一周内被销毁。

勒索病毒!这太可怕了,也太可恨了。进一步,这部作品就可以拓展到黑客攻击,以及未知的超级特工故事了。

只要多思考,反复尝试,每一个人都将拥有属于自己的开头。

很多深深打动人的开头,都是突然想到的。

你只需顺着这种神启,继续思考各种可能性,增加人物,拓展人物关系,给他们寻找一个城市,放在某一个时代背景下,写作就开始了。

如果你是一名"先有结尾的作家",你可能具有更多的社会性,更关注外部世界的变化和发展。你通常会有一个宏大的谋篇布局,有一个明朗的人物定位和清晰的故事结构。

你要创造出一个庞大的文学世界。你所需要的,只是开始写下一个开头。

你将因为写作,而成为更好的自己。

课后作业:

以"上班路上"为题,写一个属于你自己的开头。不用挖空心思,不用苦思冥想,可以从现实出发,可以写自己看到的情景,也可以写真人真事。开头就定下整部作品的基调,如果能带有一点暗示性,一点胁迫性,一点紧张感,一点悬念,那就更好了。

第四课
如何写出一个漂亮有力的结尾

几乎每一名作家面对小说的结尾，都如临大敌。

要谈一部作品如何结尾，首先要谈如何认识一部作品。

中国古代文论认为，写文章有"凤头、猪肚、豹尾"。

"凤头"是开头要漂亮。一句话就要浓缩大量的信息，充满可能性和暗示性，从而引起读者的注意。

"猪肚"是文中展开部分信息要丰富。这里的内容要多样化，要充分地展开人物关系和事件的细节，要满满的很有料。

"豹尾"是结束要漂亮、有力，留有余味。

一部作品的开头和结尾完全不同。

开头，每一位认真写作的作家都会反复斟酌，想了又想，改了又改，一定要漂亮，要有节奏感，要丰富，要有意味，要有回味，最好能让人过目不忘，有强烈的往下看的冲动。

有些作家创造出精彩的开头，写着写着却失去了激情，各种不满意，最后作品很遗憾地烂尾了。

世界文学史上有不少烂尾巨著:曹雪芹的《红楼梦》、奥地利作家罗伯特·穆齐尔的《没有个性的人》和弗朗茨·卡夫卡的三部长篇小说《城堡》《审判》《美国》等等。

虽然烂尾了,却不影响它们成为杰出的作品。

烂尾还能成杰作,这是很不容易的。通常来说,烂尾杰作便是前一课提到的和作家的人生密切相关的作品,这些作品是作家的人生经验最丰富的输出。这类作品不以奇特情节和特殊噱头取胜,而展现了丰富的人生经验。如《红楼梦》,实在是太博大,无论什么年龄,无论什么情况下,都能读,都有所得。不追求曲折的情节,没有恍然大悟,也没有真相大白,却创造了一个新的世界。在这个文学世界里,那些人物,那种人生,都是有机的,混成的,自然而然的。可能随着年龄的增长,每次重读,都有新的感悟。

而追求曲折情节和奇特事件的一些流行小说,你读一次,获得感官刺激后,一切真相大白,再也不会重读了。

烂尾作品是特殊情况造成的,不是作家故意要烂尾,而是实在无法完成,或被外力阻断,例如作家突然去世等。就这样偶然地,形成了遗憾文本,形成了不完美的完美,像希腊雕塑名作《断臂的维纳斯》。

烂尾不是追求出来的,而是因特定历史原因、特定人生历程而自然形成的。

现代人写作如果也追求烂尾,假装烂尾,那就是邯郸学步了。

从阅读经验来说,几乎所有读者都是记住了开头,而很少关注结尾的。

你能轻松说出十几部作品的开头,却很难轻松说出十几部作品的结尾。

我也算资深读者了,搜肠刮肚,发现空空如也。不去查,真的记不起来。

最后，终于想起了一个印象深刻的结尾。

美国儿童文学大师 E.B.怀特的名作《夏洛的网》，结尾写蜘蛛夏洛在帮助小猪威尔伯实现梦想后，独自死去：

她死时无人在旁。

万物皆有生有死，蜘蛛夏洛如同最深湛的智者，对此深有感悟。

蜘蛛夏洛对小猪威尔伯做过"自然道"方面的思想启蒙，她认为世界万物的生生灭灭，都是自然而然的，就像四季轮回一样。因此，不必狂喜，也不要过哀。

夏洛走到了生命的尽头。在一个谷仓的屋檐下，她的后代——更多的小蜘蛛正在蓬勃地孕育。

我坚信这是唯一的、独特的、不可取代的结尾。然而交稿之后，我的编辑告诉我，"她死时无人在旁"是第 21 章的结尾，不是全书结尾，建议更换例子。

我去核查原书，果然看到了第 22 章。这一章节情节舒缓，感情恬淡，写小猪威尔伯回到谷仓之后的平静生活。感谢编辑的仔细校对，导致我以上的努力全都"白费"了。

然而，我挣扎着想一想，举《夏洛的网》为例子，是一个有机的联想过程，可谓求仁得仁了。我们可以继续深入思考：假设《夏洛的网》以"她死时无人在旁"为结尾好不好？

可能好，也可能不好。在我看来，"她死时无人在旁"是一个精妙之极的结束。但在 E.B.怀特看来，后面还需要一个舒缓的段落，让之前疾风暴雨般的情感缓缓降落到地面上，如同乐章《如歌的行板》。这是大师的境界,他怀着新生的欣喜,怀着生命的悲悯,让整个叙事涨落有序,缓缓而终。

是的,我在写作中也有了新的感悟:"写作技术家"与"写作大家"之间的距离就在于境界的高下。可谓是意外之得,也十分欣喜。

一部作品的结尾,作家要对之前的所有思考做一个简洁有力的总结。这部作品是悲观的,还是乐观的?是爱这个世界,还是被世界抛离?所有这些,都需要作家沉下心来,认真思考,做出自己的回答。

结尾,注定了笔下人物的最终命运。

我对结尾做过研究,发现主要有四类结尾模式。

一、大团圆结局

好莱坞大片式大团圆结局很有代表性:坏人作恶,英雄救美,最后皆大欢喜。

系列影片如《碟中谍》《虎胆龙威》《007》《王牌特工》等,结尾的"胜利"和"美好",是不能变的。

英国籍大导演希区柯克的著名影片《西北偏北》是这类电影的先驱之一。影片结尾,男主人公罗杰斯与坏人打斗于美国国父山巅,紧要关头他伸手抓住了坠落的女主人公伊娃——镜头随后切换成火车卧铺车厢。这个镜头切得"暴力",非常霸道,充满性暗示,即便只看过一次,到现在仍然记忆犹新。

这类"史诗"型作品,通常是英雄冒险故事:英雄被卷入了某一件事情中,历尽艰险(不管敌人多么强大)最终取得胜利,抱得美人归——也暗合"凤头、猪肚、豹尾"的中国古典文艺理论。

大团圆结局算是中国戏曲文学的发明之一。中国古代戏曲,尤其是明清传奇中,早就有这种经典结构:男主落魄时遇到红粉知己,红粉知己赞助男主上京赶考中了状元，新科状元衣锦荣归，夫妻相见，喜极而泣。

如《西厢记》等，无论其中情节、人物怎么变化，最终都是大团圆结局。

大团圆结局也出现在类型小说里：侦探小说、悬疑小说、冒险小说、玄幻小说、奇幻小说、科幻小说、修仙小说等。就中国古典小说而言，《西游记》即是有名的例子。

归纳起来大概是这几个词：好人好报，恶人恶报，有情人终成眷属。

二、事件自然结束

比如，参加高考就是一个事件。

假设要写一部小说，内容是参加高考，高考结束，事件就结束了。

事件结束有两个结果：榜上有名或名落孙山。

我们可以称之为"事件的自然结束"。

一些侦探类、冒险类、悬疑类的作品，都属于事件性写作，事件调查清楚，给读者做了交代，故事自然就结束了。

十几年前，美国悬疑作家丹·布朗的长篇悬疑小说《达·芬奇密码》非常流行，写的也是一个事件。

这部作品做了一个有趣的研究：达·芬奇名作《最后的晚餐》里藏着一个大秘密，可以称为"圣杯的秘密"。美国教授罗伯特·兰登作为小说主人公，是一个高颜值、高智商、高学历的高级知识分子，还有高级格斗能力，简直是新时代万能英雄。在貌似零散的事件中，罗伯特·兰登教授侦破了一个惊天秘密，也是绝大部分读者所不知道的秘密。从悬疑的角度，这个最终秘密一定要非常震惊，又要有充分的逻辑和理性，让读者在震惊中满意地结束这趟阅读的旅程。

当读者读到罗伯特·兰登教授侦破了惊天大秘密后，事件也就自然地结束了。

丹·布朗综合历史、宗教和悬疑的因素，炮制出令人惊奇的"麻辣酸甜鸡尾酒"。历史典故、历史名作、历史人物类悬疑作品，一直是类型小说的大类。又如意大利符号学家、小说家翁贝托·埃科的名作《玫瑰之名》，不仅充分展示了符号学和历史学的丰富知识，而且情节惊悚动人，很有可读性，出版后广受欢迎，改编成电影也是风靡一时。

丹·布朗的《达·芬奇密码》相比之下更好读，情节也更紧凑，当时没几年销量就达到八千万册，后来改编成电影也很卖座。我读这本书时也被精彩情节吸引，非知道结果不可。最终来到故事尽头，一切都明晰之后，突然感到空空落落的。后来想拿起来再看时，却发现索然无味——什么都知道之后，就再也没有兴趣看了。一部惊悚、悬疑作品，阅读结束了，整个世界也结束了。

三、人生的自然道

这种结尾的作品主要是描写主人公的整个人生。

长篇小说可能是最好的例子，这样的作品非常多。

典型的长篇小说通常是描写一个人从出生到长大，经历爱情，生儿育女，直至生命尽头的漫长历史。一部小说，就是主人公的一生。当主人公生命开始，作品就开始了；主人公生命结束，作品就结束了。最典型的例子是 1915 年诺贝尔文学奖获得者、法国大作家罗曼·罗兰的名作《约翰·克利斯朵夫》。

再给大家举两个例子：

1.《阿 Q 正传》大家都非常熟悉了，但我仍然要从叙事的角度分析一下。

小说里，鲁迅要写一个叫作"阿Q"或者"阿贵"的村民，他是一个乡村无业流民，名字也记不清楚了。"阿Q"诞生在一个奇特时代，生活在一个奇特世界，人生没什么可说的，无地无房也无田产，在村镇里流浪，东讨西乞，受尽别人的白眼和鄙视。时代变化太猛烈，也把他裹挟进了洪流中。于是，"阿Q"糊里糊涂地参加了革命，品尝过革命胜利的小果实，勇敢地摸过小尼姑的秃头，最后糊糊涂涂地被抓，莫名其妙地被当作革命党杀了。"阿Q"的生命结束了，故事也结束了。小说末尾，"阿Q"努力地想画一个圆，但是他连画一个圆的能力都没有。

这个故事具有强烈的象征性和暗示性，最终演变成早期中国社会革命的一个典型隐喻。

2.加西亚·马尔克斯的长篇小说《百年孤独》里有个著名老太太乌尔苏拉，她和她的整个家族，都完整地经历了哥伦比亚的马孔多小镇的兴与衰，而且每一个典型的历史阶段，乌尔苏拉都有敏锐的感觉。当乌尔苏拉百岁高龄去世的时候，整个马孔多小镇也一起结束了。

这两种结尾，都是"人生的自然道"。

这种"人生的自然道"方式，适合运用在大历史跨度的长篇作品中。

一个人的命运，一个漫长的历史，通常是自然而然地结束。作家无须绞尽脑汁琢磨一个独特的结尾。然而，这类长篇小说很考验作家的人生阅历和思想的锐利，也考验作家写作时的谋篇布局和语言调度的能力。如果才力未逮，缺乏独创的思想，开篇要写几十万字甚至几百万字，可能会把这种人生自然道写成人生流水账。

四、杀死主人公

我在学习写作阶段，常为小说结尾而苦恼。

我现在仍然处在这种苦恼之中。

短篇小说和中篇小说,结尾通常是最困难的。因为篇幅有限,事件一旦结束,某个人物一旦死亡,小说就走到了结尾。

这时作家很痛苦:到底拿这个人怎么办?是自然地寿终正寝,莫名其妙地消失,掉进下水道里,还是被火车撞了呢……

有各种可能,很难选择。

辗转反侧,左思右想,无论如何,你都会发现:无法更巧妙地处理小说主人公的命运。

某位老师曾很酷地对我说,不知道怎么结尾,就把你的主人公杀掉!

这句话令我非常震惊。怎么可以这么简单粗暴?怎么能如此不负责任?

年长了,有经验了,我重新思考这个问题,觉得虽然简单粗暴,对初学者来说却手到病除。

当我们上了年纪,社会阅历更丰富,对人生、对命运的思考越来越深入时,作为人的同情心也随之增加了。这时重新思考每一个人物的命运,可能会这样想:一定要给他一个出路!

就仿佛,这也是给我们自己一个出路。

作为职业文学编辑,我常常碰到和别人谈结尾的难题。

实在想不到更好的办法了,我就说,这部小说就这样吧,下次让主人公好好活着。

一部作品的结尾,和作家的人生经验、人生修炼、写作境界都密切相关,有时只能期待它的自然成熟,真的是急不得。

王国维先生在《人间词话》里选用了三段宋词,精妙地表达了人生三重境界。

第一重境界："昨夜西风凋碧树,独上高楼,望尽天涯路。"

这是晏殊的《蝶恋花》,是少年心路。

第二重境界："衣带渐宽终不悔,为伊消得人憔悴。"

这是柳永的《蝶恋花》,是中年时期的各种沉重负担。

第三重境界："众里寻他千百度,蓦然回首,那人却在,灯火阑珊处。"

这是辛弃疾的《青玉案》,是人到晚年的顿悟。

词的三重境界,是人生三重境界,也是小说写作的三重境界。

这三重境界,具体来说每一个境界都有丰富的可解读性。对此有思考、有经验的读者,可以延伸出滔滔不绝的大篇幅,甚至写一本专门的著作。

对小说结尾的处理,可以看出作家属于哪一重境界。

写作的三重境界,每一重境界的修炼,对于我们来说只能顺其自然。

每一名作家从无名到有名,从幼稚到成熟,都要在打怪升级的具体修炼过程中成长。

课后作业:

我们继续处理"隔壁老王"这个题材。

有一个新要求:不能杀死主人公,而是要处理成大团圆结局。

聪明的你可能已经发现了,大团圆结局,通常要为主人公设置道德制高点。

为何要设置"道德制高点"呢? 这是因为大团圆结局是一种对传统道德的皈依,而不是挑战。这种传统道德被认为是自然合理的,不可挑战的。而这种不可挑战的道德,就是道德制高点。一个懒惰的作者通常不愿意、也可能无力去挑战这种传统道德，于是这种传统道德就悬挂在自己的脑袋上，成为不可以触碰、不能挑战、不敢逾越的高山。

设置道德制高点，好处是不用去证明，不用去论述，自然而然地成了你的根据地，读者只能迎合、顺应、屈从于你的道德诱导。

道德制高点的设置，符合《孙子兵法》里的"借势"法："如转圆石于千仞之山者，势也。"

占据道德制高点的主人公，就可以更有效地扫清人生障碍，对那些不服从者，全部加以痛击，而获得预定的满意结果。

你会怎么来讲这个故事呢？

第五课
怎么描写场景

现在的文学写作，面临着影像艺术的挤压式竞争。

从小说原著到电影，从语言到影像，其中的差别很大。比如改编列夫·托尔斯泰的名作《战争与和平》，对某个大场面的描写，影像的呈现就要斟酌再斟酌。影像艺术不同于语言，这些场景以影像的方式出现，需要大量的人员和物资的调用，要耗费巨量资金。如果预算充足，电影可以运用高机位（现在可运用无人机），场面一扫而过，显得非常庞大。如果拍摄军队的作战，要聘用数千临时演员，费用是非常昂贵的，各种后勤、服务都非常烦琐。而在小说里，却只需要作者运用好自己的想象力和语言，相比之下，显得非常"划算"。

电影（包括电视剧）涉及物资和人力的调用，需要可观的投资。而文学语言描述，消耗的是想象力，以及语言文字的组织能力。

因此，当影像手段越来越精确地为人们描述外部世界的时候，语言艺术开始进入人们的心灵深处，更多地体现内心世界的微妙。迄今为止，在描述内心世界的"星辰大海"时，语言艺术仍然是最有效的手段，那些幽暗不清、暧昧难分的内心世界，有时候通过语言更能呈现出来，让人心有灵犀。

很多小说名著都改编成了电影，但有些资深读者更愿意读小说。

电影诚然很具象，表现也可以很生动，但是总会有某种微妙的"边界"，了解小说原著的观众会感到不够满足。例如，男主演、女主演的个人形象不一定符合读者的愿望和想象，一些细节改编后失去了原著的丰富意味等。虽然电影的具体影像会带给人一种特殊观感，但在时间"长度"上，却无法跟小说原著相媲美。长篇小说可以很长，可以是十几万字的小长篇，也可以是数百万字的长河小说，甚至可以是如今动辄数千万字的网络小说——电影无法如长篇小说那样更充分地展开，尤其是在人物心理活动上，无法精妙入微地展现。电影或电视只能采用内心独白、画外音等方式来弥补这方面的不足。不过，也有些学者认为，现在的电视连续剧艺术也在不断地推进，代表性的英剧和美剧，都在运用自己独特的表现方式，来呈现一个庞大的虚构世界或现实世界。尤其是美剧，因其独特的构思、精微的细节、详尽的刻画、吸引力强烈的情节、超级演员的配备和大投入，深受各国观众的欢迎。有些特别畅销的美剧通常还分好几季，最畅销的甚至超过十季。这些美剧或英剧作品已经代替了通常意义上的长篇小说，甚至在反映生活、想象力和创造力上，还超越了传统意义上的长篇小说。这也是一个值得探讨的观点。

但我始终觉得，小说的语言艺术在于一名高明的作家可以运用语言，更精微地进入人们的精神领域，揭示人们心灵世界中的复杂情感。而情感纠葛和无法简单澄清的部分，也许更为打动读者。有时读到共鸣之处，掩卷遐思，浮想联翩，进入的是一种很美妙的思维乐趣境界。这种思维的乐趣，可能是文学语言独特的价值之一。

意大利文学大师伊塔洛·卡尔维诺有一段话，收录在他的讲演集

《未来千年文学备忘录》里：

> 我对于文学的前途是有信心的,因为我知道世界上存在着只有文学才能以其特殊的手段给予我们的感受。目前为止在进入人类心灵的精微世界时,语言文学是最好的航船。

鉴于影像艺术的强势,纯粹的语言艺术作品对运动会、集会、战争等大场面的描述越来越精简了,甚至干脆不再描写,而是更专注于人本身。在现代主义文学作品中,原来的第三人称全知全能叙事视角,更多地被第一人称的主观视角所代替。

在这种"主观视角"中,作者和人物限定自己,让自己处在一种自我的角度中,看到的是一个"限定"的世界,而不能知道视角之外的事情。

读者也被限定在这个主观视角里,随着主人公一起探索未知世界。

这个世界是陌生的(可能危险的),因此,每一步都是在探索、在探险、在发现。随着视角转换,我们不断看到更多的原来不知道的事情。这些事情需要行动者不断行动,才能发现——跨界地看,第一人称视角最好的例子是射击游戏。

从二十世纪二十年代西方现代主义盛行以来,第一人称成了常态叙事,"我"常常是主人公。有些作品并不总是第一人称,但是会打乱视角,第三人称客观叙事和第一人称主观叙事交叉进行,带给读者更为丰富的文学认知世界。

复杂视角的转换是现代派小说的特点,也是作家认识复杂世界的一种直接体现。在现代小说出现之后,读者们发现,现实主义小说中的完整世界,渐渐地被破碎图景所取代。毕加索的立体主义绘画并不是完整图像,而是拼接的图景。后来一部分绘画也到了抽象阶段,经典油画所表现的栩栩如生的人物,转而变成了抽象的、复杂的色彩和线条,表达一种暧昧不清的纠结情感,一种诉诸观众和画家直接交流的复杂情绪。一百个观众有一百种不同的感受,而这些感受都是合理的,现实的。这就是抽象,是对于具象的一种现代性变化。

一些作家可能会震慑于列夫·托尔斯泰在《战争与和平》里或肖洛霍夫在《静静的顿河》里描写的庞大战争场面。但是,动不动就是十几页纸的长篇描述,相信很多读者现在很难读下去了。

日本著名作家村上春树先生在写作时做过各种尝试,都很成功。从早期的《挪威的森林》中的个人叙事模式到《1Q84》中的试图描写现实的客观叙事模式,他都尽量避免宏大叙事。宏大叙事力量很宽泛,也不那么精准,容易大而无当。村上春树的作品虽然属于流行文学,但他的写作仍然能细微地进入个人生活,从个人生活的内在往外观察和体会外部世界。对于这种作家来说,外部世界往往是内心焦虑或其他复杂情绪的投射,而不是脱离个人情感存在的。在《海边的卡夫卡》里,村上春树写主人公搭乘大巴,看到天空怪异的云彩,是很典型的"主观投射"。这片云彩因为主人公观察到了才存在,而不是自然地、独立地、客观地存在于那里。

现代主义的经典作品,比如法国大作家普鲁斯特的《追忆似水年华》、爱尔兰大作家詹姆斯·乔伊斯的《尤利西斯》,那么漫长的篇幅,有足够的空间,作家却很少写大场面。

尤其是普鲁斯特的长篇自传体小说《追忆似水年华》,讲述的大部分都是身边的琐碎事件,细致入微地记录人物内心浩瀚的个人世界。

意大利大作家伊塔洛·卡尔维诺的长篇小说几乎没有大场景,美国大作家福克纳的长篇小说,也几乎没有什么大场景。

现代主义作家大都放弃描写大场面,避免跟影像艺术"正面对撼",转而发挥语言艺术独特的精微表现力,呈现人物的复杂情感。现代主义小说中,大场面更多地被切割成了小场景——各种特殊场景。

从战场回到了情场,从体育馆回到了咖啡馆,从火车站回到了客栈,从外部世界回到了内心世界……今天的文学作品会更多地,也会越来越多地和人们的内心世界发生密切的互动。

诺贝尔文学奖获得者、法国著名作家莫迪亚诺的名作《暗店街》,曾受到中国著名作家王小波的推崇。在长篇小说《万寿寺》里,王小波一开头就引用了《暗店街》。

《暗店街》这部小说写二战之后失忆的主人公,一直努力地寻找各种线索,想了解自己过去是什么人。随着主人公的行动路线,小说在巴黎的咖啡馆、酒吧、公寓这些相对琐碎的场景里展开。一个人不知道自己是谁,这是一个特殊的隐喻,表明二战之后,人们在极度的自我怀疑中,丧失了认同感。

德国著名作家聚斯金德的长篇小说《香水》也是一部好看的通俗小说,这部小说行走在了通俗与严肃的边缘地带,具有丰富的可阐述性。

《香水》一开头就描述了十八世纪巴黎的肮脏环境,主人公诞生于腥臭的鱼摊下,和被掏出来的鱼下水混在一起。

这是一个令人恶心的场面,也是一个特殊场景。这个特殊场景,正好适合成为邪恶的主人公的生存环境。

作为写作者,我们可能要常常进行身份置换。

我们要想到,假设身在咖啡馆的是自己,会怎样与主人公进行对话呢?

我自己最近在写一组狐狸精小说。其中有一个场景,作为开头,一直萦绕在我的记忆中：

咖啡馆服务生小马从来没有听过这么搞笑的对话。

在咖啡馆的角落里，一排书架的转角处，一男一女两个人隔着桌子，面对面坐着，台灯的光让他们的脸色半明半暗。他们的眼睛闪烁着怪异的色彩，都是略微侧身坐着半个椅子，一只胳膊斜着靠在桌面上。小马感觉似乎他们的股下有条尾巴，无法好好地正襟危坐。

"一千五百年没见了，你还是老样子。"女的说。

"什么话？我变化超大的。"男的说，"我连尾巴都变没了……"

我个人喜欢这个开头，觉得它蕴含着可以展开的丰富线索，也是一个特殊场景的描述。

在写作中，我们不可避免地要面临一个又一个特殊场景，面临着如何选择这些场景的难题。如何更好地运用语言来表达特殊的场景，是现代写作中的一个重要技巧。

下面我们来归纳一下场面要怎么描写。

一、描写外部风景的时候要简略

描写外部风景，是要表达观察者的心理感受。村上春树的长篇小说《海边的卡夫卡》，写一个十五岁少年离家出走，搭乘大巴在高速公路上飞驰：

我拉开窗帘，观望外面的风景。雨虽已经完全停了，但好像刚停不久。窗外闪过眼帘的一切无不黑乎乎湿漉漉的，滴着水滴。东面的天空漂浮着几朵轮廓清晰的云，每朵云都镶有光边。

这段文字，不是对风景的详尽描述，而是精简描述。他挑选的这些片段，是为了对人物的内心产生触动。这里面有两个关键词：湿漉漉的感受、镶着光边的云。对应的是一个十五岁少年的特殊内心：单纯又复杂。

二、以对比方式衬托特殊场面，让读者在对比中获得满足感

捷克大作家赫拉巴尔在长篇小说《我曾侍候过英国国王》里，描写布拉格的一座豪华大饭店接待非洲塞拉西皇帝一行时，皇帝随身带的来自非洲的黑人大厨，专门炮制一种特殊的菜肴。这个炮制菜肴的场面非常盛大：

> ……非洲黑人大厨先煮了几百只鸡蛋，接着烤了二十只火鸡，然后用大块的黄油煎熟了两只从动物园里买来的大羚羊。他们把烤熟的火鸡，煮熟的鸡蛋以及其他的馅料全都填进了羚羊的肚子里。最后当场宰杀了一头可怜的骆驼。用三辆卡车运来的木材生火，制作炭。在鲜红、滚烫的木炭上烤骆驼。骆驼烤熟了，他们再把两只烤熟的大羚羊塞进骆驼里，继续烤。

就这样从小到大，一层层叠加，形成强烈对比。这个场面不宏大，但是很热闹，活色生香，催人口水。

三、特殊人物出现在特殊场景中，描写在场其他人的反应

描写特殊场面、特殊气氛时，作家会调用"反应模式"描写其他人的表现，从而呈现特殊人物带来的特殊气场，而不是费力地描写主人公长什么样，个子有多高，眼睛有多大，鼻梁多高等等。这些可以留白，保留想象空间，让读者去脑补。语言的特点是线性的，可以类比或白描，但不可以正面"油画"。在描写一个风景、表现一个人物的时候，要精练且留白。

如果你要写一个美女，或一个重要人物，直接描写她的长相、她的举止，都是费力不讨好的。不如间接地描写她的美、她的气质在一个特定场景中造成的骚动。

举个例子，运用主观感受：她一进门，整个大厅一下子安静了。

为什么安静呢？有各种原因，作者不全说出来，留给读者去脑补。读者都是受过教育的，有阅读经验的。他们会调动全部人生经验来参与想象，介入创作。

我在少年时期读金庸武侠小说《天龙八部》，真是多愁善感，像一头情感驴子一样被金庸的语言线索牵着鼻子走。我和段誉一样，被惊为天人的王语嫣震惊了，并为此浮想联翩，如痴如醉。现在回过头来想一想，金庸并没有直接描写王语嫣，我不知道她是大眼睛、高鼻梁、樱桃小嘴，还是黄蜂腰。他描写段誉一见到王语嫣就神魂颠倒，来烘托王语嫣的绝世之美。段誉是大理王子，他见过各种美女，不是没见识的蠢货，竟然会被王语嫣的美震惊，可见王语嫣的魅力。

每一个读者都会有自己的独特想象，会按照自己的经验、癖好，来创造一个属于自己的王语嫣形象。

这跟电影或电视连续剧是不一样的。在电影、电视连续剧里，人物

形象被特定的演员固定化了。这会使读过原著的观众多少有些不满足甚至失望。不管是刘诗诗、刘涛、高圆圆，还是其他人，她们的美都是固定的，她们一旦扮演了王语嫣，就成了一个固定的美。总不如阅读小说时那样，可以天马行空地想象。

前段时间我重读了古龙的《楚留香传奇》。古龙与金庸不同，他的写作风格是极简风。这部小说的一开始，写名震天下的香帅楚留香的露面，整个场景是暗示性的。

京城几大高手聚集在金伴花公子的府里，如临大敌般守护着一个宝贝：白玉美人。

前些天，名震天下的香帅楚留香送来一个纸条说：听说你们家有一个白玉美人，妙手雕成，今晚子时我来取。如此狂傲的留言，视京城高手如粪土，把几大高手气得浑身颤抖。高手们做好了充足的准备，齐心合力一定要把楚留香拿下，让这位名满天下的香帅败走京城。

这个独特的预先场景设定，先造了一座坚固的城堡，然后考验读者和作者如何巧妙地去攻破这个城堡。在通俗文学中，设定一个看似无法解决的难题，然后作家自己做出出人意料的巧妙破解，让读者大呼过瘾，这是典型的成功模式。

子时，气氛凝固，楚留香突然出现在屋顶，狂傲地说："白玉美人我拿走了。"几大高手立即上房追逐，只有一位装了两片金属耳朵的高手留下来，嘿嘿冷笑说："老夫才不中你的调虎离山计呢。"

突然，一阵敲锣声在他耳边震响，听觉灵敏的高手几乎被震昏过去了。

在几大高手的包围中，楚留香如入无人之境，就这样轻松地把白玉美人盗走了。

香帅楚留香轻功天下无双，到底有多高超，没有直接写，只是写他如鬼魅般突然出现,突然消失。突然加速,突然停止,都是人类无法做出的动作。这种"反应模式"带来的效果,通常会在读者的内心产生强烈的共鸣。其中所留下的脑补空间,就是语言艺术的最大魅力之一。

四、人物行动蕴含风暴,有令人不安的暗示性

几乎所有人都爱看美剧和英剧。这些电视剧资金投入巨大,编剧艺术高超,其中的人物对话,非常值得学习。

前段时间我看了几集《西部世界》,讲的是人工智能的未来。"西部世界"里有一个以十九世纪中期美国南方的景象为模板复原的游乐场,里面有无数仿生人在为寻求刺激的真人顾客服务。这些仿生人的外貌、行为举止,都与真人无异。但他们却没有真人的"人权"。仿生人被制造出来是供游客蹂躏、糟蹋、享乐的,如被射杀、提供色情服务等。其中有一个美女主角,是农场主的女儿多萝丝。她每次都是从自己家中离开,这时场面是温馨又美好的。随后流氓来袭,对她施以暴力。在被侮辱、被伤害、被毁灭之后,她会被送到修理厂维修,然后再被重启。这之后,她什么都记不得了。修补,重启之后,她又成为一个新人,新美人。故事关键点是,美人每次离开家门出去时,总是夕阳斜照;每次告别父亲,都是一个人进入牧场。这个场面不断地反复,令人震惊。最后,观众会猛然发现原来这是一个虚假场面,是一个"戏场"。

《西部世界》给我带来震撼的感受。

这种暗示性的令人不安的内容,是通过不断复沓的方式出现的。人物的行动和对话,蕴含着更多的可能性,作品才能扣人心弦。

课后作业：

做一个描写特殊场景的练习。以公司新人为素材，描写一个江湖传说中威名赫赫的美女总经理第一天来到公司上班，造成的各种不同的反应。

第六课
怎么把一个人写得活灵活现

文学作品的核心价值是写人。

著名文艺理论家钱谷融教授在二十世纪五十年代写过一篇文章《论"文学是人学"》，指出了文学的本质，同时也给他带来了漫长的"厄运"。

作为"人学"的文学，主要表现对象是人。把主人公写成"特殊人物"乃至"典型人物"，是文学作品的主要目标之一。一个成功的人物形象，是经典作品得以流传的最主要因素之一。

典型人物和典型环境，是经典文艺批评的两个重要概念。

典型人物终极指向脸谱化。

"脸谱化"曾受到大批判，乃至现在变成了一个贬义词。

这是对"脸谱化"的最大误读之一。

中国古代章回小说《三国演义》《水浒传》《西游记》《说唐全传》等，全都是"脸谱化"的产物。尤其是《水浒传》，一百零八将，三十六天罡，七十二地煞，每一个人物都栩栩如生——之所以如此，是因为被高度概括而形成了"脸谱化"。

传统说书、讲故事时,把印象记忆传递给听众的最佳方式是高度"脸谱化"。到了京剧,更是以画脸的特殊表现方式,让戏曲人物高度抽象化,而形成令人印象深刻的"脸谱化"。

《三国演义》的主要人物,在京剧里有各种各样的脸:黑脸、红脸、白脸、花脸。

过去演艺舞台的环境和电影院不一样,不能远近调度,没有麦克风,没有喇叭,观众在远处看过去,只有白生生或黑乎乎一张脸。观众需要立即就知道这是奸人、好人、坏人、英雄还是美人,无须苦思冥想。过去,有些乡村乡场会在节庆日上演地方戏,如萧红在长篇小说《呼兰河传》里写的,演出时,十里八乡的亲戚朋友都来了:老姐们见面,孩子撒欢,或趁机做媒相亲,各有目的,熙熙攘攘、热闹非凡。看戏,倒不是主要目的了。

这就是"脸谱化"的妙处:即时"脸部识别",有如人工智能。

"脸谱化"能迅速地让读者和观众进入既定的场景中。好莱坞电影、美剧,实际上都很"脸谱化"。坏人怎么出场,好人怎么出场,招式非常类似,人物长相很有特点,和京剧脸谱设定很像,就差画白脸、红脸、黑脸和花脸了。这些都可以称为"脸谱化"。虽然也可能被批评家批评为老套,但是这种面向普通观众的娱乐电影,要切中的是普通观众的情感,而不是为了迎合批评家的理论。

这种抽象和归类很有效,在故事中可以迅速推进情节,读者和观众不用为分辨好人坏人而忙乱。大部分观众只是娱乐而已,不能耗费太多脑力。

现在有高速摄影等手法,有各种复杂机位的运用,根据表现的需要,可以把场景展现得淋漓尽致,让观众看得清清楚楚。而旧时看舞台上演员的表演,通过脸谱可以迅速区分典型人物,也是高效的模式。

"脸谱化"要求人物性格特点鲜明。

缺乏独特人物性格,读者就无法有效地分辨。到底是刘备、关羽、张飞还是曹操?是诸葛亮、周瑜还是鲁肃?

每一个人物呈现出来的都是独特人物性格,才能让观众印象深刻。

自从影像艺术诞生后,语言艺术碰到了一个严峻的挑战。

描写一个人的脸蛋、身材、皮肤时,语言表现力不像图片和影像那么直接了。现在人们P图、美图,各种形象直截了当呈现,同时也带来了过度修图的失真和诡秘效果。图像能直接把人物状态显示出来,相反,语言描述却是间接性的。

语言的呈现性特点,要求读者深度参与想象拓展。现代作家更多地采用精简式语言来暗示、反映、表现、烘托,不再长篇大论描述一个人的长相、一个街区的分布。有经验的作家会精简地,以触发式情景来"表现"。

语言运用的特点是"表现",而不是"描写",把这两者区别开很重要。

一个女孩子出场,作家不再描写她的眼睛有多大,鼻梁有多高,嘴巴是怎样的,而可能仅仅写女孩子身材高挑,皮肤白皙,眼睛有神。还可以添加其他特点:走路很快,声音干净。抓住一个特点,放大地写出来。而她鼻子有多大,嘴巴有多性感,皮肤有多白,头发有多长,都不用太详细地写。读者具有共情能力,他们会以自己的人生经验,把人物完整地想象出来,甚至会添油加醋,自我陶醉。

现代作家除了精简描写,会更多地运用动态的、快节奏的语言,进行简笔捕捉。

爱尔兰现代文学大师詹姆斯·乔伊斯的长篇小说《尤利西斯》,开头这样写道:

神气十足，体态壮实的勃克·穆利根从楼梯口出现，他手里托着一钵冒泡的肥皂水，上面交叉放着一面镜子和一把剃胡刀。

"神气十足，体态壮实"，会让你想到什么种类的人呢？读者可能会把自己曾见到过的或之前存储在记忆中留着大胡子，略肥胖，个子高大的欧洲人的形象，置换到这个情景中。如此，作为读者，你就创造了自己的穆利根形象。

语言艺术留下了空白，也留下了刺激型反应场景，读者与作家可以在这当中有效互动。读者通过自己的认知和创造，在作品的基础上，为自己创造了一个独特人物。这个独特人物，包含了读者自己的解读。

写人物，有很多种方法。

在这里，我总结为三种。

一、用细节来表现人物性格

以"站在楼梯口"的穆利根为例。

他手里托着一钵肥皂水，上面交叉放着一面镜子和一把剃胡刀。细节很生动，很传神。深入分析，穆利根这个人物不拘小节，有点大大咧咧。他和另一个人物斯蒂芬同居一室，本应更注意自己的形象。作者后面继续描写他穿着睡衣，没有系上腰带，胸口敞开着。通过这个细节，读者一下子就识别出他的特殊人物性格：不拘小节，很夸张，很做作，也乐观外向。

语言运用要有节奏感，非资深读者和作者很难体会。

细节，让整个"时间"放慢，让"空间"放大。细节不是整体性描述，不是抽象的"脸谱化"，而是丰富性、具体性的体现。这种丰富性放慢了时间,让语言速度和节奏慢下来。

简单地说:抽象、归纳加快节奏,细节让节奏慢下来。

村上春树的成名作《挪威的森林》,开头描写那位中年男人在飞机上的遐想:

> 三十七岁的我坐在波音 747 客机上。庞大的机体穿过厚重的雨云,俯身向汉堡机场降落。

这是铺垫段落,不必细节描写,因此简明扼要,速度如飞机一样快。后面通过情景过渡,叙事基调落到女主人公身上,细节大量出现,节奏就慢下来了:

> 即使在经历过十八度春秋的今天,我仍可真切地记起那片草地的风景。连日温馨的霏霏细雨,将夏日的尘埃冲洗无余。片片山坡叠青泻翠,抽穗的芒草在十月金风的吹拂下蜿蜒起伏,逶迤的薄云紧贴着仿佛冻僵的湛蓝的天壁。凝眸望去,长空寥廓,直觉双目隐隐作痛。清风抚过草地,微微拂动她满头秀发,旋即向杂木林吹去。树梢上的叶片簌簌低语,狗的吠声由远而近,若有若无,细微得如同从另一世界的入口传来似的。此外便万籁俱寂了。耳畔不闻任何声响,身边没有任何人擦过。只见两只火团样的小鸟,受惊似的从草丛中骤然腾起,朝杂木林方向飞去。直子一边移动步履,一边向我讲述水井的故事。

如此详细地描写女主人公,速度变慢了,与开头那段快节奏相比,形成了反差。在这里,小说语言就产生了明显的快与慢效果,语言的节奏出现了独特的美感。

语言节奏上的快与慢,不仅仅通过这么简单的段落体现,还有作者调动的情感和情景。有些紧张段落,节奏就快,舒缓段落,节奏就慢。

语感是很特殊的感觉,需要长期写作训练才能激发出来。

二、用动作来表现性格

举《红楼梦》的一个例子。

林黛玉第一次进大观园,"宝二爷"眼睛就直了:他一眼看见林黛玉,就特别欢喜,打心眼儿里高兴。可是,接着他发现,林黛玉脖子上并没有戴着宝玉。贾宝玉看到这个,就非常不高兴,说,天仙般的林妹妹都没有宝玉,我要这个宝玉干什么?然后就把宝玉扯下来,扔在地上,用脚踩碎。

贾宝玉是"聚焦中心",所有人的眼睛都落在他身上。他的一举一动,牵动着大家的心。贾宝玉这个动作,把贾府的姐姐们都吓坏了,赶紧去抢救这块玉。前后反差,一静一动,一下子就把整个贾府"动态化"了,扯动了所有人的神经,也牵动读者的心。

这个行动可以表现三种情形:

1.宝二爷是个天生情种。

2.此人缺乏理性。命根子的一块宝玉,他扯下来扔在地上用脚踩。

3.贾宝玉的做法有悖儒家道统。

这里需要进一步阐述。

孔子评《诗经》有句名言:"乐而不淫,哀而不伤。"

一个正统儒家男子,今后要参加科举,经世治国,做人应稳重、稳当、喜怒不形于色。但贾宝玉与众不同,完全不守儒家规训。从他父亲贾政的角度看,这孩子是个不能好好读书,追求仕进的"废物",难以把家族命运托付给他。再长大一点，贾宝玉还会被下人视为癫子、疯子，不守礼法，胡思乱想。只有林黛玉才真正懂他，是他的知音。"问世间，情为何物？"就是这种贾宝玉和林黛玉一见到彼此，就觉得是自己人的直觉。

相反，有分寸、有理性、有学识、有智慧，做人稳稳当当、四平八稳，人见人爱、花见花开的薛宝钗，什么都好，就是没有真性情，没有跟贾宝玉一见就惺惺相惜的那种感受。她对贾宝玉的感觉，是一种规矩下的感觉，贾宝玉跟她在一起，感觉是娶了一个管家婆，什么都要管，什么都不能做，动辄得咎。

《红楼梦》的高明之处就在这里。在旧时代背景下，一个不尊崇传统儒家礼法，不肯参加科举，只爱读闲书和禁书，爱和女孩子泡在一起的小男生，和整个主流社会意识形态不一致，是一个"反潮流""反社会""反时代"的特殊人。贾宝玉属于未来，他不属于那个磨灭人性的时代。

通过扯下脖子上的宝玉这个小动作，细心的读者能看出贾宝玉与众不同的性格。

在作品里运用恰当的动作来表现人物性格，可以达到事半功倍的效果，也节省语言，让作品更加精炼，更有节奏感。

作为专业文学编辑，我常收到各种来稿。一些青年作家缺乏语感，一写到人物就大段大段地描写，好长一段文字没有任何设定和带动感。又或者是大段的内心独白，如同一列列地下铁飞驰而过。

独白没有问题，地下铁飞驰也没有问题，关键在于独特的情景设定。

假设有一列载着外星人致命武器的地下铁在飞驰。独白者是超人，他的下一个行动决定了整个人类的命运。读者都紧张地盯着这列高速运行的地铁，内心被强烈地带动。但主人公超人沉浸在自己的记忆中，就在那里没完没了地独白。那么，这个独白的段落就具有强烈的带动性。这个独白越漫长，气氛越紧张，观众越喘不过气来。

这是一种相辅相成、彼此调动的情景关系，需要特别设定。

三、运用比喻和隐喻，让人物活灵活现

鲁迅在《故乡》里写"豆腐西施"杨二嫂，有个比喻，刻薄而生动：

张着两条腿，正像一个画图仪器里的细脚伶仃的圆规。

一提到圆规，读者脑子里就浮现出两条很长的细腿，这两条细腿上，支撑着瘦小的身体。这样比喻，确实很生动，有一字顶一页的功效。在比喻运用上，鲁迅确实是语言高手。通过比喻的手法，仅二十个字就把杨二嫂的形象表现得活灵活现。换成另一种描述手法，可能写了一大段，还是写不好。杨二嫂很瘦？腿很长？瘦得要命？瘦得可怕？我竟然一时想不到更好的方式，犯了"失语症"。一个新鲜的比喻，却立刻让人物栩栩如生。所以，运用好的比喻描写人物是好方法。

很多职业作家，如果不是仔细研究过，常常不会区分"比喻"和"隐喻"。

这里简单说明一下：

1.比喻。杨二嫂像一个……圆规。

2.隐喻。杨二嫂是一个……圆规。

不同之处就在于"像"和"是"。

隐喻是用一物代替另一物。例如：老王是一头老黄牛。

这里用"老黄牛"代替了"老王"，把大家熟悉的"老黄牛"的品格，

直接赋予"老王"。

小说类型很丰富,同时不断地变化着,以适应社会的变化。

二十世纪后,现代主义作家不再以全知全能视角来观察和反思急变社会,不再努力塑造典型人物形象,而更多的是转入人物内心世界,通过人物内心活动,反映一个日渐陌生的外部世界,表现人与人之间关系的"陌生化"。

十九世纪现实主义作家可以清晰地观察和表现熟悉世界,二十世纪现代主义作家眼中,这个世界变成了碎片化的、难以把握的陌生化世界。这也是现实主义与现代主义的本质区别之一。

话分两头说,如果你在写玄幻、穿越等类型小说,那么塑造一个性格生动的典型人物,甚至加以脸谱化,对小说的推动性会更强,阅读中的带动效果也会更好。网络上有大量"长河小说",动辄千万字篇幅,读者能记住的细节不多。在确定的世界观和特定情境下,比如就是"行侠仗义",或者是"改变历史",又或者是"好基友,一起走",典型人物性格的塑造越成功,就越容易被读者记住,作品传播力也会更强。

以上三种方法不能算是完整归纳,在具体写作时,你还可以找出更多的好方法。

回到"隔壁老王"这个段子。

这一次,我们要把"隔壁老王"塑造成心机很深的人或谨小慎微的人。应该怎么写呢?

第一,在细节上描述:隔壁老王出门总戴着一副墨镜,无论春夏秋冬,像香港导演王家卫那样。

第二,动作上可以写:他特别喜欢小孩,看到小孩就会忍不住咽口水。

第三,作一个比喻:老王坐在花坛边,就像一个很大的南瓜。

运用以上三种方式来刻画不同一般的"隔壁老王",这个人物形象就会更生动地呈现出来。

课后作业:

请按照自己的想象,充分地发挥,用以上三种方式写自己的班主任。可以是小学班主任,也可以是初中班主任。抓住人物的特点,写一段话,塑造他或她的人物特点。

第七课
写事如何生动、简洁、准确

在一部叙事作品里，"人与事"是核心关系。

生动、简洁、准确地表现"人与事"，反映出一名作家的语言运用能力。

我们每天都会听到很多的"人与事"。

早期人们口口相传，或到勾栏瓦肆听书，是一种获取信息的方式。识字者会读圣贤书，读历代史，读历史演义。现代人通过电视、电台、杂志、报纸了解世界。当代人沉浸在网络信息海洋中，被各种真真假假、虚虚实实的信息所包围。

每一种新型媒体，都随着特殊事件的爆发而登上历史舞台。例如，二战爆发时，美国总统富兰克林·罗斯福运用广播向全世界传达自己的声音。而唐纳德·特朗普，则在左派媒体对他的围追堵截中，运用自媒体方式来成功地表达自己，获得拥趸，从而让政治竞选网络化、自媒体化，打破传统媒体对他的层层封锁和形象歪曲。

在互联网时代，故事生产方式媒体化，真真假假、虚虚实实的故事被大量生产出来。一些人有机会把自己的独特经历写出来，从而震惊普通读者。很多自媒体,以炮制虚假道德故事的方式来吸引如饥似渴的订户。惊悚故事被光速传播,构成信息社会最新的虚拟现实:全世界的人几乎在同一时间看到同一事件的爆发,并"亲自"参与了这个事件的传播与评论,即时表达自己的观点。虽然大多数人都是泛泛而谈,但是涓涓溪流汇成江河,每个人都是庞大信息的生产者之一。那些占有大量信息资源的巨头,就成了"带节奏"的最强有力的寡头,他们的一言一行,都能影响社会。

在万物互联时代,球形世界变成了碟形世界。

过于丰富的信息淹没了真相,被精心挑选的信息破坏了大多数人的思考力和判断力。情节惊悚的网络故事,过于丰富的事件解释,也震惊了传统写作者,让他们对现实产生无力感和软弱感。

旧时代通过体验生活、抓取感人故事来写一部富于道德寓意作品的模式,在这个泡沫现实大于叙事文学的泡沫时代,悄悄地丧失了合理性。作家不需要去调查、体验、研究,不需要去请求别人给自己讲一个独特的个人故事。在网络上,耸人听闻的故事,感人至深的故事,都太多了,以至于让人"挑花了眼""看昏了头",如果缺乏判断力和思考力,面对太多素材时,写作者是会产生无所适从感的。

写作有两种功能。

一是面向他人写作。写他人的故事,表达正确思想和高尚道德,来诱导、感化、规训自己的目标读者。

二是面向自己写作。写作能更好地认识自己,透视内心的真相,揭示平庸的恶,认识微小的善。

更好地认识自己,表达自己,是信息时代的新要求。

信息泡沫带有极大的虚假性。我们听到的故事,看到的图片,都可能是被修改过的,也可能是被误导的,这些是虚假的真实。

甚至，我们的内心也不一定是真实的。缺乏独立思考能力，会被外界似是而非的口号牵着鼻子走，被自己身体里破碎的声音所控制，无法应对分成两半的"身体"，更无法承受碎了一地的"灵魂"。大多数人说着言不由衷的话，却以为是自己的真意。

真正的写作者，大多是痛苦的、焦虑的，他听到身体里真实而破碎的声音。

信息世界里那些浮现在水面上的泡沫，大多是被过度阐释的，被有意诱导的。只有沉淀在海洋底下的，才是真正的庞然大物，是值得重视的巨兽。

外部世界风传的人与事，大部分跟我们都没有关系。发生在遥远世界、过去时间里的故事绝大多数毫无根系，会随风而去。微博上无数绯闻、八卦、政治消息几乎和你都没有关系。大部分信息如天上绽放的烟花，迅即显现，随即消失。你只是一个旁观者，一个被灌输者，一个信息受众。只有少数故事，会引起你的震惊，你会去转发，去帮着进行二度传播。绯闻或八卦如果带着套中套、疑中疑，或极度的反转，超大的信息量，会激发你的研究探索和创作冲动。

匪夷所思，难以置信，怎么会这样？种种感受不断迸发，不断汇集。

到最后，只有和你的人生经验发生化学效应，产生深刻情感共鸣的故事，才会留下深刻印象。作为写作者，你可能会记下这个事件，以自己的思考来审视这个事件，不断深入，不断认识，不断还原，了解越来越多的、深藏其中的真相。

只有极少数不断发酵，不断生根发芽的事件，才会被你列入写作计划。

几乎每一名作家的案头、电脑里，都堆满各种构思、各种开头，都有待深入思考和进一步完成。其中大部分都可能胎死腹中，再也没有机会发芽成长。只有极少部分最有生命力的会不断生长，最终成长为一棵大树，在你的记忆中，在你的思想中，不断深入根系，伸展枝叶。

这棵大树正是你不得不正视的故事，其中必定包含着某种强劲的生命基因，让它最终在时间的淘炼中，慢慢地、顽强地生存下来。

语言是一张网，生活是横无际涯的信息海洋。在信息泡沫中，无数大鱼、小鱼、虾米游来游去。撒下一张语言的网，网眼有固定大小可以捕捉特定的鱼。小鱼会游过网眼，大鱼可能会把渔网撞破。

恰到好处的语言，网眼密度也恰到好处，可以准确捕捉到你想抓住的鱼。

怎么写人，怎么写一件特定的事，怎么把合适的鱼从水里打捞出来，都是你要做的事。

组织架构不合理，语言运用不恰当，就像是收网手法不对，或把海水鱼扔到淡水里去，这条鱼很快就会死掉。

每一名读者都知道，列夫·托尔斯泰写长篇小说《复活》曾六易其稿，最后推翻重写。他之前设定的语言之网没有把这件事、这条鱼网住。他不断地调整网眼密度、思考深度、语言节奏到最合适程度，终于把这条鱼捉住了。

《复活》的男主人公是贵族浪荡公子聂赫留朵夫，女主人公是农奴的私生女玛丝洛娃，因为社会阶层相差过大，这两个人之间发生的事一定非比寻常——玛丝洛娃被聂赫留朵夫诱奸和抛弃，堕落成为妓女。一次她被诬告谋财害命，在法庭上被判有罪，处以四年苦役，流放西伯利亚。陪审员聂赫留朵夫认出了残花败柳的玛丝洛娃，内疚心理爆发，想帮助她为自己赎罪。最后，他还要与玛丝洛娃结婚。玛丝洛娃在聂赫留朵夫真诚忏悔的感召下，戒烟戒酒，消除前怨，产生爱情，焕发埋藏在心底的善，重获新生。为了不损害聂赫留朵夫的名誉和地位，她拒绝了聂赫留朵夫而跟另一个犯人西蒙斯结婚,一起走向"新生"。聂赫留朵夫经历了内心的"炼狱"之后,大受震动,主动放弃了贵族生活,把土地分给了农民,与上流社会断绝交往,潜心信奉宗教,求得了内心的安宁。聂赫留朵夫的人生变化,有着列夫·托尔斯泰自身反思的浓烈印记,可以看成是某种"自传"。

这样巨大的社会反差,如此浓烈的情感力量,不必用复杂情节来吸引读者,也能激发读者的情感——对聂赫留朵夫浪子回头的同情,对玛丝洛娃重新做人的敬佩。

列夫·托尔斯泰写《复活》也是一则传闻激发的。这是一个有启发性的事件,对作者原有的人生观、道德观产生了强烈刺激,而且是反复的强刺激,最终被作者纳入写作计划中。

列夫·托尔斯泰用鹅毛笔手写书稿,近五十万字,六易其稿,付出的艰辛可想而知。但这是与内心产生共鸣的真正的写作,列夫·托尔斯泰在自己的晚年,为世界奉献出一部令人震惊的名著。

在沙俄时代,法官审判案件每天都会发生。这一次,不幸的女犯人的命运却深深地打动了列夫·托尔斯泰。

每一个写作者,都在期待一次被深深地打动。

我们每天刷微博、发微信,看了无数八卦绯闻。一万条消息中,可能有一两条能成为"复活"类素材。这个素材对你有刺激,要立刻把它记下来,无论是一个开头,还是故事梗概。记在你的专用笔记本上,或用电脑、智能手机,把素材记在石墨文档、腾讯文档、微文档上,起个题目,写下心得,标定日期,记录地点。

列夫·托尔斯泰是一名敏锐的观察者,也是思想丰富的思想家。他看到了女犯人的案件,联想到自己原来没有思考到的黑暗角落,于是浮想联翩,灵感大发。

一名职业写作者,都应该有这样的敏感。对这样一件事,或那样一件事,产生独特的联想,结合自己的生活经验,不断地思考,不断地深入,最终一个激动人心的构思,呼之欲出,等待你的完成。

一名优秀作家可以写已经发生的事情,但更应该写"可能发生的事情"。

杰出的作家,是创造一个新世界;平庸的作家则描写一个现成的、呆板的旧世界。

不是说不能描述自己面对的现实世界,但反映现实仅是文学的一部分功能。文学创作还有另一个更重要的功能:创造一个新世界。

当某一特定事件像蜜蜂一样飞进你心灵的窗户时,我们要先判断:它有什么意义?

回到列夫·托尔斯泰的《复活》。有一次他偶然听到这位妓女在法庭上的陈述,以及她所表达出来的令人震惊的悲惨身世,她身上体现出一种尊严感和一种被毁坏的美。这种残破的美和被毁坏的尊严,从一个底层人身上传递出来,对贵族出身的列夫·托尔斯泰有巨大冲击力。他不断地思考:什么是一个人身上真正的价值?这个妓女身上体现出来的那种被侮辱与被损害,其背后的含义是什么?

列夫·托尔斯泰想到:即便是一个农奴的私生女,她也是一个人。即便是一个平凡的人,也有美好的品质。他们的人生也值得过,他们的尊严也应该得到维护。

列夫·托尔斯泰把普通人身上的被毁坏的美和被侮辱的尊严,用长达五十万字的篇幅写下来,让这种被毁坏的美重新焕发,让被侮辱的尊严得到尊重。这是十九世纪后期人本主义思想在欧洲传播和深化的一种结果,也是人本主义思想绽放的一朵奇葩。

中国著名作家余华在长篇小说《活着》里,写了一个穿越不同时代,面临不同政权的普通农民,他所身处的荒谬世界和虚幻的命运。

地主福贵很傻很天真,爱玩爱赌,被流氓龙二骗走了全部田产。不幸的是,人拗不过命,三年后土改时,把福贵田产骗走的龙二,作为万恶的地主,被人民政权枪毙了。命运与时代的交错,产生了荒诞感。

这是一个真实事件,据说是余华从格非那里听来的。

二十世纪九十年代初,他们都还是年轻作家,因为每个人思考的问题不同,语言的感觉不同,把同一个素材处理成了两个不同的文本:余华写成中篇小说《活着》,发表在《收获》杂志上;格非写成长篇小说《边缘》,发表在《花城》杂志上。

出版单行本时,余华给这部中篇增加内容,改成了长篇。

余华把主人公福贵的个人命运和历史事件进行贴近的类比,产生了一种极其荒诞的效果。这个故事显示:面临重大社会变革时,个人是无力的,个人命运不受自己的控制。

作为个人,福贵无法违背历史的强力意志,龙二也无法逃脱命运的巨手。根据土改政策,在解放前三年拥有大量土地者会被认定为地主,后三年才获得土地者,另册对待。而龙二非常不幸地,恰恰踩在了政策红线上,刚刚好在三年前骗到了福贵的田产。而前财主福贵,却因为受到龙二的欺骗,成为一个破落户、一个流民。

这是一个绝妙的隐喻故事,其中隐含着丰富的信息,读者可以再深入思考。

在一个普通人的命运上,作家余华发现了一个惊人的荒谬。

普通人碰到任何一件事情,首先想到的可能是用现成的道德框架去判断它——这是坏蛋,这是好人;这是道德的,这是不道德的。这是一个普通人的本能反应。

但是作为一个写作者,要停住脚步,先冷静下来,思考一下到底哪里不对头。

在电视情感类节目、微信公众号、微博或头条推荐里,我们常常能读到很多"第三者"故事,有明星的,也有普通人的。有些普通人的"第三者"故事比明星的还要曲折、离奇、惊悚。

读到这些故事时,一名写作者不能本能地套用现成的框架去谴责"第三者",而是要思考这些故事背后有没有不为人知的其他事实。

一个敏锐的写作者,首先要保有一个中立态度,不能预设立场,提前预判,不能用道德化、秩序化来简单处理,而是要在这样一个纷繁复杂的世界里,寻找到这个事件的本质。

一个事件,要写得简洁、生动、准确,首先就要把整个事件的前因后果和来龙去脉研究透彻,思考其背后的事件逻辑。然后考虑如何讲述这件事,才能令人记忆深刻。

有一对年轻的相声演员,用摇滚方式唱"我在马路边捡到一分钱",进行反转处理。这个方式就非常好,一个普通事件,人人熟知,再原封不动地讲述会让人感到乏味。而用"反转"叙述,就让人印象深刻。

"反转",是处理日常事件最有效率的文学表现手法。

金庸在长篇武侠小说《笑傲江湖》里写华山派掌门人、君子剑岳不群,采用的就是"反转"手法。岳不群先生刚出场时,确实是个君子,很正经,做事情有板有眼,貌似名门正派。作为读者,你却隐隐觉得这个人有点讨厌。为什么呢?因为岳掌门的大弟子令狐冲是人见人爱花见花开的少侠,连小尼姑、采花大盗和魔教教主女儿都喜欢他。不仅如此,他还是一个正直、狭义、热心肠的青年,总在别人危难时挺身而出,真正做到了"路见不平一声吼,该出手时就出手"。偏偏他的师父岳不群讨厌他,打击他,动不动处罚他,一不高兴就要逐出师门。这种两个人物之间发生的反常,是金庸先生给读者留的后门——并不是你天然讨厌岳不群,而是他确实令人感到有点怪异,太正经了,以至于变成了"伪君子"。随着故事的发展,情节在一个高峰段落突然反转。

在金庸的另一部著名长篇武侠小说《天龙八部》里,大理国王子段誉,因为不愿意做国王而私自出逃,在江湖四处游荡。他前前后后认识了好几个漂亮妹妹,每一个漂亮妹妹都让他迷恋得神魂颠倒。最后发现,这些妹妹都是他那个风流老爸的孽种,真的都变成了亲妹妹。这对段誉打击太大了,死的心都有了。在这个最不可能的结构下,金庸险中求变,转而黑上了段誉的老爸、大理国皇弟段正淳。因为段正淳风流倜傥,到处留情,这才生下了一个又一个段誉的亲妹妹。故事最后,段誉的生母刀白凤被段正淳激怒了,在激动昏头之下也出了一次轨,导致段誉的身世再度反转。

这种情形,可能是金庸把故事写死了,走投无路之下铤而走险。杰出的作家都有"把自己逼疯"的倾向。能有"把自己逼疯"的劲头,你才能写出更好的作品。但也可能是金庸先预设了这个结尾,再逆推前情提要,从而获得了一种特殊的反转效果。

我们所处的信息爆炸时代,不仅语言非常复杂,人们的情感也很复杂。我们在第一层面接触到的某一事件,常常会是虚假信息。你以为的玉女,可能让你大跌眼镜。你以为是纯情,可能是放荡。

一名有追求的写作者,不能简单地道德化世界,这非常重要。

重新梳理"隔壁老王"这个人物:一个心机深沉、寡言少语的中年人,个头中等,肩宽体胖,见到人常会露出微笑。他的微笑似乎不仅仅是展示友好,而是掩盖内心的秘密。没人知道"隔壁老王"是什么时候搬进来的。在小区老太太的舆论场中,没有一个人真正清楚他到底是一个什么样的人。通常认为，"隔壁老王"是一个性格和善的人，很注意个人形象。他开一辆低调豪华车，每次出门，打扮和穿着都一丝不苟。

重新思考"隔壁老王"的人物性格，看看他会变成怎样的一个人，也许会有意想不到的发现。

课后作业：

请大家写一件曾经对你的固有观念产生强烈冲击的事，就是那种真正"毁三观"的事件。可以是绯闻八卦，也可以是某一篇触动你的文章。不要附加道德判断，不要简单地下结论，而是要尽量准确地把这件事情写出来。

第八课
写作六要素：5W+1H

写作有六要素：时间、地点、人物、事件、原因、解决。

西方创意写作总结为：5W+1H。

5W 指 When、Where、Who、What、Why，对应时间、地点、人物、事件、原因。1H 指 How，对应解决。

When，时间。写作的最大主题之一是时间。同时，一部作品里的时间设定十分重要，甚至是至关重要。

时间的设定，决定了你要表达的这个时代的背景，运用的语言与语调。一部作品塑造出来的独特气氛，和你在作品中设定的时间密切相关。现在网络上流行的"穿越小说"，在形式上就是"时间穿越"，让今人回到古代，因为时代不同，人物与时代之间有差异，导致人物行动处处与时代不协调，而造成了独特的矛盾冲突。

时间和时代背景，限制了人物活动的范围。在某个特定的冷兵器时代，穿越的"你"可以携带"思想"过去，但你不能带一门大炮，或一把手枪。虽然你有很"先进"的思想，但是物质调动能力只能局限于那个时代。假设你设定故事发生的时代背景是唐代,写作中就要充分合理地运用唐代文化元素,营造唐代特殊的社会文化氛围。从写作准备来说,相关历史书籍包括笔记、野史、传奇等,要多阅读,深入地阅读,并在阅读中不断筛选适合自己使用的内容。

有时候,一部长篇作品出现小小的历史错误,以及时代生活常识的失误,也是难免的。比如金庸先生在《射雕英雄传》第二十六章写黄蓉和郭靖追踪杨康去湖南丐帮大会,在岳州登上了岳阳楼,"……观赏了一会,酒菜已到,湖南菜肴甚辣,二人都觉口味不合,只是碗极大,筷极长,却是颇有一番豪气"。这里金庸先生误会了湖南菜,以为湖广川贵自古以来都是"吃辣"的,而实际上辣椒是明代末年才传入中国,此前中国菜谱里的"辛辣"调料主要是花椒、生姜、茱萸和芥末。《千字文》里有一句"果珍李柰,菜重芥姜",也讲到芥末和生姜是很重要的调料。不过,这个小错误无损于金庸先生的文学成就。以宋元明清历史为背景的新派武侠小说,体现出了金庸先生渊博的历史知识,这是新派武侠小说的独特价值之一。

如果把时间设定在二十世纪八十年代,则要考虑八十年代人们是怎么谈吐的、服装是什么样式、怎么理发、家居是什么类型、谈恋爱的方式是怎样的、街上行人是什么颜色的……有研究表明,作家在写作时眼前不会浮现彩色,大多数人写作时眼前是黑白的。

这么说你可能会一惊,再一想是不是真这样?我自己长期写作,就没有想过这个问题,看到这个说法也吃了一惊。写作时确实没有彩色,多是黑白的,或无色的。

你自己写作时,故事、人物、背景,是彩色还是无色的?

二十世纪八十年代,一个中学女生留披肩长发会被看成女流氓,会被班主任操着剪子满教室"追杀"。男生穿牛仔裤进校会被看成男流氓,被校长、书记、教导主任、班主任"围捕追杀"……

一部作品的时间背景,要根据自己的能力来设定,要量力而行,不能随便放在某个历史年代,最好是自己熟悉的、能够把握的年代,这样写作时才会更加如鱼得水。

纯文学写作更多的是对内挖掘作家的内心世界,深入自我、认识自我。通常来说,年轻写作者从童年、少年的自我经历开始写,会更容易入手。当写到人物与环境时,会随手拈来,没有生涩感,疏离感也不强。童年和少年经验是一个人写作的核心源泉,强烈的自我认识和自我表达的冲动,是写作的强大驱动力。

而类型化写作则更多地表达纷繁复杂的外部世界,写作者要更多地学习外部的知识。如写历史背景的作品,则要与特定的历史背景相符,学习那个时代的相关知识。实在什么历史书也没读过,历史知识一片空白,可以设定时间背景为"上古原始大陆"——不在真正某国的历史上,谁也不知道的某个大陆——"一张白纸可以随意涂抹"。能不能涂抹出最美的图画,就要看你的想象力和创造力了。说不定你能塑造一个类似《魔戒》的"中土世界",或《冰与火之歌》类型的"中世纪大陆"。这些奇幻作品抽离了具体的历史背景和地理背景,因此可以毫无摩擦力,毫无负担地让作者展开其独特想象,创造一个特殊的玄幻世界。自然,如托尔金那样的语言学家,又能为"中土世界"创造独特的语言和文化系统,那就更有独特的阅读价值了。

网络文学在玄幻小说类型上空前发达,很多都取消了特定历史背景,写作者可以更率性、更肆意地展开写作,因此更为惊悚的情节,更为怪异的结构,都能纷至沓来,令人目不暇接。

不过如果是写历史小说,尤其是写某个特定时代,那么作家对那个时代的相关历史背景,越是掌握得充分,就越是可能写出更令人信服的好作品来。

历史小说不好写，大多数人写不好。因为历史小说要有硬核内容支撑，要很多硬核历史资料来丰富，不管是正史、野史，写作者都要多读，多了解，不能胡编乱造。

香港奇幻武侠小说大家黄易的长篇历史玄幻武侠小说《大唐双龙传》，时间背景设定为隋末唐初群雄并起时期，其时民间大乱，徐子陵、寇仲这两个扬州小混混却在乱世中顽强地成长。作者把他们的人生命运和武功修炼作为两根主线，以他们的行动线来穿针引线，穿透了大江南北，芸芸众生，帝王将相，帝都边疆。

黄易先生掌握大量硬核历史知识，寇仲、徐子陵、祝玉妍、石之轩等顶级正邪豪杰最终汇聚到一起，在长安古城里展开终极对决。那个浩大场面的描写，对古代长安各类建筑、城墙的刻画，都显示出了作者丰富的历史知识储备和调度能力，为年轻作者所难以媲美。

黄易先生的另一部穿越武侠奇幻小说《寻秦记》，则以战国末年群雄争霸为时代背景，也有同样丰富的硬核历史作支撑，演绎过程精彩有趣，逻辑合理。在读者熟悉的资料之外，又有高明的反转刻画，因此具有强烈的阅读吸引力。

"硬科幻"需要硬核科技知识背景，历史奇幻小说也要有硬核历史知识背景。如果懒于学习阅读而胡编乱造，缺乏基本历史常识，很难写出令人叹服的作品。

因此，写作一定要根据自己的能力，自己的知识基础，来设计写作内容的时间背景。非要写历史小说，最好潜下心来好好读一读相关历史时期的资料。读得越多，理解得越深，写作时越得心应手。

接下来是 Where，地点。

时间确定后，写作的地点选择很重要。不管是大唐长安，还是南宋临安，作者都可以随自己的兴趣而选择，但一定要有立足点，要有足够的理由。

地点不同，故事的发展完全不一样：风土人情不一样，世界观不一样，人际关系也不一样。北方人和南方人对于风景的认识，以及他们的饮食习惯都很不同。如金庸先生的《射雕英雄传》里，郭靖成长于北方大草原的蒙古族人中，实际上是一个北方人；黄蓉成长于南宋东海以外的桃花岛，是典型的南方人。他们的饮食习惯就很不一样。而故事发生在北方大草原，与发生在中原的城市群，或者江南的都市带相比，风土人情又有所不同。如果说，时代背景决定了一个人的命运走向，地点背景则决定了一部作品展开的空间维度。

地点不仅可以设定在一个特定的历史时间背景下，还可以设定在外星球。外星球的自然环境是怎么样的？外星球生命的生存状态是怎么样的？这些都需要作者加以合理的设定。

美国科幻小说大家弗诺·文奇原为加州理工学院的著名数学家，后来辞职专门写作。他的《银河界区三部曲》是杰出的"太空史诗"巨作，曾获得"雨果奖""星云奖"等科幻小说大奖。

弗诺·文奇的科幻小说在地点设定上有独特的创意，他把银河系文明分为三个层级：

第一层是爬行界，这种文明处于现代科技的"初级阶段"，人们有空间飞行能力，但没有达到超光速飞行，只能在"狭窄"的行星系之间慢慢地"爬行"。"爬行界"各星球的舰队能在几十光年内的"近距离"星系周边发动星际战争，但宇宙航行需要漫长的时间。他们的科技水平远超地球科技水平——从星际航行角度来看，地球还处在"萌芽界"。

第二层是飞跃界，这里的文明全都能进行超光速飞行，技术程度非常高，各星系之间的旅行非常便捷。各星系的智慧生命形态各不相同，有球状的，也有树状的。

第三层叫天人界，那里的智慧生命形态都是"天人"。"天人"是银河系的超文明种群，存在模式与"飞跃界"和"爬行界"完全不同，已脱离肉身而成仙了，可以纯能化、信息化存在。"天人"能控制时空变换，掌控超级能量，能瞬间处理超级信息。

弗诺·文奇把银河系的文明形态分成三种等级，这三种"界"之间的"地点"是不能共通的。这样，写作就有了"边界"。

在写作时，地点设定清晰，边界规划明确，这很重要。故事里的人物与人物关系，分别发生在这三个严格区分的文明界，不能随便逾越——"爬行界"的宇宙飞船不能飞到"飞跃界"，"飞跃界"的超光速飞船沉到"爬行界"就无法超光速飞行，而只能慢慢地"爬行"，再回到上层"飞跃界"几乎不可能。

纯文学作者通常会本能地把写作地点定位在自己成长的世界中，某个村庄、某个小镇、某个城市。如巴尔扎克的"巴黎"、詹姆斯·乔伊斯的"都柏林"、卡夫卡的"布拉格"、福克纳的"约克纳帕塔法镇"、鲁迅的"鲁镇"、沈从文的"边城"、萧红的"呼兰河"。这种地点与作者是共生状态，通过写作，这两者都变成了另外一种只有在文学世界里才能存在的人与事。

类型小说之一的科幻小说，要特别注意时间、地点与人物的设定。

Who，人物。

大多数读者对"典型人物"这个概念都很熟悉，从小学到中学，语文老师早已经反复讲过了。这是传统现实主义的经典概念，至今也起着非常重要的作用。

中国传统长篇章回文学中，《三国演义》《水浒传》《西游记》《红楼梦》，都为读者留下了记忆深刻的典型人物形象。这些典型人物一旦成型，就具有极大的"吸附效应"，如同天文学上的黑洞一样，能够把周边的各种枝节粉尘都吸进去，而形成独特的人物性格：仁厚如刘备、忠义如关羽、火暴如张飞、奸诈如曹操。

读者最熟悉的现代文学典型人物之一，是鲁迅名作《阿Q正传》里的阿Q，他是所谓"国民性"的典型人物，他的典型性格似乎可以被套用到几乎所有"国民"的性格上。这是一个普遍性的"吸附效应"，令人无法摆脱。

当代小说中的典型人物难以达到阿Q这种众所周知的程度，但也有些令人难忘的角色，如余华名作《活着》里的福贵，不过缺乏"吸附效应"，难以"普适"。

欧洲古典作品里的典型人物形象非常丰富，莎士比亚的戏剧里有一大批为人熟知的人物形象，如哈姆雷特等。塞万提斯笔下的"堂吉诃德"、拉伯雷笔下的巨人"庞大固埃"、雨果笔下的"冉·阿让"、巴尔扎克笔下的"高老头"、陀思妥耶夫斯基笔下的"拉斯柯尔尼科夫"等，也都为读者所熟知。

到了西方现代主义，"人物"这个概念升级到了2.0版本，不那么强调人物性格设定了，"典型人物"变成了"普适人物"。如卡夫卡名作《城堡》的主人公"K"，《变形记》里变成了甲虫的"格里高尔"，都不再是"典型人物"，而是"普适人物"——这个词是我新发明的，用来命名现代主义的人物特征。

而到了后现代主义，"人物"变成了3.0版本，进一步演变成了"物"——人不再具有"人性"，而是更多地被"物化"之后拥有了"物性"。人不再是"典型人物"或"普适人物",而是"物化者"——这个词也是我新发明的。比利时后现代作家让-菲利普·图森的名篇《浴室 先生 照相机》,就是典型的"物化者"的体现。作者在写作时主要调用的是人物的情绪和心理活动,并投射到具体的外在事物上,捕捉"模糊状态"下的人物的纷乱、破碎的情绪,从而创造出了一部个性特异、人物面容模糊的新型作品。

就像日常生活一样,写作也有一些"戒律"。

"时间"戒律:你不能随便穿越时间边界,就像不能随便乱穿马路。如果你界定在唐朝,穿过去后就不能随便再穿回来,更不能随心所欲地穿来穿去。科幻专业人士还特别强调"因果律"——宇宙中有某种更强大的秩序力量在维护因果律,任何文明不能违反因果律去攻击另一个文明。

"地点"戒律:写作中,人物不能在不同的"宇宙"或空间里随意地进出,他的活动区域要有界限,有特定性,他的生活必须适应这个特定区域。比如王朔笔下的一个人物,就不能出现在上海。现在的电影演员不讲究"地点"的差异和"戒律",无论生活在哪里,全都操着一口"北京话",而不是普通话。多年前我看过一部电视连续剧,是上海的弄堂戏,那些演员也是一口标准的"北京话",我实在看不下去了。

"人物"戒律:人物性格一旦形成就不能随意变化。古人云:江山易改,本性难移。仁义的刘备不能变成暴躁的张飞,暴躁的鲁智深不能变成谨慎小心的杨志,阿Q不能变成魏连殳。

写作要有边界,就像绘画要有边框。没有边框那就是原野而非绘画了。写作没有边界,就是流水账。

除了核心的时间、地点、人物之外，创意写作还有拓展三要素：

1.What，事件。

有人物，有地点，有时间，到底发生什么事件呢？"一天夜里，隔壁老王死了"，这就是 What，发生了什么事件。我在这里用"事件"代替"事情"，更严格一点。一个"事件"的发生不是随意的，也不是什么日常生活的奇事轶闻都能进入你的写作中而成为"写作事件"。日常生活中听来的、看到的怪异事件，只有真正触动你的心扉，让你念念不忘，才能逐步沉淀下来而成为你的"写作事件"。微信、微博里，每天都有各种奇事、怪事、异事、荒唐事，但是大多数都无法进入我们的写作宇宙，因此也无法变成"写作事件"。

2.Why，原因。

因为孩子突然叫了一声爸爸，所以隔壁老王死了。这是段子逻辑中的 Why。但从写作角度上看，这种前后关系缺乏合理性——前事件这个因，不必然结出后事件这个果——"亲生的孩子叫一声爸爸，爸爸就会死"这个前提不合理，只是一种神秘解释。作为严肃写作者，还要进一步研究，为何隔壁老王被叫一声爸爸就死了？这件事情合理不合理？在文学表现上，一定要反复思考 Why，原因——也就是合理性。不然，"隔壁老王"就死得太蹊跷了，如此蹊跷如此莫名其妙，非人间侦探所能处理。可能只有美剧《路西法》里到人间度假的魔王路西法，才能解决这种不合理的问题。为什么一定要有合理性呢？合理性会带来强大的说服力和感染力。

萧红在短篇小说《小城三月》里写了一个忧郁的女子"翠姨"，她爱上了从哈尔滨回来的表哥，最终因为不能表达出来，忧郁而死。这种单相思所构成的 Why 是合理的——女主人公生活在一个封闭的小城里，从小到大都见不到如表哥这么英俊潇洒、谈吐优雅、尊重女性的男人。表哥是受过良好教育的青年知识分子,从大城市回来,无论谈吐、见识、境界,相比小城人都有压倒性优势,可以说是"降维打击"。女主人公无法突破小城对她的禁锢,没有勇气离开小城去投奔表哥,跟他成为一对恋人,最后的结局只能是忧郁而死了。

Why,一定要好好设定,也要有边界。现实人物不能简单地替换为文学人物,翠姨不能简单地看成是萧红本人——萧红比自己的主人公更有勇气,她冲破了小城的封闭,逃婚了,她获得了自由,也遭遇了苦难。

现实中的合理性,不能简单替换为文学中的合理性。经验不足的写作者会以为现实事件一定能写入作品里。作品有自己的合理性,不能屈从于现实逻辑。现实不都是逻辑的,现实更多是非逻辑的。日常生活事件大多数是反逻辑的。相反,文学作品必须是逻辑的,必须有因果关系,有前后逻辑。

《小城三月》的女主人公一旦私奔,它就变成另外一个小说了,可能变成如萧军的《八月的乡村》那样的革命作品。如果那样,萧红作品的独特性就不存在了,她的价值也没有那么大了。

3.How,解决。

无论发生了什么事件,发生这种事件的原因是什么,最终,作者都要遇到一个终极的问题:如何解决。

萧红的《小城三月》如果采用不同的解决模式,小说的最终走向也会不同。女主人公无法突破小城的封闭和限制,她最终郁郁病死了,就像《红楼梦》里林黛玉的黯然销魂一样。在这部小说的语境中,女主人公必须死去。

"解决"可能是在途中完成局部问题,也可能是在结尾完成一揽子问题。

一部作品无论开头多么新颖奇特,无论情节发展多么波澜壮阔,最终都要来到"解决"这个最终的结尾。一部历史小说如《三国演义》,最终所有人物都被历史解决了。一部神魔小说如《西游记》,最终所有取经者都到了"西天"。也有未解决的巨著如《红楼梦》,卡夫卡的三部长篇《城堡》《审判》《美国》。

通常来说,类型作品的解决,最容易形成格式化,也容易典型化,甚至套式化。因此类型文学的创作者,在作品的结尾发生之前,一定会不断地"翻转",让情节不断地转折、突变,而牢牢地牵引、控制着读者的兴趣,让人欲罢不能。而最终,一定是"正义战胜邪恶"。但是有追求的作者,总是努力地让自己的解决方式与众不同。

如果是系列小说,那么在故事的进程中,总会有大量的"邪恶战胜正义"的章节。在青少年中流行的"哈利·波特"系列,从第四部《哈利·波特与火焰杯》开始,到第五部《哈利·波特与凤凰社》、第六部《哈利·波特与混血王子》,都写了大反派伏地魔和他的食死徒们取得节节胜利的过程,而邓布利多校长和他的"邓布利多军"则节节败退,邓布利多校长甚至被"奸恶"的斯内普杀死,从而导致食死徒们完全控制了魔法部和霍格沃茨魔法学校。黑暗笼罩着一切,似乎无可挽回,小读者们都十分紧张,十分害怕。而最终,在《哈利·波特与死亡圣器》里,作者创造了一个令人难以置信的大反转。

课后作业:

请大家阅读王小波的散文《一只特立独行的猪》,分析这篇散文的六要素。

写作进阶

从新手到作家之路

第九课
写作的多重人格

在长期的职业文学编辑生涯中,我深深地感到,在写作时,一名作家的自我定位非常重要,并且越精准越好。

我将作家的自我定位总结为如下四种类型。

一、自我倾诉型写作

作家并非全能的,作家写作的目的也各不相同,这些都应该加以思考。

你是谁?

你从哪里来?

你要到哪里去?

这是自我认识的经典提问。

法国诺贝尔文学奖获得者莫迪亚诺有一部著名长篇小说《暗店街》。主人公是一个失忆者——二战过后,很多人都"失忆"了。你可以说是物理性的失忆,也可以说是精神性的失忆。他不知道自己是谁,过去做过什么事。他一直寻找各种人,向他们打听自己是谁。

写作中,"认识自己"是重要的训练。不过,很多人都在不知道自己是谁的时候,就开始写作了。这也很正常,一边写作,一边认识自己,不断校准焦距。但也有人是为他人写作。这样的写作者最终会发现,为什么写了这么多作品,总觉得挠不到那个痒处。

这不仅是因为思考不够深刻,语言不够精准,也是因为自我定位不够清晰。

现行的写作教程里有一个非常可怕的词:体验生活。

"体验生活",尤其是"下生活",是一种伪概念。这种"体验"是让自己消失,去适应预设的某种概念或理想。你不能拥有自我,而只能体验他人的价值。

写作教程让你体验生活,要你加入他人的生活。好像只有他者的生活才有意义,自己的人生是没有意义的。这也是长期以来对个人价值的漠视。你自己的人生就是有价值的,但是你以为自己没有价值。沈从文的"湘西世界"、萧红的"呼兰河世界"、鲁迅的"鲁镇世界",都是他们创造出来的独特的文学世界,这里的"小人物",个个都是有生命的,无一没有自己的价值。因为,这些人物都和作者的人生经验息息相关,作者对他们熟悉到可以随手拈来。

思想解放之后,人们认识到,从人本主义角度来看,每个人的人生都是有意义的。聂赫留朵夫的人生有意义,玛丝洛娃的人生也有意义。

每个人都有自己的生活,每个人都应该审视自己的生活。

古希腊哲学家苏格拉底说:"未经审视的生活,是不值得过的。"

一名写作者,更是要认真地审视自己,要定位自己,挖掘自己,从内心深处寻找到丰富资源,而不是去体验别人的生活。

不同时代、不同国家、不同文化的作家,因为个人出身、个人教育、个人阅历不同,自我定位也不同。

现代派大师卡夫卡的自我定位是什么呢？一个生活在布拉格的小市民？一个痛苦的思考者？他本人虽然是查理大学法学博士，但生活并不顺利，因为深受父亲施加的压力，精神也特别不愉快。他的人生实际上很琐碎，被嵌入一个完整的布拉格社会中，个人微不足道。他观察到，城市平民的琐碎生活，很无聊很无趣。他们的人生只是不断地重复：官僚主义、阶级差别、人生理想、具体工作。卡夫卡写了大量的作品，对当时奥匈帝国的社会状况进行了深刻的反思。长篇小说《城堡》写主人公约瑟夫·K，一个不知道什么身份的人，总想进入一个城堡。本来这是一个很简单的事情，然而他想尽了办法，无论如何都进不去。没有一个人不准他进去，也没有一个人允许他进去。似乎人人都在负责，又没有一个人在负责，他连找谁都没有线索，就这样迷失在寻找中。

这个城堡到底是什么？主人公到底是怎么一回事？为何人人都能进入城堡，只有他被拒之门外？这是不是一个"外部人"的世界？当你不属于某个集团时，你就没有门路，就不能进入城堡。

如同"水泊梁山"，虽然这里汇聚了数万英雄好汉和盗贼流寇，但是非江湖人士或英雄豪杰是很难进入"水泊梁山"的。假设你是一个普通人，冒冒失失从"水泊梁山"下经过，还有被孙二娘做成人肉包子的危险。那么，打开"水泊梁山"的正确手法是什么呢？要么成为名满江湖、美名传诵的大侠，要么去东南西北四座酒店里叩见掌柜。

"城堡"是一个隐喻，可以隐喻权力中心，也可以隐喻内心世界。

城堡明明就在那里，可是约瑟夫·K沮丧地发现，自己就是进不去。

一个人积极向上，努力奋发，却一点用都没有，你没有门路，就是"进不去"。

现代派大师卡夫卡以自己的这种本能和敏感，对西方现代文明做了一个独特的思考。在他的作品里,我们会发现:人类给自己设计了大量的障碍,让我们自己无法回到生命的本源。

余华在成为作家之前是一名牙医,生活在浙江海盐的小镇上。

在中国大陆,小镇生活是非常奇特的,可以说是很有意思的。小镇的生活和乡村不一样,和大城市也不一样。小镇既是一个小城市,又是一个大集市,兼具乡村和城市的双重功能。很多小镇,既是商品流通集散地,又是前往更大城市的交通中途站。

小镇青年也是一个特殊群体。

小镇青年不是青年农民,小镇青年也不是大城市人。

小镇青年内心交织着失落和梦想。他们的人生经历是共通的,有着很大的相似性。通常都会野心勃勃,同时又垂头丧气。

余华在小说里写了很多小镇青年,他们精力充沛,却缺乏目标,常常处于一种无所事事的状态中。这种无所事事的状态,会造成很多事故和很多事件。

另一位著名作家苏童在短篇小说中也常常写小镇青年,从小镇青年的人生状态中,凸显一道特殊的中国风景。

现代作家巴金年轻时从四川成都一个大家族走出来,得到大哥和三哥的支持来到上海,从上海乘坐邮轮去了法国,又从马赛去了巴黎。巴金先生是这样一个从中国腹地走出来的青年知识分子,他的自我定位也是这样的:冲破大家庭,像《家》《春》《秋》所写的那样,来到了一个比原来更大的世界中,重新思考中国的命运、中国人的命运、中国文化的命运。他笔下的主人公,通常带有强烈的自传性,都有着二十世纪三四十年代知识分子的迷惘与困窘。

写作是孤独者的事业。

写作者更多是跟自己的内心对话。

写作有一种自我疗愈的作用。

早期的精神分析医生，常常让一些精神上有障碍的病人写作，通过自传写作进行自我疗愈。不断写作，不断倾诉，不断回忆，不断追溯，达到自我完善和自我提升的目的。

法国大作家马塞尔·普鲁斯特的长篇小说《追忆似水年华》，是最典型的自我剖析和自我成长的写作。

很多作家在走上文坛时，都是自我倾诉型的。

中国有几个女性作家，像林白、陈染，最早都是写自己的家庭，写自己和母亲之间的深刻矛盾。

我们在成长过程中，和父母的微妙关系，包括爱、不解、误解、有意无意的彼此伤害，这些都是写作中丰富的材料。每个人都经历过这种困窘，大部分人一生都走不出去，但写作，却可以有疗愈效果。

二、作为窥视者的写作

在这种写作中，作家不再思考自己，而是思考他者。他作为窥视者而写作。

窥视者写作是一个庞大的写作群体。

法国新小说派宗师阿兰·罗伯-格里耶有部很短的长篇小说就叫《窥视者》。

在二十世纪五十年代，法国一些青年小说家，以战后新哲学观、新文化观来观察世界，认为情感应该退出写作，要采用"零度情感"来描写一个外在于自我的客观世界。他们要求准确描写，甚至达到精细、事无巨细、烦琐的地步。

《窥视者》里有一个人物叫作马弟雅思，他乘船来到一座小岛，发现那里发生了一个谋杀案。他喜欢收集绳头，他经过各种地方，看到各种事情,听到各种议论。

从马弟雅思的目光观察、窥视出去,读者完全不知道什么人是杀人犯,人人都在忙乱,却找不到任何线索。

最后作者揭示:马弟雅思才是杀人犯。

这个"反转"让整个小说的趣味陡然提升了很多。

这算是可读性较强的"新小说派"作品。

更多的"新小说派"作品,读起来非常令人头痛,都是没完没了的描述,包括大段的风景描写,大段的气候描写,大段的人物描写。诺贝尔文学奖获得者克劳德·西蒙在长篇小说《弗兰德公路》里进行了大段的"图片式描写"。骑兵上尉德·雷谢克在与德国人的战争中失败,带着仅有的三个骑兵撤退。撤退过程中,佐治目不转睛地观察到了上尉的一切动作:上尉似乎完全不在乎暴露自己,不担心自己被敌人狙击,而是高高地、挺直地骑在马上,拔出马刀竖起来,闪闪发光,直到被子弹击中死去。佐治的视角中心是德·雷谢克上尉,他通过回忆而看到的上尉,包括他自己经历过的可怕的撤退情景,不断地重复出现,这种图景重复到了令人窒息的地步。例如:

> ……也许我在大白天里睡着了,也许我一直在睡觉,只是眼睛睁大着,在五匹马单调的马蹄声中摇晃着。这些马的影子不是完全以同一节奏前进,因此笃笃的蹄声以相互交替、你追我赶、重叠的方式出现,有时混成一体,好像只有一匹马在走,但接着又重新分开,重新解体,似乎又从头开始彼此追赶……

德·雷谢克上尉确实是在"找死"。

德·雷谢克上尉发现自己的妻子科蕾娜出轨而深感耻辱。他无法承受内心的痛苦,于是在这场适时爆发的战争中,寻找一个恰当的机会死去。

谁也没有想到,和上尉太太偷情的人却是"偷窥者"佐治。

佐治后来被德国人俘虏,关在集中营里。他逃出集中营后去拜访科蕾娜,两人在一个旅馆里幽会,在性爱的高潮中,在股颈交叠中,佐治脑海里不断地浮现出在战争中撤退的可怕场面,相同的场面不断重复出现……

这种描写过分琐碎,给阅读造成很大障碍。

不过,克劳德·西蒙有意地采用特殊手法,例如性爱、高潮的狂欢和战争的混乱、恐怖交叉出现,营造了一定的氛围和情节带动性。

"新小说派"对认识外部世界是有疑虑的。他们认为,外在客观事物要通过精确描述才能呈现出来,才被证明存在。但这种存在不是清晰的,而是模糊的、暧昧的,如同法国印象派大画家莫奈的名作《睡莲》。

语言的精确描述,最终导致含混不清,缺乏明确界限,这是一种特定文艺观点的结果。作家要描述的是一个混乱的、不可名状的世界,在这里,人的命运也是不可捉摸的。这是二战结束后思想状态的一种特殊体现。

"窥视者写作"最好的电影例子,是英国籍导演希区柯克的名作《后窗》。在这部电影里,一个腿部骨折的摄影师躺在房间的床上无所事事,于是透过窗户偷窥对面的人家。本来是一个简单的偷窥乐趣,随着电影情节的发展产生了突变。作为一个忠实的"观众",摄影师发现了对面某个房间里可能发生命案,这个突变情节让旁观者无法置身事外。不顾自己腿部骨折的困难,他决定介入事件中,并派女朋友前去勘察。他们卷入了这个事件中,情况逐渐危急起来……

"窥视者"不慎被对方发现,进入了被窥视者的视线中,这是一个非常惊悚的事件。就如同电影院里的观众被卷入了电影情节里,平凡生活突然起了超级波澜,简直太惊悚了。

三、作为反思者的写作

作为反思者来写作,是十九世纪俄罗斯作家,例如屠格涅夫、陀思妥耶夫斯基、列夫·托尔斯泰等的典型特点。

陀思妥耶夫斯基在名作《罪与罚》里,写青年知识分子拉斯柯尔尼科夫因贫穷交不起学费无法上学,而感到人生迷惘。他把房东老太太杀了,把无辜者的女儿也杀了。作为谋杀者,拉斯柯尔尼科夫一直处在极度的痛苦中。后来,他遇到一个女子,这个女子劝他,既然内心如此纠结,如此有罪感,不如去自首。最终他自首了,被判流放到西伯利亚七年。

这是一个典型的自我反思题材,有罪感,有自我反思,也有自我赎罪。

陀思妥耶夫斯基年轻时也因为反沙皇被判了刑,流放到西伯利亚。他在牢里进行过深刻的人生思考:什么是罪? 什么是罚? 如何解脱这样的纠缠?

拉斯柯尔尼科夫犯了杀人的重罪,他如何能得到真正的宽恕? 他最后投身于宗教,通过忏悔进行自我宽恕。

四、作为成长者的写作

"成长写作"最有代表性的作品是列夫·托尔斯泰的《童年》《少年》《青年》。

很多名作例如《约翰·克利斯朵夫》等,都带有强烈的成长色彩。

有自我的成长，也有一个时代的成长。

"成长写作"对于青年作家来说较为容易上手。你所描写的房屋、树木、街道、学校、人与事，都是你特别熟悉的，是你成长的核心。

马塞尔·普鲁斯特在名作《追忆似水年华》的开头，写上床睡觉前，小主人公听到由远而近的火车的汽笛声，非常生动，有强烈的形象感。

这种成长中进入生命的细微的感觉，更容易进入你的写作中，更容易从你的笔端流出来，能产生很大的带动性效果，并丝丝入扣地打动读者。

每一名作家都会经历成长。一开始你是根据自己的经验来写作，随着年纪变大，你会成为社会的观察者。如此，你就从自我变成了他者。

视角上，则是从第一人称到第三人称的变化。

从自我到他者的变化，从个人的世界拓展到外部的世界，从局部世界拓展到完整世界。

所以，最美妙、最合理的写作，是一名作家与自己的写作一起成长。

首先要认识自己，知道你是谁，知道哪些重要细节、关键人物是最能够触动你的。把这部分人与事挖掘出来，成为你写作中永不枯竭的源泉。

发现自己，让自己成为一个喷泉。

这是写作成长中，一个特别重要的自我训练。

课后作业：

用七个"关键词"描写你自己。

这七个"关键词"，可以是名词、动词、或是形容词。每一个关键词后面都要写一段相关的描述，或者写一个虚构故事。例如，第一个词"乐观主义者"，可以举例写自己怎么乐观；第二个词"吃货"，是天生好吃，还是逐步变成的？爱吃什么？为何？如此类推。大家一定要好好斟酌，找出和自己最具相关性的七个"关键词"，不能随随便便地浪费一个词。这样才能更为有效、更为准确地把你自己的写作人格"写"出来。

这个"七个关键词"的写作训练是很有趣的。不同的人会写出差别很大的"关键词"。要放开自我，打破禁忌，透露秘密，释放能量，真正地认识你自己。

这个写作训练，也不是一次就能成功的，和写作者的自我释放程度有关系。

有些写作者内心比较自由，语言比较自然，很快就能校准自己，洋洋洒洒写一大篇。

有些写作者内心被禁锢了，在语言上磕磕绊绊，不能释放自己，而且瞻前顾后，患得患失。

但只要多写作，多训练，在写作中成长，在成长中写作，每个"真我"都会慢慢定型，浮出水面。从成长的角度来说，要享受"定型"前的漫长过程，当你成了著名作家之后，也不见得就那么有乐趣和幸福。

过程很重要，释放自己很重要。

第十课
如何获取、组织和处理素材

在互联网信息社会里，每一位写作者都会面临无数素材。我们被海量信息包围却又无从选择，各种奇闻轶事汹涌澎湃，但似乎跟自己的写作又无法发生有机关联。

信息海洋里，不是每一件事情、每一个信息都能和我们发生关联。只有和我们的人生经验、个人认识匹配的事件，才能对我们的创作产生刺激，并进一步激发转化。如同酿酒，需要密封，交给时间，慢慢酝酿。

作为写作者，面对如此海量信息该怎么办呢？如何汲取有效信息？怎样获得合理素材？

我归纳了三种素材类型，与大家一起探讨。

一、人物和时代形成巨大反差

"反差型"素材，尤其是个人命运与时代形成强烈反差的，都值得作家们关注。

2003 年，德国导演沃尔夫冈·贝克尔拍摄了一部黑色幽默电影《再见列宁》，因取材独特，结局出人意料，获得了电影爱好者的好评。

和后来影响更大的《窃听风暴》一样，这部电影也取材于东德时代。电影里，亚历克斯和姐姐阿丽安娜及幼小的侄女葆拉一起，和妈妈克里斯蒂娜生活在东柏林。他们的父亲罗伯特因不堪迫害，于1978年逃到了西柏林。母亲跟孩子们说他是被西德坏女人勾引了。克里斯蒂娜是德意志民主共和国（东德）的拥护者，是东德统一社会党的狂热粉丝，一直热心参加各种教育活动和社会活动。1989年10月，儿子亚历克斯因参加反政府示威游行被拘捕，克里斯蒂娜受惊吓心脏病发作而昏迷。一个月后的1989年11月9日，柏林墙被推倒。八个月后克里斯蒂娜苏醒。这时东德已经溃败，东德西德正在统一，东德社会发生了天翻地覆的变化，新观念、新事物纷至沓来。但医生告诉亚历克斯，不能让他母亲再受到刺激了，不然会有生命危险。为此，亚历克斯把家里的新式家具和西德式装修风格都换回前东德式样，并且和苏联女友拉拉、西德朋友丹尼斯，以及姐姐阿丽安娜一起，为母亲扮演起前东德的生活。

这个电影寓意深刻，可谓是"带泪的笑"。看似荒唐的事件，深刻反映了东德极权对个人造成的可怕压制，以及因此造成的个人悲剧，从而发掘了政治意识形态分裂的荒谬性。

敏锐的作家，对个人和时代形成反差的事件都会有独特的嗅觉。

采用"穿越"的结构，也可以制造时代和人物个性的反差，而导致喜剧或悲剧效果。

由香港导演程小东执导，改编自香港作家李碧华的小说《秦俑》，由张艺谋和巩俐主演，于1990年上映的电影《古今大战秦俑情》，不是最早的"穿越"电影，也一定是极早的"穿越剧"。

年轻一代熟悉的穿越小说，大多写男主人公从现代穿越到古代，以现代科技装备轻松"完虐"古人。

《古今大战秦俑情》里古人从古代穿越到现代，这个叙事角度或许更加特别。

公元前 221 年，秦国虎狼之师扫灭六国，一统天下。秦始皇广招天下方士为自己炼制长生不老药。方士徐福知道如果炼不出仙丹，自己也难逃一死，于是谎称能去蓬莱仙山求药。秦始皇信以为真，为他建造船队，征集五百童男童女随他航海。张艺谋扮演的郎中令蒙天放是一名秦国将军，因御前救驾有功被秦始皇封官赐剑。他与巩俐主演的童女冬儿陷入恋爱，偷尝了禁果，犯了死罪，被双双赐死。恰好此时徐福炼成了仙丹，冬儿也得到了一颗。在临刑前最后一吻时，冬儿把仙丹吐给了蒙天放，转身跳入烈火中，为爱情而殉身。而将军蒙天放则被残忍地做成了秦俑，埋在了深深的俑坑里。

时间来到民国时代，巩俐扮演一个漂亮而轻浮的三流演员朱莉莉。她一心想当女主角，却被人利用陷害，坠机撞入了秦始皇陵，把因为口含仙丹而永生的秦俑蒙天放激活了。蒙天放是一根筋的秦国人，他苏醒后看到了朱莉莉，就认定她是自己的生死恋人冬儿。为了躲避敌人，他手执秦国青铜剑，带着朱莉莉在现代城市茫茫人海中快跑，引发一阵骚动，产生了一系列的喜剧效果……又一次，悲剧发生了。朱莉莉为保护蒙天放不幸身亡，蒙天放再一次被独留于世……时间来到 1990 年，一辆满载日本游客的大巴停在西安秦始皇兵马俑博物馆大门前，巩俐扮演的日本和服美女出现在镜头中，对着镜头明媚一笑。远处，一名身穿灰色中山装工作服的工作人员正冷冷地在俑坑中埋头工作。他偶然回头，露出了那饱经沧桑的脸……

两千多年前一个秦国武士穿越到了现代，这是极有创意的构思，至今都很少见。

时空错位是一种经典的结构。由此带来认识和行动上的种种矛盾和冲突，令人捧腹，又发人深思。

找到时代和人物错位的素材,是写出好作品的第一步。

二、日常生活细节

一个日常生活的细节,会在某个特殊瞬间,激发作家的创造力。这种触动就是灵感之源。每个写作者都要留心这种被日常生活的细节所触动的特殊场景。

魔法小说"哈利·波特"系列,为全世界喜爱阅读的青少年塑造出了一个独特的小魔法师哈利·波特的形象,并随之塑造出赫敏、罗恩这两位少年魔法师,以及邓布利多校长、斯内普教授、伏地魔、小天狼星布莱克等成年魔法师的形象。

这一系列令人难忘的人物形象,以及小说中塑造出来的独一无二的霍格沃茨魔法学校,起源于小小的一瞥。

作者J.K.罗琳回忆说,那时她刚刚从西班牙回到英国,婚姻变故,生活潦倒,正处在人生的最困难时刻。有一次,她搭乘火车前往伦敦,透过窗户突然看到站台上,一个戴着眼镜的孩子。这个孩子的脸,在那一刻,突然照亮了她的整个世界。

后来,她就塑造了哈利·波特。

这个小魔法师在接到霍格沃茨魔法学校的录取通知书后,带着自己的行李物品来到了伦敦国王十字车站。这是伦敦历史最为悠久,也最为壮丽的一座车站,每天上下车的旅客熙熙攘攘。小魔法师们混杂在麻瓜们中,穿越一堵特殊的墙来到九又四分之三站台,等待霍格沃茨魔法特快列车……

你一定要在欧洲搭乘过火车,才能感受到这种特殊气息。在很多英国影片里,火车是一种独特的电影场景和电影元素。作为第一次工业革命的典型代表,火车驶过了漫长的历史,从蒸汽机车到电力机车,从普通列车到磁悬浮列车，这个工业革命的庞然大物，搭载着人类不断前行。时代在不断发展，但是人性，仍然是温暖有光的。而温暖有光的世界，更容易打动你。

十年前，我也曾经在夕阳下，透过火车车窗，看到德国西部铁路小站上坐在箱子上的一个孩子。那个孩子平静，自然，双眼闪烁，那一幕至今都印在我记忆中。

德国的火车站没有大门、铁栏和验票口。旅客从四面八方进入车站广场，直接来到月台上，按照各自目的，搭乘不同方向的列车。

有些途经小站甚至没有车站房屋，只有几道铁轨，以及铁轨旁的月台。既没有检票人员，也没有维护秩序的安保人员，只靠旅客自觉。有些骑自行车旅行的人，还扛着自己的自行车，穿行在铁轨中，迅速地从一个月台到另一个月台。

有一次，我们全家在德国旅行，搭乘火车从柏林返回不来梅，中途要在两个车站换乘。现在有 Google 地图，手机上查找地点和交通十分便利，但是十年前没这么方便，那时要在电脑上事先查好铁路线和换乘站，打印出来随身携带，然后路上小心地查对。不过我太太很细心，她都写在了笔记本上，因为我们不通德语，这样可以避免错过换乘车站。

在到达第一个换乘站前，我们搭乘的火车晚点了——是的，传说中无比严谨的德国人，他们的 DB（德铁）也常常晚点——为了让换乘的乘客能赶上到汉堡的那趟列车（汉堡是我们的第二个换乘目的地），这列火车提前三站停在一个小站上。我们听不懂德语，见到旅客有点骚动，有点敏感。好在太太有经验，先问了匆匆行过的列车员（德国列车一般就只有一个列车员，车开后会查验车票），确定是要在这一站下车换乘去汉堡的火车。

下车后，我们一家三口都很吃惊——这哪里是车站嘛，简直就是一个"荒地"。没有醒目的车站牌,没有显眼的站台,只在一片小麦地中间交叉延伸了三对铁道。月台上也没有铺设水泥或沥青,在小麦田中间,是一道硬实的碎石沙子地面,稍高于铁轨高度半尺的样子。

彷徨无措间,一位身材微胖、背着双肩背包的先生看着我们问:"去汉堡?"我们点头。"跟着我!"他说完,转身就走。我们亦步亦趋地跟着他,从一个地道下穿过去,才明白要到另一边换乘。

站在这个近乎荒芜的月台上,我们面面相觑。

那时候女儿还小,看着麦田漫漫,十分愉悦。我内心则七上八下打鼓,觉得这事不太靠谱。等了一阵,太阳落山,月色朦胧,火车似乎也遥遥无期。

我们如同被搁浅在沙滩上的几条鱼。不过,看到还有另外几十位旅客也在这边耐心地等着,我们心定了很多。其中还有几位是扛着自行车的,非常自在的样子。德国的火车,都设一列车厢给骑行者,连人带车装进去。

等了很久,也许十几分钟,也许一个多小时,最后,在月色的指引下,一列火车开过来了。一直默默站在不远处的那位先生,冲着我们点点头。

一颗悬着的心终于落下来了。

我赶紧对他表示感谢,大家一起上车。到了车厢里,看到车厢显示屏上的"汉堡"字样(我们还是颇为认识几个德文地名的),一颗忐忑不安的心终于真正落地了。

一直很想感谢那位先生,不知从哪里来,又要到哪里去,但是在那个火车中途站,与他的两次简单交谈,让我记忆至今。

三、人物尊严与时代反思

1850 年，美国大作家纳撒尼尔·霍桑出版了名作《红字》。故事发生在清教徒的殖民地波士顿湾，时间背景是 1642 年—1649 年，英国在北美建立新英格兰殖民地不久。女主人公海丝特·白兰与青年牧师丁梅斯代尔相爱，并在狱中生下了孩子珠儿。在清教徒主宰的殖民地里，人们道德观念保守，一个女子通奸是大逆不道的事情。他们鄙视海丝特·白兰，把她关起来，强迫她在衣服上绣一个象征"通奸"的红色字母 A——即英文 adultery 第一个字母的大写体。

猩红色字母"A"，本义是"耻辱"的标记。

作为那个时代最伟大的启蒙主义作家，纳撒尼尔·霍桑创作这部作品的目的不是追究海丝特·白兰的耻辱，把她钉上耻辱十字架，也不是"打小三"让吃瓜群众围观。反之，他把同情心放在海丝特·白兰的身上。这是一个追求真爱，希望拥有真幸福并能和真正相爱的人在一起的启蒙时代新女性。她的存在，是对旧道德的蔑视。只要能和所爱的人在一起，她可以勇敢地承受耻辱。这种追求真爱和幸福的勇气，让所谓的耻辱变成了个人的荣誉。

海丝特·白兰的丈夫罗格·奇灵渥斯是一个中年医生。他和年轻白兰的婚姻是一次交易，并没有爱情基础。海丝特·白兰本以为他航海失事了，没想到他却带着魔鬼般的恶意复活了。他是充满仇恨与恶意的，要揪出海丝特·白兰的爱人，并对他进行复仇。很快，他就制服了海丝特·白兰，嗅觉灵敏地找到了目标：深受敬爱的青年牧师丁梅斯代尔。

罗格·奇灵渥斯有条不紊地实行着复仇计划，想要彻底毁掉海丝特·白兰和她的爱人丁梅斯代尔牧师。他要让这个可怜的女子完全臣服于自己的复仇之下。

他渐渐地收紧绳索，猎物无助的挣扎使他享受杀戮的快感。他逼丁梅斯代尔牧师自己出来认罪，让他身败名裂，走投无路。

眼看着邪恶的丈夫端着猎枪一步步逼近，自己却无法挣脱，海丝特·白兰完全绝望了。她如同待宰羔羊，等待着邪恶的罗格·奇灵渥斯手起刀落。但她又不甘心束手就擒，于是预订了两张船票，计划和丁梅斯代尔牧师一起远渡重洋，回到祖先出发的地方：欧洲。就在登船前，她惊恐地发现，罗格·奇灵渥斯正跟船长聊天——他也订了船票！他要跟踪到底，逼疯丁梅斯代尔牧师，彻底复仇。

丁梅斯代尔到底会不会被揭发？他最终敢不敢承担自己的责任？

整部作品的气氛，在最后的集市狂欢中沸腾。

在迎接新市长的聚会中，丁梅斯代尔牧师当众发表自己一生中最后的演讲。他的演讲委婉、深沉、细致，具有无可匹敌的说服力，信众们对他产生了高度的崇拜情感。英俊潇洒、博学多才、善良优雅、深孚众望的青年牧师丁梅斯代尔，在这一时刻达到了自己人生中声望的顶点，并且很快就会升迁到更高的位置上。而一旦承认了这桩奸情，他的一生就毁了。

丁梅斯代尔牧师的内心折磨达到了顶点，这股强大力量要把他撕成碎片。

著名作家余华在散文《高潮》中，仔细地分析了这种"逐渐增强"的叙事力量：

> ……它们都是一个很长的，没有对比的，逐步增强的叙述。这是纳撒尼尔才华横溢的美好时光，他的叙述就像沉思中的形象，宁静和温柔，然而在这形象内部的动脉里，鲜血正在不断地冲击着心脏。

纳撒尼尔·霍桑是天生的作家。他不要任何廉价花招,不断地推进,让读者卷入这股叙事洪流中。

获取了各种各样的素材之后,就面临一个新问题:如何更有效地处理这些素材。我归纳为三点。

一、换位思考

在通俗小说及电视连续剧里,海丝特·白兰这种不贞洁女子,很可能被处理成道德败坏的反面人物。在微博"道德审判台"上,吃瓜群众最爱"打小三",并把自己封为虚拟道德审判者。对于他们来说,"小三"破坏别人的家庭,道德败坏,必须一打到底。

然而一旦换位思考,处理这种素材的角度就完全不同了。

在《红字》里,纳撒尼尔·霍桑以人道主义精神站在海丝特·白兰一边,站在人性一边。在启蒙时代,尊重个人,尊重情感,尊重选择,成为逐渐被人所接受的共识。那些勇敢地冲破旧家庭、旧道德枷锁的女子,成了值得同情的新道德象征。

海丝特·白兰的丈夫罗格·奇灵渥斯医生则是个心灵邪恶的老男人。他被魔鬼附身,内心只有恨。他不仅伤害海丝特·白兰,有计划地迫害她,而且深度地控制她,把她作为一种手段来持续打击丁梅斯代尔牧师。

海丝特·白兰和罗格·奇灵渥斯之间并没有感情,他们的婚姻只是一种形式。然而以这种旧道德维系的婚姻为武器,罗格·奇灵渥斯拥有了居高临下的道德优势,他用这块道德巨石压碎自己面前的一切。他追求的不是道德的完善,也不是个人的幸福,而是邪恶的复仇与迫害。通过这种设定,他成为真正道德的对立面,变成了一个真正的魔鬼。

相反,海丝特·白兰在拥有爱情结晶珠儿之后,变得勇敢、坚毅起来,为爱人可以付出一切,哪怕以生命为代价。在所爱的青年牧师丁梅斯代尔身上,她获得了精神慰藉和真正的爱情,从而反转了道德态势,成为追求个人独立、自由爱情的新道德偶像。

常有人问我:什么是严肃文学? 什么是通俗文学? 这两者有什么差别呢?

为此,我归纳出两个标准:

1.严肃文学站在蛋的一边,通俗文学站在石头一边。

2.严肃文学反对传统道德,通俗文学维护传统道德。

二、把素材放进自己熟悉的环境里

文学界有一个"文学地理"概念。

美国著名作家福克纳笔下位于美国南方的"约克纳帕塔法镇",哥伦比亚作家加西亚·马尔克斯创造的"马孔多镇",中国作家鲁迅创造的"鲁镇",沈从文创造的"湘西",萧红笔下的"呼兰河",都是典型的"文学地理"世界。它们根植于作家的童年生活与记忆,高度抽象和概括,具有独特的意义。

三、人物关系和前后关联的逻辑要合理

鲁迅塑造了"少年闰土"这个乡村少年形象——守在瓜田上,戴着一个项圈,手里拿着一把叉,追赶偷吃西瓜的猹。同时,鲁迅看到传统社会生存空间的狭窄,由此想到少年闰土也会变成中年闰土。

活泼的少年闰土变成了唯唯诺诺的中年闰土,一想到这个事情即将发生,无可阻挡,作家就感到震惊。并且,鲁迅毫不怜悯地把这种震

惊,传递给了读者。

对这个素材的独特处理方式,体现了鲁迅先生批判传统文化的鲜明态度。

课后作业:

假设中年闰土来到现代社会,成了一个知名农民企业家。有一天,他接待了返乡探亲的大学教授周树人。周树人教授在北京的大学里虽然有一定知名度,有一定的学术成果,但是每天都忙于教学和申报课题,活得非常艰辛,身体不好,头发花白,人也憔悴,远不如企业家闰土活得滋润。他们见面后,喝了几碗绍兴女儿红,情形会怎样? 可能会发生什么事?

你可以思考:闰土是什么性格? 企业是什么类型? 家庭构成如何? 对现代农业有怎样的思考? 在当下的互联网环境中会以怎样的方式来销售农产品? 等等。

第十一课
如何起笔名、作品名、人物名

开始写作,至关重要的一个步骤是给自己起个好笔名。

每个打算认真写作的人,都应该一开始就考虑这个问题。

有些人起笔名一次成功,有些人一辈子都在起笔名。

那么怎样起个特别的笔名呢?

现代著名作家的笔名大多可以归为二字、三字笔名。四字笔名也有,很少。稍有名气的端木蕻良,只能算是二流作家。

两个字的笔名有鲁迅、茅盾、巴金、老舍、曹禺、萧红,都是耳熟能详的。

三个字的笔名也多,有李劼人、周作人、徐志摩、沈从文、林徽因、张爱玲等。

很难说两个字的笔名好还是三个字的笔名好。

我的朋友、出版家、翻译家曹元勇博士有个理论:起笔名要起两个字的,两个字的笔名最容易成名。

为了说服我,他列举了当代小说家王蒙、铁凝、阿城、马原、方方、余华、苏童、格非、阿来、莫言等,以及诗人穆旦、北岛、多多、舒婷、顾城、海子、于坚、宋琳、韩东等。

看起来十分有理，不得不服。

不过三字笔名的著名小说家也多，如张贤亮、高行健、王安忆、迟子建、韩少功、贾平凹、毕飞宇。三字笔名的著名诗人略少，如李亚伟、陈东东等。

有人问我为什么要叫叶开？理由如下：

第一，我本名"廖增湖"太复杂，当时想，万一今后成名了，签名售书是个大问题。可见我年轻时胸有鸿鹄之志。

第二，起笔名有个感觉问题，"廖增湖"不像个作家，倒像亿万富翁。我大学时代是疯狂的文学青年，理想和青春一起燃烧，粪土当年万元户，从没想过发财的事情。

第三，我毕业后在《收获》杂志做编辑，领导要求不能从事写作。但我无法阻挡写作的冲动，于是起了个笔名，瞒着领导发表作品。

现代作家茅盾原名沈雁冰，曾起笔名"矛盾"。他写了一部作品，四处投稿却没人愿意发表。编辑家、作家叶圣陶拿到这个稿子，认为不错，但觉得"矛盾"是哲学名词，不宜做笔名，就自作主张地添了一笔草字头改为"茅盾"。这神妙的一笔，茅盾自己也很喜欢，遂采用了。

现代文学时期，有不少作家为了避嫌、隐姓埋名等种种原因，总是在不断地换笔名。有些临时用，有些用得长久。据说茅盾用过九十八个笔名，是笔名狂人。鲁迅、沈从文等作家都用过很多笔名。

起笔名有一定偶然性。有人想了一大堆，却不知道选哪个好。有人隔一段时间起一个新笔名，一直确定不了最心仪的，而有些人是一次就起好的。

我起"叶开"为笔名，是受古龙武侠小说影响。

叶开是小李飞刀的徒弟，富家子弟出身，为人和善，没有刻骨仇恨。

他路见不平,该出手时就出手,把对方打倒在地,然后和人家讲道理。

我觉得武侠宗师叶开这种秉性很适合我,是我的梦想与追求。

这算得上是"仰慕型"起笔名法。

小说家"格非"大概是仰慕李清照的先生"李格非"?

巴金的笔名有争议,一种说法是他在巴黎时仰慕无政府主义者巴枯宁和克鲁泡特金,一前一后各取一字,遂成"巴金"。后无政府主义遭到否定,"巴金"这个笔名惹来了很多批评。不过,巴金一直没有为自己辩护。1958年,巴金在《谈〈灭亡〉》中,对笔名来历做了正式解释:"巴"是得到同学巴恩波在项热投水自杀的消息深感痛苦而联想起来的;"金"则是朋友詹剑峰为帮他找一个容易记住的名字而起的。当时他正在翻译克鲁泡特金的《伦理学》,这本书的英译本就放在书桌上。然而很多人不太信服这个解释,认为很可能是巴金在那个特定时期,为了给自己开脱"罪名"而发的违心之言。

第二种,涉及作者本人价值取向的笔名。

有人起笔名就是想按照姓氏笔画排在最前面。比如丁丁,两画,按照姓氏笔画排名就排在最前面。如果按照拼音顺序排,阿城、阿来、阿乙就排在第一了。

阿城原名钟阿城,把"钟"去掉,"阿"就排在最前面了。这是起笔名很"有效"的终极升级法。阿城、阿来、阿乙是不是真的有这种意图呢?读者只能猜测。如果都叫阿某或丁某,就太俗了。还有个东北作家,不知道是不是仰慕阿城,起名"阿成",但他的作品不够好,因此没什么名气。可见,起名虽然很重要,作品的质量更重要。

第三,包含着某种寓意的笔名。比如金庸本名查良镛,他把最后一个字拆开来,就成了现在的"金庸"。

"鲁迅"这个笔名有两种解释:第一种,"鲁"字乃母亲的姓,"迅"是他小名;第二种是取"愚鲁而迅行"的意思,是鲁迅挚友许寿裳亲自问过的。

有位七零后作家冯唐,大概是从"冯唐易老,李广难封"这句得到的灵感。冯唐是汉代名臣,历经汉文帝、汉景帝、汉武帝三朝,以忠义耿直著称。汉武帝时他已年过九十,还要被起用为官,但实在太老了。唐代大诗人王勃在名赋《滕王阁序》里叹惋:"时运不齐,命途多舛。冯唐易老,李广难封。"

第四,拆换自己的名字。

作家马原,本名马源,去掉了三点水,变成"马原"。

作家苏童原名童忠贵,很像是一个农民的名字,他用江苏的"苏"和自己的姓"童"重新组合,成了一个笔名。

作家莫言,据说是把原名管谟业中的"谟"拆分组合而成。他少年时代因"大嘴巴"总惹祸,起这个笔名是希望自己少说话,少惹祸。

第五,爸爸妈妈有文化,起了个好名。如王安忆、叶兆言,都是原名,特别省力。

以上都是现当代文学的传统型作家起笔名的方式,出发点各异,各有自己的宿命。

互联网普及后,网络写作和网络小说开始盛行,为突出自己而起四字网名者很多,还有人起五字、六字的网名。四字网名一度很流行,在网上不容易重名,识别率高。

中国原创文学网站刚兴起时,"榕树下""天涯社区"等网站出现了一大批写手,小李飞刀、安妮宝贝、十年砍柴、当年明月、南派三叔、天下霸唱、唐家三少、轩辕孤坟等,都是大家熟知的。四字网名气息奇特,容易使人产生特殊联想。

起笔名和时代潮流有密切关系。

现在网络小说非常流行复古风、穿越风,年轻一代网络作家更倾向起优雅、凄美的名字,如流潋紫等。

我读大学时曾购得一本《古今同姓名大辞典》,其中收录了十万以上古今姓名,各种各样的名字应有尽有。如果实在无法起一个心仪的好名字,就从这本书里找一个最偏僻的,或自己一眼看中的。找到后还可以在网上先搜索一下看看有多少重名,重名太多就不太可取了。

我现在给自己起了一个很好玩的微信名叫"西门醉鸡"。

起笔名重要,给一部作品起名字也重要,名不正则言不顺嘛。

很多作家都有起名强迫症,包括我自己。

我有一个大毛病,无论如何都改不掉。我写作一定要先起好名字,不起好名字浑身不舒服,写作不得劲,总觉得哪里不对头。

就我个人而言,这可能是写作性格的一种缺陷,也许要打破这种局限,才能进入相对自由而更有趣的世界中。

有些作家写作会暂时起个名字,等作品写好了再继续想,看能不能起一个更好的名字。如果一直觉得不满意,就有可能让朋友和编辑帮着一起想。我做了二十多年职业文学编辑,帮着给不少作家的作品起过名字,还给几个作家起过笔名。

从作品中找句话来做作品名是个不错的方法。

二十年前,格非写过一个长篇小说《破败的神祇》,讲高校知识分子的生存状况。这个作品名有点学术,做论著名可以,做小说名不够好。当时编辑和作家一起思考,想了很多,但都不满意。作家马原正好来编辑部,恰逢讨论,就说,格非小说里不是有句"欲望的旗帜"吗?用这句话来做书名就很好。突然点醒,豁然开朗,大家都赞叹,遂名《欲望的旗帜》。真可谓是神来之笔!

起作品名时还可以把不同因素拼贴在一起形成新义。

如《百年孤独》。"孤独"不是新词,认真的作家很少会直接用来做作品名字。但和"百年"放在一起,形成偏正结构,使人产生丰富联想,就先声夺人了。

普鲁斯特的《追忆似水年华》(或者译成《寻找逝去的时间》),是一个省略主语的句子。省略主语,以动名词组成一个句子作为书名,是现在非常时髦的做法。

书商曾一度爱用一句唯美的话来给作品起名字,以至于到了烂大街的程度。如《你若安好 便是晴天》,即取自林徽因的作品,是绝佳的书名,文学青年一看到就心有戚戚焉。但如此这般不停山寨下去就不好了。

现在网络小说有雅化倾向,出现了各种雅化的作品名取法。雅化并非不好,而是尽量不要落入套式。优秀作家都会摆脱俗套,独辟蹊径。

有些作家为了突破雅化倾向反其道而行之,如余华给作品起名为《许三观卖血记》。这个作品名通俗得不能再通俗,当时很多人接受不了。正好我读硕士,在编辑部实习,受命责编这部小说。因为职业要求,在编稿过程中,我反复阅读过四五遍,觉得内容很好,题目也好。我个人坚持用原名,认为给作品起优雅的名字是文坛流行病,余华突然来个朴实到泥底下去的名字反而好。此前余华的作品,名字也都是优雅的:《十八岁出门远行》《此文献给少女杨柳》《河边的错误》《世事如烟》《在细雨中呼喊》。后来,写作理念有变化,生活哲学也有变化,名字起得越来越简单了。长篇小说《活着》的完成,是余华写作蜕变的标志。他不再采用极端化先锋叙事模式,不再进行形式创新,而是回到现实主义范畴,写个人在大历史变化里的跌宕命运。他给一切做减法,裁短句子,不做复沓句式,使作品方便阅读,方便翻译。同时对人物与时代的处理符合"新历史主义"大逻辑,对看起来正确的"历史"进行质疑,塑造一个个性格独特的人物。他们在历史的强力推进中,被无穷无尽地牺牲,产生了强烈的悲剧效应。在"历史"中,他们只是一串数字,甚至都没有被列入数字,而是被神秘地消失了。这就把个人、个体生命价值凸显出来,可以说是新历史主义的悲剧作品。余华后来的长篇小说,《兄弟》《第七天》《文城》,名字也越来越简单了。

其他作家起名也有简化倾向,如苏童的《河岸》《黄雀记》,毕飞宇的《平原》《推拿》,感觉都是不约而同地开始"简化"。但王安忆反其道而行之,把最新作品起名为《一把刀,千个字》,很特别。

随着年龄增长,作家的人生态度、处事态度都会有变化,这会影响到他写作的趋向,也会影响到给作品起名。

作品的名字从复杂化到简单化,和作家个人对世界的认识是保持一致的。

不过,简化,并不一定就是对的。还是要根据自己的思考,根据自己的内心。

笔名起好了,作品名字也起好了,第三步是给作品人物起个好名字。

无论是新手还是成名作家,给人物起名字时都极其头痛,要消耗大量脑力、体力。所以,脑力不够用又懒惰者,就会起"小明""小娟""小马""小刘"这种名字。网上一度有人惊呼,"小明"是世界上最流行的名字,从语文到数学,无处不在。

给人物起一个好名字是非常重要的。这就像你给自己的孩子起名字,不能草率。

"小明"是中小学教科书里面"打遍天下无敌手"的名字,几乎无处不在,比"隔壁老王"要有名得多。这种名字就不能再随便用在作品中了,除非是一种反讽的场合,或者其他特殊场合。

　　另外,每一部作品的人物,根据故事发生的时间和地点不同,起名也要有所不同。写一部历史小说,不能随便起阿狗阿猫这种名字。古代人有名、有字,很讲究。如果乱起名字,一看就会让人觉得虚假。

　　中国现代文学中的乡土小说很复杂,有很多种类。雅化者如沈从文在他的"湘西世界"里,起的都是"翠翠"等带着边地风情的好名字。但也有写阶级斗争的革命现实主义小说,人物名字十分"泥土味",例如周立波的《暴风骤雨》里的贫农代表"赵光腚"。

　　中国现当代历史变化急剧而复杂。到了当代文学,趣味又有变化,早期乡土文学作家有把乡村知识分子化的倾向。茅盾文学奖获得者路遥有两部重要作品,其中一部中篇小说《人生》写青年农民,主人公名字却很雅,叫"高加林"。这个名字不太像农民,而像一个准知识分子。他高中毕业在乡村小学代课,后来被村支书以权谋私赶走了。小学教师,勉强也算是知识分子了。当时,乡村道德还未溃败,在形式上还占据着道德制高点。高加林作为一个乡村浪子,向往大城市而逃离乡村,并且离开了乡村恋人刘巧珍,这让他背负上了严重的道德骂名。到了县城,他和官二代女同学黄亚萍相识相恋,却因不能真正融入时代,而被"抛弃"了。走投无路之下,高加林回到高家村,归顺于最高道德象征、老光棍德顺大爷,得到前女友刘巧珍的宽恕。路遥把城市看成生活腐朽、道德紊乱的世界,只有乡村才是洁净的,才是可靠的心灵归途。后来城市化、工业化进程加速,乡村不再是道德制高点。它凋敝了,粗鄙化了。人们再次嫌弃乡村,逃离乡村。而进入了城市之后,就进入了《平凡的世界》。

现在,城市化、工业化到了一定程度,人们又开始感受到了大城市里人与人之间的疏离、人与人之间真实情感的缺失,人们缺乏精神的安慰,便开始思考乡村、田野和自然。然而,乡村却凋敝了。世界就是这样不断地反复。

给人物起名,还可以用象征性取法。

卡夫卡的名作《城堡》里,主人公的名字"K",最终变成了一个象征,什么人都可以叫作"K","K"的命运是我们几乎所有人的命运。

鲁迅笔下的阿 Q,是最具代表性的。

在《阿 Q 正传》的一开始,鲁迅有一大段关于给文章起题目、给主人公起名字的精妙论述。引用如下:

> 要做这一篇速朽的文章,才下笔,便感到万分的困难了。第一是文章的名目。孔子曰,"名不正则言不顺"。第二,立传的通例,开首大抵该是"某,字某,某地人也",而我并不知道阿 Q 姓什么。第三,我又不知道阿 Q 的名字是怎么写的。他活着的时候,人都叫他阿 Quei,死了以后,便没有一个人再叫阿 Quei 了……我写作阿贵,也没有佐证的。其余音 Quei 的偏僻字样,更加凑不上了。……曾仔细想:阿 Quei,阿桂还是阿贵呢?……只好用了"洋字",照英国流行的拼法写他为阿 Quei,略作阿 Q。

一个作家在自己的作品开头,先长篇大论地交代来龙去脉,是极少见的。但在中国传统小说中,却确实有这样的做法。有的作家甚至一人分饰两角,一半写作,另一半冒充点评者,像模像样地给自己的作品做评注,比如明末的李贽、陈继儒等,清初的金圣叹、脂砚斋等。

鲁迅在作品开头,干脆把一切可能性都穷尽了,读者无话可说。事实上,到底是不是这样,读者也无从考证了。

作为资深读者,我反而慢慢地喜欢上了这种"絮絮叨叨"的介绍,觉得从从容容,很有趣味。我重读《红楼梦》,十分欣赏第一回起首的"作者自云",越读越觉得有味。

当代小说,尤其是各级作家协会、各大学中文系、各级文学杂志、各种出版社所主导的"纯文学",在写作形态上越来越注重技巧,越来越精致,越来越端着了,反而不够自然了。

课后作业:

请给"隔壁老王"这个素材重新起一个作品名,并给主角"隔壁老王"重新起一个人物名,然后模仿《窥视者》的方式改编这个故事。假设中年男主人公叫王思德,从王思德的角度观察隔壁一家三口的一举一动。

第十二课
陌生化：打通词语和词语之间的屏障

写作有个重要概念：陌生化。

"陌生化"既是概念，也是技术。它的反面是"熟悉化""逻辑化"和"合理化"。一件事物一旦熟悉化、逻辑化、合理化，人们就会变得熟视无睹，不会去特别区分它，不会特别注意它。这件事情的存在自然而然，似乎无可置疑。

人们通常不会质疑熟悉的事物，而是习以为常。

习以为常是一种巨大的认知惰性，人们总是随大流，局限于平均认识，而成为这些业已腐朽的知识的传递者和被绑架了的"知识肉票"。

人类文明发展到现在，积累了无限知识。每一种知识又可以细分成各种专门学科，各种专门学科都有严密的学科体系和逻辑体系。这种学科体系和逻辑体系，让人们产生知识已经变得完美了的错觉。人们迷恋现成的知识，认为这个世界似乎没有什么是不能认识的，没有什么是不能理解的。无论什么问题在网络上都可以搜索到现成答案，似乎世界上所有疑问都已经解决了，不存在知识阳光照不到之处。"知乎""果壳"等网站上，有无数"云端神人"在回答着无数问题。每个人似乎都很权威、博学且不容置疑——然而他们的知识大概也都是依靠搜索引擎抓取的，以"搜索引擎"博学术，几乎每个人都可以扮演博学家甚至扮演上帝。

"知道太多"，就会让人自信心爆棚，以为自己成了可以凌驾于一切事物之上的"知识神"。不知不觉中，大量冗余知识成为"知见障"。

你懂的越多，你的人生障碍越大。

你不知道有些事情是你不知道的，你不能承认有些事情可以不知道。

一个熟悉事物，你不知道它的陌生部分在哪里，你以为一切尽在掌握中。

经过长期学习后，人们拥有认识人生、社会、外部世界的各种知识。面对任何问题，这些知识都会不假思索地跳出来，形成人们理解世界的本能方式。

"进化论"是一个经典例子。

"进化论"已经变成一种不容置疑的权威知识了。人类是怎么出现的？人类是怎么变成现在这个样子的？"进化论"都有一套严密的理论来解释：从单细胞生命进化到多细胞生命，从软体动物、甲壳动物、脊椎动物进化成恐龙、鸟、原始人类。人类直立行走，制造工具，进化大脑，学会用火，应用语言，发明文字，最终发展出人类文明……这种人类进化图景，发展得非常完善。人们从小学就学习这种知识，并不假思索地接受它。这就成了常识，成了真理。

这种知识接受模式和运用知识的方法，有没有问题呢？

对普通人而言，当然是没有问题了！

这些知识都是经过无数生物学家、进化学家等专家不断研究，反复思考积累下来的，不是胡思乱想，背后有一整套严密的科学方法、逻辑思维和实践论证，是逻辑化、合理化的，几乎无可辩驳。

这就是现代人学习知识和运用知识的基本模式，也是典型的合理化思维习惯。

这些年来有很多人在普及"常识"，对"常识"充满自信。

一千多年来，教会公认的"地心说"是无可置疑的真理，或者说，常识。绝大部分人不会质疑这个常识。但中世纪波兰学者哥白尼提出了"日心说"，独自质疑了这个"常识"。这本是知识与文明发展的合理过程，然而在宗教掌控一切知识的时代背景下，哥白尼的观点被判为异端邪说，他本人也被处以火刑。后来，意大利天文学家、物理学家伽利略发明了望远镜，通过天文观测证实了哥白尼理论的正确性（在太阳系范围内）。然而，在教会的压力下，伽利略不得不违心地承认错误，被迫修改自己的理论。几百年后，教会为迫害哥白尼和伽利略公开道歉。

到了十七世纪，英国伟大的科学家、数学家、神学家艾萨克·牛顿爵士以数学为工具严密论述，提出了"万有引力定律"及"牛顿三大运动定律"。

艾萨克·牛顿的研究所奠定的经典力学理论，无懈可击地解释了宇宙万物运转的规律，彻底击败了教会普及一千多年的"常识"，从此，世界进入了"科学教"时代。

经典力学穷尽了科学知识所能达到的极其精微境地。在其后几百年时间里，经典力学占据着无可置疑的正确性王座，是人人皆知的"常识"。

又过了四百年，年轻的阿尔伯特·爱因斯坦通过思想实验，在二十六岁时论证出"狭义相对论"，又在三十六岁时论证出"广义相对论"，在无懈可击的经典力学世界之外，创造出崭新的相对论宇宙。

英国著名演员、第十任"神秘博士"的扮演者大卫·田纳特主演过一部电影《爱因斯坦和爱丁顿》。电影里，阿尔伯特·爱因斯坦于1915年提出"广义相对论"后，剑桥大学天文台台长爱丁顿爵士不惜冒犯英国科学界至高无上的"科学神"艾萨克·牛顿，在英国讲述"广义相对论"，因此遭到了保守派科学家的抵制。1919年，爱丁顿爵士率领一个观测团队，在西非普林西比岛观测到光线弯曲现象，证实了"广义相对论"的正确性。1920年，爱丁顿爵士在剑桥大学与爱因斯坦见面，两个"反常识"的大脑相会，他们的双手紧紧地握在一起。同年11月7日，英国《泰晤士报》头条新闻宣告："科学革命：宇宙新理论已将牛顿绘景推翻。"

1921年，爱因斯坦获得了诺贝尔物理学奖。但是，这是一个有趣的"误会"。

相对论的提出，对经典力学是个反常识的挑战。那段时间，英国科学界一些保守的老科学家一直不接受相对论，连瑞典皇家科学院在诺贝尔奖的颁奖词里，也没有提到相对论——他获奖是因为"光电效应"理论的贡献。

经典力学后曾有几百年时间，物理学界相对沉寂，没有出现颠覆性的新理论，似乎整个科学界不再有新问题了。谁也想不到，瑞士一个二十六岁的"愣头青"阿尔伯特·爱因斯坦，竟然通过思想实验的方式，推导出颠覆式的相对论。

每一种颠覆性新理论的出现，都是对旧理论的"陌生化"。

如果不质疑旧理论，新理论永远不可能诞生。

牛顿、麦克斯韦、爱因斯坦都是划时代巨人，他们的天才大脑、创造型思维，可谓是最强力的风暴眼。然而，他们在刚刚做出天才贡献时，普通人完全"无感"。绝大多数人都是站在巨大的知识墙面前，不由自主地屈从。仅有极少数人，会翻墙过去，看到新世界，获得新知识。

受过一定教育的普通人，在知识认识上都会产生"知识围墙效应"，被知识巨墙围在中间，变成了一只"知识深井"之蛙，很难有人能越出这座深井看世界。

这就是"知见障"。

不是"知识越多越反动"，而是"知识越多越顽固"。

在这种情况下，一名真正的思想家，一名杰出的作家，会抛弃成见、定见，放下既有的知识负担，打破"知见障"，再度置身于"陌生化"的世界中。

只有置身于"陌生化"的世界，你才会看到新事物，碰到新问题，接触到新知识，激发新激情。

对于传统商业、物流、信息、交通等产业来说，互联网思维便是一种"陌生化"的思维模式。拥有互联网思维，在一定程度上具有"降维打击"的优势。一个人、一个店面、一辆汽车，接触面是有限的点对点关系。而互联网思维连接一切，知识和信息共享，大量跨界思维得以产生。

在互联网成为日常之前，只有少数人能接触到跨行业的人，很少人能交到陌生行业的朋友。而互联网打破了"知识屏障"，让行业迥异的你我，跨过重重障碍而直接"互联"。

互联网思维，对于传统世界来说也属于"陌生化"。

"陌生化"是一种"新思维"模式，也是一种头脑风暴，可以打破屏障，拓展视野，使人看到未知世界，激活创造潜力。

哈佛大学兰道尔教授的科普著作《暗物质与恐龙》，把暗物质研究和恐龙灭绝研究放在一起，得出了一个极其有趣的新理论。

两亿多年前出现在地球上的恐龙，在横行一亿多年后，于大约6500万年前突然灭绝了。这个奇特事件有无数种推论。二十世纪七十年代,供职于墨西哥石油公司负责钻探研究的美国地质科学家彭菲尔德,在中美洲尤卡坦半岛发现了面积达七十平方千米的希克苏鲁伯陨石坑,研究坑中矿石和岩层后,他认为这是 6500 万年前一颗巨型小行星撞击地球的证据。后来其他地质学家和物理学家也加入研究,取得一个共识:在 6500 万年前,一颗直径十千米以上的小行星撞击了地球。这次撞击的爆炸当量为沙皇氢弹的两百万倍——而沙皇氢弹爆炸当量为五千万吨黄色炸药。这次小行星造成的"天地大碰撞"导致大型哺乳动物的大规模灭绝,其中就包括不可一世的霸主恐龙。

三十多年过去了,"小行星撞击论"成为理解恐龙灭绝的一个"常识"。但兰道尔教授在研究暗物质时忽然想到:导致恐龙灭绝的"天地大碰撞"到底是怎么发生的? 她推测:太阳系在距离银心两万八千光年外,大约两亿年完成一次公转。在此公转期间,太阳系可能运行到某个暗物质区域,导致游弋于太阳系外围的奥尔特星云外的小行星突然偏离轨道,撞向地球。

兰道尔教授认为,暗物质的扰动导致了恐龙灭绝。

"暗物质"和"恐龙"八竿子打不到一起,兰道尔教授却因此被触动,诞生了一个奇思妙想。这也可以说是"陌生化"手法。

被称为"外星人"的美国发明家、企业家埃隆·马斯克,是一位"陌生化"思维的顶级大师。他总是想别人之所不想,做别人之所不做,从特斯拉电动汽车、Space X 航空公司、Boring 隧道公司,到 Starlink 星链计划,所做的一切都令人感到不可思议。而他偏偏还成功了。不仅如此,他的奇思妙想还不停地蹦现,包括建筑隧道超级运输系统、空天洲际飞行系统,以及火星登陆殖民计划。这些相对于传统产业而言,都是典型的"陌生化"模式,完全不在传统产业格局里,而是创造了一个没有竞争对手的新世界——也有人称为创新型"降维打击"。

"陌生化"不是非理性,亦非胡思乱想,而是在创造性思维中保持独立思考能力。

大画家黄永玉先生的跨界之作,长篇小说《朱雀城》,就采用了"陌生化"思维。

新时期文学的大多数作家都是把人物放在历史里思考,如《活着》《长恨歌》《白鹿原》《尘埃落定》等,黄永玉却反其道而行之,把历史放在人物身上。

《活着》是历史大于个人,主人公福贵臣服于历史变迁,是个微不足道的棋子。《朱雀城》则把历史打包浓缩在张序子身上,让整个湘西凤凰城有了丰富的人格。

"陌生化"结构,是一部好作品的核心推动力。

词语的自我更新,也是重要的"陌生化"叙事模式。

优秀作家在写作中都会非常注意准确地运用语言,尽量不用成语,尽量少用俗语,"好词好句"一概不用。

当你非要表达某个成语的意思时,可以把它具体化,改成描述句。

"兴高采烈"到底是怎么样的?"她兴高采烈"是一个模糊概述。如果具体化描述,可改成"她高兴得脸都红了"。又如"蹦蹦跳跳"这个词,可改为"他飞快地跑过来,蹦上台阶,冲下陡坡,越过栅栏,边跑边大声呼喊"。

通常来说,以描述的句子,而不是概括的句子,把人物行动具体化,使其具有行动性,就会更加生动有趣。

在本能地运用成语或俗语时,可以停顿一下,逆向思维,改为具体行动,进行细节化处理,不用含混不清的概括性语言。具体化和行动性,也是"陌生化"手法——本来很熟悉的一个词,通过具体场景的转换，就被"陌生化"了。这也再度拓展了你的语言表现力。

作家阿来的短篇小说《阿古顿巴》里面有句话："阿古顿巴坐在自己的脑袋下。"我实在是太喜欢这句话了，怎么看都觉得有意思。"坐在自己的脑袋下"，我相信很少有人想得出这句话，只有藏族文化背景的阿来才想得出。

有一次和阿来散步时抬头看到月亮，他跟我说："我们藏族人看到的月亮就是月亮，没有汉族那些故事。"

几千年来汉族文化附着在月球上的那些神话故事，如《嫦娥奔月》等，在其他民族里是不存在的。这也是一种"陌生化"。

英国籍科幻小说大家阿瑟·克拉克写过一个短篇科幻小说《难以入乡随俗》，讲述克里斯蒂尔和达斯特两个外星人通过监听英国 BBC 广播电台来学习人类的语言。他们有高级科技能力，也有语言天赋，没想到 BBC 广播电台的内容不能真正涵盖具体现实。他们降落在伦敦郊区，和人类第一次接触就出了洋相。他们碰到的第一个地球人类塞缪尔·希金斯·博萨姆向他们愉快地打招呼："早上好！"

达斯特立即上前用标准的 BBC 腔调说："各位听众早上好！请问你能告诉我们最近的村落、乡镇、集市或其他人类聚居地在哪里吗？"

这篇作品以"陌生化"手法写外星人的故事，趣味迭出，兴味盎然。

再进一步，我们还可以使用"陌生化"词语来描述熟悉场景。

每个人都有自己熟悉的场景：你的家、你的办公室、你的工厂、你就读的学校等等。

二十世纪八十年代末，大学宿舍不到二十平方米的房间，住得下六个男生或八个女生。

我上铺有个湖南籍同学，他生活自律，作息时间严格，晚上十点睡觉，早上六点起床。我们其他五个男同学都是夜猫子，晚上预习好书本,完成了作业,便吵吵嚷嚷准备打牌喝酒了,这哥们却上床睡觉。无论多么吵闹,都照睡不误。他的闹钟早上六点准时响起。我们全都被惊醒了,他却呼呼大睡。有一次我气得抬脚蹬床板,把床板蹬塌了,差点把我砸晕。

用这种方式来描述宿舍生活,也算是一种"陌生化"。

回到"隔壁老王"这个段子,我们不再叫他"老王",而是给他命名,例如"王五四"或者"王致和"。他是一个中年男人,矮胖,秃顶,微有肚腩,脸常微笑,说话带东北口音。左脸有块疤,可能是胎记。于是,"老王"这个人物就开始具体化了。

从"陌生化"角度再调整一下,会带来意想不到的效果。

假设改变人称视角,从"隔壁老王"角度看出去。

他看到隔壁年轻父亲的举动十分奇怪。一大早抱着小孩子下楼,不是神情慈爱满足,而是愁眉苦脸的。才两三岁啊,难道生病了? 跟孩子妈妈吵架了? 到底发生什么事情了呢? "老王"还观察到,这一家子人都愁眉苦脸的,孩子的爷爷、奶奶、外公、外婆都一脸哀怨。"老王"被挑起了兴趣,于是他开始了窥视……

以这个视角观察,"隔壁老王"就置身事外了。

课后作业:

本次作业做一个组词游戏。

和你的朋友或家人,三个人一组,分配好顺序:一人说主语,一人说形容词,一人说动词。每人都想好后,按照主语、形容词和动词的顺序,把想好的词说出来。一般来说,会创造出一句妙语。

两年前在厦门海沧一所中学里,我让学生们现场玩这个游戏。

那时经过一番随机筛选加投票,选出了一个关键词"土笋冻"。以"土笋冻"为开头,有一组同学创造出一句话:

"土笋冻,QQ 的,入口即化,像邻座的女孩一样。"

当时这句话从一个男生的嘴里读出来,整个教室都"炸"开了。他说完,还看了一眼旁边的女生。这句话是那么独特,我没用笔记本记录,至今都还能想起来。

第十三课
打破习惯与逻辑，你的文风才能让人印象深刻

我们都希望自己的人生一帆风顺，无惊无险。同时，还要"面朝大海，春暖花开"，或"身体或灵魂，总有一个在路上"。

总之，好事一件都不能少，坏事一件都不想要。

每一个人都会对自己有双重的期望：一种是自己过得安全舒适；一种是去冒险以丰厚自己的人生。

这样的双重好事，一般都是不存在的。想要安全地"冒险"，最好的方法是写作。

文学作品提供了舒适、猎奇、冒险、探究的诸种功能，文学世界可以是日常生活的镜像，也可以是日常生活的变形，好的文学世界常常能让读者如梦初醒，而发现自己的日常生活如此乏味无趣。读者躺在床上，坐在沙发上，就可以悠闲地享受刺激的冒险，获得在日常世界中无法获取的特殊知识——真正优秀的文学作品，会让人有耳目一新、豁然开朗之感。

我曾一度很喜欢看美国探索频道、BBC 纪录片频道。他们的摄制

团队深入人迹罕至之处——热带雨林、茫茫雪山、北极冰面、南极高原，冒着极大的风险拍摄了难以一见的纪录片。这些纪录片通常拥有特殊视角和神奇画面，给观众带来崭新的视觉冲击。

在现代摄像设备诞生之前，早期旅行家用文字方式记录自己所经的奇特国度，所见的迥然而异的民俗。

中国最早的游记可能是《穆天子传》。这部作品记载了公元前900年周穆王周游天下的故事。有一次他驾着八匹骏马拉的马车，向西方奔驰而去，在昆仑山会见了西王母。这个神奇的故事，让人联想翩翩。

《论语》里孔夫子与弟子们周游列国的过程，当作"游记"来读会别有一番滋味。

大约公元400年，东晋高僧法显曾跋涉千山万水去印度取经，归国后写下了最早的个人"旅游"名作《佛国记》。

四百年后的《大唐西域记》，是唐代高僧玄奘西行前往天竺并留居，回到长安后由他口述，弟子辩机整理的，是现在最为完整的唐人中古旅行记录。

金代及元朝时期，全真教李志常道长撰写其师行迹的《长春真人西游记》，记录丘处机受成吉思汗邀请，带领十八名弟子经呼伦贝尔、杭爱山、阿勒泰山、天山、撒马尔罕、铁门关，万里迢迢去位于中亚今阿富汗境内的兴都库什山见成吉思汗的神奇经历。以前，曾有学者误认为这是《西游记》的母本。

明末旅行家徐霞客曾多次远游，以安徽、浙江、江西、湖南、湖北、贵州、云南为旅行目的地，在旅行过程中撰写了大量游记。他病逝后，这些游记手稿几经易手，后失而复得，被友人编成《徐霞客游记》，是中国十七世纪最珍贵的游记及地理资料。

这些游记都打破了日常生活局限，给读者带来了异域风情。也可以看作是纪实文学作品的一种。

意大利作家伊塔洛·卡尔维诺借鉴了《马可波罗游记》的一些内容，经过自己的独特处理，写成了一部神奇作品《隐形的城市》。

一名独立思考者，要有打破原有习惯和逻辑，探求未知世界和新知识的冲动。

虽然"身体或灵魂总有一个要在路上"，但来一次"说走就走的旅行"，可不是想的那么容易。

前几年有几位年轻白领离开城市，来到了遥远的新疆喀纳斯。她们包下了一个农庄，按照自己的愿望改造成了漂亮的民宿。她们的行动力很强，非常令人敬佩。我对她们说，你们如此有行动力，一定有非常多的感慨和心得，建议你们把这些经历写成文章，建立一个公众号发表，也可以投稿给旅游杂志。

写文章与人分享自己的经历，是人生中一个珍贵的纪念。如果不写作，没有留下游记，一个人的旅游大概只有不到十分之一是有效的。过五年、十年，一点痕迹也留不下了，仅留下很多张照片，以及一些淡淡的记忆——最后，连照片也陌生了，混淆了。

法显大师留下《佛国记》，玄奘大师留下《大唐西域记》，让他们的事迹更为人所知。徐霞客如果没有留下《徐霞客游记》，他的一生就会寂寂无闻了。

我经常劝一些不一定有意于虚构文学创作的朋友们去写游记、写自传。

我也劝本书的读者朋友们在旅游时一定要写一些游记，片段、散记，都可以，不一定要大块文章。写游记不必给自己设限，不必高大上，不必追求崇高目的。可长可短，可深可浅。可写人物可写风景，感受强烈多写，没什么感受少写。只要表达自己的真情实感，以准确自然的语言写出来，就是最好的写作。当你写下来时就会发现，你的整个世界都被写作照亮了。

一个人一旦把自己的独特感受写出来，就有可能突破自己原有的封闭圈知识，进而到达一个新的知识圈层，人生经验有效地扩大了，会触碰到本来绝对不会触碰到的某些世界或某些人。

和书评、影评、杂文、随笔等一样，游记是一种应用写作。但如果增加人物特征、细节素材、故事背景，还可以拓展为记录特殊生活状态的非虚构写作——自传。我认为无论你是什么人，名人还是普通人，都可以写自传，都应该写自传。自传是写自己的人生经历和经验，无所谓地位高低，有名与否。关键在于，你要勇于面对自己，反思自己，把自己的真实世界写出来，包括那些不愉快的事情、内心的纠结，都要写出来。

清代苏州有一个人叫沈复，字三白，在历史上无名无姓，没有参加过科举，亦无官无职，本该是一个"不存在"的人。他撰写的自传《浮生六记》，辗转于苏州书摊上，为报人王韬的妻兄杨引传购得，1877年于上海活字印刷刊印。后经俞平伯等校点，这本仅存"四记"内容的作品风行于世，至今刊印了一百多种版本，闻名于读者之间，成为有点知识文化的小资青年的必读书。沈三白与妻子陈芸的故事，也因此成为人间仙侣的传说。

从现实生活和感受中开始写作，也可以训练创造性思维，打破习惯与逻辑，而成为一种开拓人生境界的独特方式。徐霞客不拘泥于"父母在，不远游"而置身于繁华天地之间，沈复不僵化于大块文章而记"闺房之乐"，可见微物细情亦大有可喜之处。也是"反其道而行之"的思维，打破习惯，得之自然。

打破习惯与逻辑的第一个方法：不记日常流水账，而要表达突破自我局限的独特感受。

在虚构写作中，则另有独特之处。

一部优秀的虚构作品，常常打破现实生活逻辑，写出闻所未闻、匪夷所思的奇事。

加西亚·马尔克斯的名作《百年孤独》里有一个女子叫丽贝卡。她特别爱吃墙上的灰泥土，一看到墙上的灰泥就食欲大振，不断抠下来吃掉。渐渐地，家里墙上的灰泥都被她吃光了。

三十年前我上大学第一次读这部小说时，对这个人物感到十分震惊。当时中国文学作品里的主人公都太"正常"，太循规蹈矩了，很少能看到丽贝卡这种特殊人物形象。

《百年孤独》里还有一个奥雷里亚诺上校，是作品开头就提到的人物。

奥雷里亚诺小时候是一个感觉敏锐的孩子，对什么新奇的事物都感到兴致勃勃。他的父亲更是着迷于新鲜事物，总是在尝试各种匪夷所思的东西。这是一个好奇有趣的家庭，父子都爱探索未知事物。

在独立战争中，奥雷里亚诺上校走遍了整个拉丁美洲，还到了更遥远的外国。老了以后，他回到了家乡，百无聊赖中每天都做一条小金鱼，做完后融化，再做，再融化；如此周而复始，人生进入了"发霉的季节"。有一天，忽然从全世界各地不断地来了很多年轻人，都自称是他的儿女。

私生子们纷至沓来，是一个迥异于日常生活的奇异现象，不符合社会正常道德观念。然而，这却塑造了一个性格独特的人物形象——奥雷里亚诺上校战斗勇敢，私生活也非常精彩。这个独特的人物形象，成为拉丁美洲民族独立运动的一个强烈的象征。

加西亚·马尔克斯另有一个著名短篇小说《一桩事先张扬的凶杀案》。这个短篇小说事先就把结果写出来了。有一个倒霉蛋，一开始读者就知道他要被杀死了。但他怎样被杀死的整个过程,作者通过反推模式,创造了反逻辑的叙事结构,令人印象深刻。一般作家写作都是顺着写的:出生、成长、死亡,但马尔克斯采取了一个逆推的方式。

美国作家菲兹杰拉德在名作《本杰明·巴顿奇事》(前些年被拍成电影《返老还童》)中,也运用了逆时间叙事的反逻辑模式。

主人公本杰明·巴顿一出生就是个老头,比他的父亲年纪大多了。然后他越长越年轻,越变越小:从青年变成少年,从少年变成儿童,从儿童变成婴儿……读这部作品是一个挑战,我反复阅读后由衷地佩服作家如此啃硬骨头的精神。反其道而行之的写作,对作家是一个大挑战。你必须克服"不合理"这个困难,给自己的作品创造一个合理的叙事背景。首先,开头就不合理——孩子生下来就是一个老头,会讲话,还会很沉着地"教训"自己的父亲,比如"把我从这个鬼地方带出去"或者"给我买一套衣服"。一个年轻父亲,要适应一个七十多岁的老儿子,这是难以接受的事情。对作者来说,这样写也非常艰难。我反复阅读这部作品的开头,试图发现什么特殊的技法。后来不得不承认,菲兹杰拉德肯定无数次地推敲过这个开头了,他已经做了极致的尝试。最后发现,只能这样开头,也只能这样"含泪"地写完,而没法另起炉灶。

他穷尽了所有可能,留下了这个特殊的开头:

> 在 1860 年盛夏的某一天,罗杰·巴顿夫妇决定在医院生下他们的第一个孩子,在当时来说,这件事情可是领先时代 50 年的行为。

把故事背景放在相对遥远的过去,让人物背景陌生化,也让人物行为陌生化,从而当一件怪异的事情发生在陌生的世界里时,多少会冲淡一点不合理性。

在这部作品中,作者对现实生活进行反逻辑叙事,让人物逆时间生长,从而打破常规的思维习惯,造成了独特的叙事模式,令人耳目一新。

作家还会寻找特殊事件,一些跨越日常生活逻辑的非理性、非常规事件,来打破惯有思考习惯。这样从暧昧不清的混沌状态中,逐渐走向清晰,最后让人恍然大悟,豁然开朗。

英国作家大卫·米切尔的成名作《幽灵代笔》让我记忆深刻,比改编成电影而更有名的《云图》更有趣。

主人公一出场就是一个"幽灵"。他不是一个普通的幽灵,而是可以寄身于别人的身体里,悄无声息地生存并按自己的愿望来"驱使"这具身体的幽灵。他可以寄居在人的身体里,还可以寄居在一棵大树上。接触到任何事物后,他都能长久地寄生在对方身上,等待机缘来随机地变换寄生体。他有一个愿望:寻找丢失的记忆。他不知道自己是谁,总隐隐约约觉得,似乎是什么,又好像不是什么。那一片记忆丢失了,以至于他无法定位自己。跟随着幽灵的脚步,读者也一步步逼近真相,终于知道,他是二十世纪三十年代蒙古国黄衣喇嘛的一个年轻弟子。他的师父们被入侵的苏军集中在一起残忍地枪杀了。他那时尚未修炼成功,师父们跟他说不要害怕,他们会帮助他逃离的。他们齐心合力,拼尽了所有修为,把他的灵魂通过杀人枪管转移到了苏联军官的身体里。但转移过程还没结束,他的身体就被枪杀了,以至于还有一小片记忆没有转移出来。幽灵一样的灵魂,一直在苏联军官、动物、巨树这些寄居对象中不断迁移,寻找自己的故乡。

小说的结尾,幽灵寄居在一个澳大利亚青年旅游者身上,调整了他的个人意愿,让他以为自己要向北一直走,最后,带着他回到了故乡。

这是一个"寻找自我"主题的新鲜表达模式。

这部作品极其独特：一个破碎的灵魂可以寄居在有机物和无机物上。这也可以看成是一个象征手法。他并不是一个现实存在的人物，这个幽灵不符合现实主义的认识逻辑。然而，在虚构写作中，这是符合逻辑的。

人物生存逻辑的变形，是打破日常逻辑和习惯的第二个方法。

在人物思想上另有一种变形方式。

法国作家加缪的名作《局外人》，塑造了一个极度冷漠的现代人物默尔索。小说第一句话就十分震撼：

今天，妈妈死了。也许是昨天，我不知道。

一个极度冷漠的人，对亲情、友情、人情，全都无所谓。这个开头一下子就给全书定调了：默尔索是整个世界的"局外人"，和这个世界格格不入。

在现实生活中，这个人会被强烈谴责为逆子、不孝子，因为这不符合现有的道德伦理。

在《局外人》里，他在整个秩序社会中是多余的。他的存在与否对这个社会没有什么意义。他在，不多他一个人；他不在，也不少他一个人。

《局外人》所展现的现代主义荒漠景象极其震撼。经历了残酷的二战后，人们对世界以及建构于其上的原有道德伦理，全都丧失了信心。对于默尔索来说，母亲的死，跟其他人的死，没什么分别。这个世界，总之就是这样了。无意义，无力，无存在感，一切都是虚无缥缈的。

这是一种反道德伦理的特殊处理方法。

文学中的特殊人物通常拥有反逻辑的能力，从而给读者带来一种不合逻辑的陌生感。

德国作家君特·格拉斯的名作《铁皮鼓》中，男主人公小时候的叫声能把玻璃震碎。

捷克作家卡夫卡的短篇小说《老光棍布鲁姆费尔德》写了一种非现实主义的奇象：一天晚上，老光棍布鲁姆费尔德回家时，发现两个球在他身后不停地弹跳着，一直跟着他回了家。这两个球一刻不停地跳着，作者到最后也没有解释那两个球到底是怎么回事。

这也是陌生化的奇构。你不知道那两个球怎么来的，也不知道它们怎么消失的。卡夫卡拥有反其道而行之的思维。他告诉你这个事，但不告诉你明确的答案。

人生本来就不一定什么事都有答案。两个小球硬生生地切入了老光棍布鲁姆费尔德的人生中，反而让他那无意义的人生变得有意义起来。

如果换成普通的批判现实主义作家来写老光棍布鲁姆费尔德，大概是一个又穷又老又孤独的流浪汉。他从外面回到家里，家徒四壁，百无聊赖，贫穷且悲哀。这样写不是不可以，而是小说变得平淡无奇了。

那两个小球，是小说中反逻辑的精灵。两个小球不断跳动，这部作品就生机勃勃起来。

这是打破习惯与逻辑的第三个方法：出现反常的事物。

美国作家约翰·契弗的短篇小说《巨型收音机》也是一个好例子。

主人公吉姆有一部巨大的收音机。这部收音机被维修后有了一个特殊的功能：能接收到邻居的所有声音。听着听着，夫妇都入迷了，陷入"监听别人家的私事"中不能自拔。

这是一部构思巧妙的作品，体现了反逻辑的美学。能收听到邻居的对话的收音机,是不太符合日常生活逻辑的,也是不科学的,但在小说里,却让吉姆夫妇卷入了邻居的生活中,让他们成为日常生活中隐秘风暴的私家侦探。最终,反噬并摧毁了他们自己的日常生活。

在虚构写作中,以反逻辑的方式来构思,通常会出奇制胜。

我们不能顺着正常思维来思考,而是要学会逆转思维,进行打破习惯与逻辑的思考,从而获得崭新的视角和文学趣味。

课后作业:

这次的作业题目是《荒诞的梦》,写你曾经做过的最荒诞的梦。这个梦要和日常生活完全不同,要完全不符合日常生活逻辑。

第十四课
合理化你的故事，让它自己来勾引读者

新文化运动之后，中国现代文学写作的模式和明清小说就完全不一样了。

现代文学的标志作品是鲁迅的名作《狂人日记》。

我们阅读中国传统小说，对比鲁迅奠基的现代小说，会发现一个明显的差异，那就是现代小说更注重用小说来传达作家的思想。鲁迅笔下的人物形象，跟当时的社会背景、时代背景是不一致的，跟旧有的道德伦理有着巨大的冲突。"狂人"一诞生就不是"正常人"。他一诞生就和传统割裂了，是一个典型的"异类"，用传统乡村文化贬抑地骂他，就是"疯子"（狂人）。只有疯子才会到处"乱说"，才会跟碰见的人说各种不合时宜的"怪话"。例如：

> 凡事总须研究，才会明白。古来时常吃人，我也还记得，可是不甚清楚。我翻开历史一查，这历史没有年代，歪歪斜斜的每叶上都写着"仁义道德"几个字。我横竖睡不着，仔细看了半夜，才从字缝里看出字来，满本都写着两个字是"吃人"！

这是以现代人道主义精神反思传统(旧)文化,得出的一个颠覆性结论。

这个结论,在当时的社会背景下,是"惊世骇俗"的。为了安全起见,为了缓和冲击力,鲁迅自己不能当街大喊,要通过小说里的"狂人"喊出来,因为实在是太不能被世俗人接受了。《狂人日记》发表后引发的巨大轰动证明了这一点:鲁迅通过《狂人日记》把(旧)社会的"吃人"真相说出来,说出了很多人朦胧感受到的道理,但也触到了当时社会上卫道士们的痛处,从而形成了一个巨大的舆论"风暴眼"。这个"风暴眼"把"新文化"和"旧文化",把"新人"和"旧人"都卷进来了,在当时形成了巨大的争论,因此成为从"旧文化"走向"新文化"的重要推动力之一。

中国传统社会本质上是一个沉默社会,拥有一个超稳定社会结构,并且不断地在基础层次上轮回。《三国演义》开篇说:"天下大事,合久必分,分久必合。"开头第一句,就把历史讲完了。这句话看起来轻描淡写,但在历史的大变迁中,无数普通人就如蚁蝼般无声无息死去。历史描述的平静海面,和海面下真实世界的惊涛骇浪,形成了巨大的反差。正如唐末诗人曹松那首名诗《己亥岁》所说的:"凭君莫话封侯事,一将功成万骨枯。"

鲁迅在《狂人日记》中打破了一个"迷梦"——两千年读书史、仕进史、科举史,本来都是很正常的——捧着"四书五经",翻开"二十四史",人人都要学习经典,人人都要崇拜圣人。这个历史很正常,很正确,没有任何可指责之处——只有《红楼梦》里的贾宝玉看到了这种文化的荒谬之处——而在《狂人日记》里,一个久病新愈的"狂人"发出了两千年来从未有人敢于说出的"呐喊",说全部中国历史,是吃人的历史!虽然是"狂人",但他却是那个看到了"皇帝没穿衣服"的小孩子,并且大声地说出来了。

在当时的环境下，鲁迅只能通过"狂人"的嘴巴喊出来，而且是要"呐喊"——虽然，"呐喊"之后，很不幸地就要"彷徨"了——如闻一多的名诗《死水》里写到的，"这是一沟绝望的死水"。

"满本都写着两个字是'吃人'"，这是鲁迅的伟大发现，也是新文化运动最锋利的呐喊。这是一个断代宣言，宣告了新时代新写作的诞生——不是呱呱坠地，而是哪吒脚踩风火轮，手抡乾坤圈，直接上阵赤膊作战。从那时至今一百年的现代文学、当代文学，都是在这一个恐怖的"呐喊"中诞生的新生儿。

中国现代小说的体系，从结构到思想都来自西方。鲁迅的《狂人日记》，标志了一种新的小说写作风格、新的小说写作态度的诞生。

在鲁迅之前，清末民初思想家、文学家梁启超就敏锐地发现了西方小说艺术对于开启民智所具有的强大力量。他在"戊戌变法"失败流亡日本期间，创办了《新小说》杂志，在创刊号发表了卷首语、著名文章《论小说与群治之关系》：

> 欲新一国之民，不可不先新一国之小说。故欲新道德，必新小说；欲新宗教，必新小说；欲新政治，必新小说；欲新风俗，必新小说；欲新学艺，必新小说；乃至欲新人心，欲新人格，必新小说。何以故？小说有不可思议之力支配人道故。

梁启超看到现代西方小说的启蒙功能，把小说作为革命手段，认为西方小说具有强大革命性，对未来中国国民进行新型国民性塑造具有重要意义。这是梁启超提出"新民说"，并进一步形成后来的"新民主义"观念的重要基础。梁启超把小说价值置放于其他一切思想艺术之上，一切传统道德之上，期望不可谓不高，立意不可谓不超前。后来中国现代小说创作，被逐渐引向"启蒙主义"，和梁启超有直接的重大关系。

西方文艺复兴以来，小说创作偏向"启蒙主义"，要向广大读者进行新思想，比如"人道主义"的"启蒙"，让人们走出"蒙昧时代"，进入新的文明世界。小说这种艺术有吸引力，读者广，使"启蒙主义"产生了巨大的影响。

而中国传统小说并不承担"启蒙"的责任，而是"娱乐大众"，并且在"娱乐大众"过程中，起一点"劝善"的作用。这就是鲁迅先生在《中国小说史略》里说的："俗文之兴，当由两端：一为娱心，一为劝善，而尤以劝善为大宗。"

"劝善"不是启蒙新思想，而是劝从旧道德。清代李渔的名作《无声戏》中有一篇《男孟母教合三迁》，从出发点来说，与鲁迅的《狂人日记》完全不同。"男孟母"教子与"狂人"的"呐喊"也是不一样的。"狂人"发现了"吃人"的大问题，"男孟母"不是发现问题，而是掩盖问题，是希望读者从主人公的遭遇中得到启发，去修炼、行善，并不揭示社会问题和制度问题。深入对比就会发现，中国传统小说里是"没有问题"的，现代小说则无论从社会、文化、现实还是个人角度来看，都是一大堆问题。鲁迅的《狂人日记》是历史问题，《阿Q正传》是社会问题，《祝福》是个人问题，《伤逝》是爱情问题，《孤独者》是启蒙问题……全都是问题，而且没有良药可治，不是行善就能解决的。

在鲁迅那个时代，知识界为到底是引进"德先生"还是"赛先生"吵闹不休。这个争论，至今都没有得到解决。

所以，现代文学以"问题小说"开始了新时代——如果没有问题，不发现问题，那么就不是现代小说，而是旧小说。有无问题，这是新旧两种文学的主要差异。

在当下写出来的小说，并不一定就是现代小说。如果观念上没有改变，没有发现问题，这些小说仍然是"旧小说"。

所以，一部小说到底是新小说，还是旧小说，不能仅仅看它的写作年代，而是看它有没有发现历史问题、社会问题和人的问题，有没有为发现的问题而努力，而奋斗，而焦虑。如果在这些作品中，主人公并不是发现问题者，而是被卷入一连串的事件中，因为自带主角光环而不断地"打怪升级"，顺利地活到最后并登顶，那这仍然是"旧小说"的类型。比如，现在互联网上有很多名作，《斗破苍穹》《盗墓笔记》《鬼吹灯》《诛仙》等等，都是"旧小说"，其题材、内容，都没能超越三十年代还珠楼主的名作《蜀山剑侠传》。

不过，随着时代的发展，新旧问题，以及对何者为新、何者为旧的认识，也都在发展中。并且，原有精英主义色彩极浓的严肃文学和面向大众的通俗文学，其界限也在不断地受到冲击。

这种现象，恰恰是因为越来越多的读者受到了更好的阅读训练，拥有了自己的独特判断力和审美趣味。人们不再迷恋权威，不再被学院派的话语权力所局限，新的创作源源不断地涌现。

今后，严肃文学和通俗文学的界限会越来越模糊，越来越彼此融合。

实际上，通俗文学这一大类，也包含着纷繁复杂的不同类型的作品。科幻小说也可以列入类型文学中，但是这种特殊的文学形式，却因为独特的生命力，而冲击了原有的"严肃文学"或"纯文学"的领地；反过来，很多严肃文学作家，也在尝试着、探索着以类型文学或通俗文学的模式，来加强自己的叙事，以期获得更多的读者。

像《魔戒》那样的奇幻文学经典，在很多读者的眼中已经远超原有的"纯文学"与"俗文学"的界限,而"横扫一切"地确立了自己独一无二的崇高地位。虽然小说本身没有获得诺贝尔文学奖、布克奖、普利策奖等纯文学大奖,也没有获得雨果奖等类型文学大奖。《魔戒》曾被英国水石书店与英国电视四台评为"二十世纪之书",又在亚马逊举办的读者投票中被选为"两千年最重要的书"。这是"非权威"机构的评价,同时,也是最广大读者的投票,是对文学普遍价值认识的另一种体现。

接着,我们讲类型小说的写作。

类型小说也可以发现问题,从而打破只有严肃文学才能发现问题的局限。也就是说,类型小说不仅提供感官的满足,也可以启发读者思考严肃问题。

刘慈欣的长篇《三体》的主人公叶文洁是红岸基地的研究员、优秀的科学家。她父亲是著名物理学家,在"文革"中,他被批斗、被凌辱,愤然自杀。父亲的横死对少女叶文洁造成了巨大精神打击。她通过努力取得了成就,但对人类以及人类文明产生深深的怀疑。她无法在现实中为父亲讨回公道,进而认为整个人类文明都是罪恶的。叶文洁在红岸基地进行地外文明研究时,偶然地发现了三体文明,并与三体文明联系上了。她被三体人的高科技所震服,成为三体人和三体高科技的崇拜者,并且产生了一个可怕念头:利用三体人的高科技来"清洁"地球人类的罪恶。罪恶终结的时间终于到了!叶文洁误以为距离太阳系三个半光年外的三体文明,是一个上帝般的存在。她想把三体文明引到地球上,来消灭那些邪恶的人类。为此,她在地球上成立了"三体教",推广三体游戏来传递"三体教",吸引越来越多的信众——叶文洁的思想和行动突破了我们原有的道德认识,走向了反地球反人类的极端主义。更令人不安的是,究其本质而言,深谙"黑森林法则"的《三体》本身，就是"反人类"的。

现代文明的准则是：人类所有的道德规范，都以人的存在、人的生命尊严为最高道德准则。

作为一名科幻作家，刘慈欣却突破了这种认识。《三体》里叶文洁告诉你，人类是罪恶的，要把他们清洗干净。就像《圣经》里上帝认为人类是罪恶的，他决定掀起一场大洪水，涤荡地球上的罪恶——只有被选定的子民诺亚，才在神的指导下建造一艘方舟，带着被挑选的各种类型的动物和植物，在滔天洪水中，存活下去。

刘慈欣也许是从《圣经》故事里得到了灵感，结合"文革"的现实，创造出叶文洁这个令人难忘的角色。

叶文洁这个人物并不真实存在，只是科幻小说虚构的一个角色。她联系三体人，计划与三体文明合作，清除罪恶的人类，这一系列事件既不符合科学，也不符合道德。她是在作恶，而不是行善。

把人类定义为恶，并且要消除地球上所有的人类，这个想法是一叶障目，是对人类作的恶。人类的基本道德，不能允许叶文洁的清除行动存在、推进，并合理化。但从文学的角度来讲，叶文洁的故事具有文本合理性。物理学家父亲被残酷迫害致死，本应对她施以援手的父亲的朋友和同事们都躲得远远的，她因此受尽了身体和心灵的双重磨难。虽然靠自己的努力重新成为一个令人尊敬的科学家，但叶文洁的内心受到了深深伤害。这种伤害使叶文洁对人类产生了厌恶感。从文学角度来讲，这个逻辑是合理的。

这里我们可以得出让故事合理化的第一个方法：现实中不合理的事情，在文学中却可以具有合理性，只要你进行足够的铺垫，给予足够的逻辑支撑。

唐传奇《补江总白猿传》,是一篇经典文言文小说,写南朝梁代大同年间,大将军欧阳纥率军南征,到岭南梅岭地区时,妻子突然失踪了。欧阳将军辞掉了军中职务,带领几十个亲随四处寻找,发誓一定要找到妻子。最后偶然地发现,妻子是被一个白猿抢走了。白猿修炼成精,寿命极长,知识渊博,而且铜头铁臂,刀枪不入,武功高超,数十人近不了身。白猿外出时,欧阳将军突然出现,被掳来的那些女子大感意外。她们告诉欧阳将军,他的妻子也被掳来这里了,并告诉他大白猿有什么弱点。欧阳将军伺机杀死白猿,把有身孕的妻子带了回去。妻子后来生下了一个男孩。男孩长相奇丑,但非常聪明,长大后成为大书法家。后来,人们发现这个故事是有人专门写来讽刺唐朝大书法家欧阳询的。它包含着一个现代人看起来有些荒谬的结构,即修炼成精的白猿抢了人类为妻,而且还跟人类有了后代。但是,在传奇故事里,这个"英雄救美"的结构,却是合情合理的。

合理化故事的第二个方法,是让故事发生在偏远地区,甚至是非人类世界。这样,看起来不合情理的事情,全都被合理化了。

"白猿成仙"这个情节,后来又演绎成"白猿盗取无字天书",成了罗贯中原著、冯梦龙改编完成的《三遂平妖传》里的重要基础情节。

在虚构、非虚构作品里,"亲情"是一个核心推动力。夫妻之情、父女之爱,构成了故事的核心。优秀作家都善于运用核心推动力。

虚构故事也要有自己的合理逻辑。它不一定遵从现实生活的逻辑,也不一定遵从普通的科学道理,只要符合人们对情感的认识,事件的发展符合前后逻辑,那么就是合理的。

虚构故事一定要注意内在逻辑合理性,要注意因果关系。以下是关于如何让科幻小说合理化的三点归纳。

第一，遵守因果律。

喜欢看科幻小说的读者，一定会不断地看到因果律。有因有果、果不能杀因——假设你能进行时间旅行，那么你就可以回到过去并杀死自己的祖父，而一旦你杀死自己的祖父，那么你自己就不存在了。这就是著名的"祖父悖论"。所以，你不能随便进行时间旅行。非要进行时间旅行，千万不要杀死祖父。

好莱坞著名电影系列《终结者》中，施瓦辛格扮演一个被未来人类派遣的机器人，他的任务是穿越回到过去，阻止机器人首领派遣杀戮机器人杀死人类抵抗组织的首领的母亲。未来世界机器人的首领认为，杀死了人类抵抗组织首领的母亲，人类抵抗组织首领就不能出生，抵抗组织就不存在了。这是"因果律攻击"，比"物理法则"攻击厉害多了。

电影中的施瓦辛格是一个旧型机器人，被人类俘虏之后修改了芯片，变成了人类的保护者。而机器人首领派出的新型液态机器人，在功能上和战斗力上都超越了施瓦辛格。那么，旧型机器人要如何才能胜过更新更强的新型机器人呢？就这样，在复杂而刺激的打斗场面中，故事不断地展开了。

总之，核心原则是人类抵抗组织首领的母亲不能被杀死。编导团队不能打破因果律，但可以巧妙地运用因果律来造成强烈的故事悬念，有效地推动故事的发展。

可能有些作者会说，我就要突破因果律，我就是要杀掉祖父。

这样尝试也可以。但请你给我合理性，请你说服我。

第二，塑造"穿越之门"。

很多网络作家写穿越小说，在考虑细节上都有欠缺，缺乏一种"限定"装置。穿越小说要提高作品的独特趣味，就要设定独特的，让主人公穿越到过去的某个合理装置。这个装置是什么？主人公要穿越的大门是怎样的？一定要仔细地写清楚，越细致就越合理，越合理就越生动，越生动就越吸引人。

"哈利·波特"系列不是穿越小说，但是生活在麻瓜世界的小巫师要去霍格沃茨魔法学校上学，就必须在伦敦国王十字车站的九又四分之三站台搭乘霍格沃茨魔法特快。哈利·波特跟随巨人海格去对角巷，要从破釜酒吧后墙穿过去。无论是这个数字怪异的站台，还是普通麻瓜看不到的破釜酒吧，都是令人大开眼界的设定——也是这部魔法小说的特有装置。这个装置越独特，写作就越考究，越让人感到新奇、有趣，就越有吸引力。

中文穿越小说的鼻祖是香港玄幻武侠小说家黄易，其名作有《寻秦记》等。

黄易毕业于香港中文大学，对中国历史和中国文化非常熟悉，同时生活在香港，又具有广阔的世界视野。因此，他能脱离中国文化本体，以更高视野来思考问题，深入浅出地讲好中国故事。我个人认为，《寻秦记》是穿越小说中艺术成就集大成者，至今都未被超越。《寻秦记》的核心内容之一，来自《史记》中的《信陵君窃符救赵》。黄易脑洞大开地拓展开这个故事，以丰富的想象填入更多的精彩内容。

《寻秦记》主人公是香港特警队队长项少龙。他身高两米，擅长现代搏击，拥有现代战略素养，同时喜欢寻花问柳。故事开始，香港大学科学家发明了时空旅行机器，要寻找一个志愿者来进行时间旅行。项少龙接到上司的命令，无法拒绝，只能前去执行任务。他本以为搭乘时间机器到古代溜达一圈，就可以继续回到现代的香港寻欢作乐。没想到这架时间机器刚发射就爆炸了，穿越到过去的项少龙相当于买了单程车票，再也回不来了。

这是一趟有去无回的单程历史旅行，一开始就凶险异常，让读者不由得为项少龙的命运捏一把汗,同时产生强烈的读下去的念头。

这个让人有去无回的时间机器,是《寻秦记》里最重要的装置。这个装置对主人公项少龙做了一个明确的限定:有去无回。因此,他必须尽力发挥自己的能力,在那个弱肉强食的世界生存下去。

写作中一定要对笔下人物做明确限定,让他只拥有部分能力,不可以万能地穿越来穿越去,跟绣花针似的。那样太不讲究了,也缺乏技术含量。

很多初学写作者,甚至网络上一些资深写手,都不太注意这一点。

我翻阅过一些网络穿越小说,内容看上去很有想象力,但设定很粗糙,令人难以信服。记得有一部作品,是写中国某特种兵携带高级武器在阿拉伯半岛执行任务时被卡车撞了一下,穿越回到了抗日战争年代,用现代化先进武器大肆杀戮日寇,完成了"一个人的抗日神剧"。还有一部写得不错的修仙作品叫《仙武同修》,其主人公购买了一本秘籍,突然穿越到古代,成了所向无敌的修仙人——这部作品有些地方很有想象力,情节很精彩,符合爽文的各种节奏。但我没有读完,很担心作者到底怎么结尾。让主人公再从秘籍里穿回来?很可能就烂尾了。

以"因果律"和"穿越之门"这两条戒律为前提,第三条戒律是:历史不可逆。

现有时间法则是不可逆的,只能严格遵从因果律。历史法则遵循时间法则,一旦形成历史,就不可推翻形成新历史。因此,你虽然可以时间旅行,可以穿越到过去,但是你不能把历史人物杀掉,改变历史的进程。

《寻秦记》结尾,项少龙也没有改变历史。他进入了历史旋涡中,目睹了历史书未记录的惊人真相。比如,信陵君并非"窃符救赵"的英豪,而是一个阴险狡诈的王子。秦国质子嬴政在赵国早就病逝了,为了稳住并企图控制秦国,他们让小流氓赵盘假冒嬴政回到秦国,并在吕不韦的帮助下登顶——小流氓本想打家劫舍,没想到弄假成真,野心勃勃到处征战,最后变成了一统天下的始皇帝——这也是项少龙始料未及的。他进入了历史,也被历史蒙骗了,成为历史中的一个卒子。他本以为洞察了历史,就能改变历史,没想到历史利用他来稳定历史。

这个故事的有趣之处在于:项少龙穿越回到战国末年,发现了这个重大阴谋和秘密,他支持赵盘冒充嬴政回到秦国继任王位,以为赵盘会因此改变历史,没想到赵盘这个小流氓真的成了秦始皇(他才是秦始皇),并且野心勃勃,以雷霆之力横扫六国,一统天下,一步步登顶帝位。声名显赫的项少龙最后只能退隐楚国,偏居一地,了却残生。

不过,小说给了一个更为有趣的结尾:项少龙生下了一个儿子,名叫项羽。

黄易以逆推方式,巧妙设定项少龙为项羽的父亲,向两千年后发出令人感慨的,值得永久纪念的特殊信息。

课后作业:

下面我们继续研究"隔壁老王"。

这个故事有一个核心:孩子一开口说话,亲人就会死。作为一个小品,这个设定勉强可以成立:他一说话,他的亲人会死掉,是故事成立的先决条件。但这个设定很粗糙,只是为让"隔壁老王"之死显得有趣。这个设定有一个致命的问题:它不符合日常生活伦理,也不符合科学道理。科学道理告诉我们,一个孩子叫一声爸爸,生父是不会死的。

那为什么有人会死呢?

这是今天的作业需要思考的一个问题。

假设你来改写这个故事,要怎么样让设定变得合理?

我的设想是:小孩子一说话,亲人就会死,这本来是不合理的,但是,某个背后的邪恶力量把这个不合理的设定预先抛出来,目的是掩盖有预谋的凶杀。"隔壁老王"的死,可能是一次投毒案,凶手是谁呢?可能是孩子的父亲。

在此抛砖引玉,期待你们有更精彩的处理方式。

第十五课
无修改，不疯魔：好文章的千锤百炼之路

几乎所有著名作家谈到修改时，都会说这是写作的重要步骤。很多人熟悉这句话：好作品都是修改出来的。

"修改"出好作品的例子很多，经典例子是托尔斯泰六易其稿写《复活》。

托翁这个做法虽然值得敬佩，但不值得学习。换而言之，他写《复活》时犯了低级错误，一开始构思不够合理，或者思考不够深入，才会六易其稿。从好的角度来说，写作过程中的反复思考和多次推翻升华了他的思想境界。

很多人举这个例子，只知敬佩，不懂反思。作为年轻作者，我们不要落入前辈们的圈套，不要以为只要修改就是好的。

很多语文老师举这个例子是为了向学生证明"只要功夫深，铁杵磨成针"，或"书山有路勤为径，学海无涯苦作舟"这些奇怪名言的合理性。

我一直不能理解：为何一个人要费时费力去磨一根铁杵？去买一根不就可以了吗？花三年磨这根铁杵到底想干什么？难道是修炼"天

外飞仙"神功？一个正常人都知道：专业的人做专业的事，三百六十行行行都要做好自己的本职工作。人类文明最大的进步之一，是学会了分工合作，各取所长。一名诗人，就好好写诗；一名裁缝，就好好做衣服；一名政治家，就好好为人民服务。各尽其能，各守其职，多好！

我也不明白愚公为何要移山。愚公的人生目的不切实际，他的行动目标有问题，他的思维逻辑有缺陷，他不反思，不换位思考，却企图依靠"子子孙孙无穷匮也"这种明显的反智方式，压迫自己的子子孙孙来完成这个不切实际的目标。这不仅浪费了自己的体力、精力、能力，还浪费了子子孙孙的生命。这是一个巨大的诡辩，我们没有学会反思他的问题，却被教导要学习他的愚蠢。

同理，不能因为托尔斯泰是大作家，就连他的错误都要学习。

既然托尔斯泰也会犯这种错误，我们就要反思为何他也会犯这种错误，是不是一开始构思就不成立？是不是核心思想不够明确？通过反思我们要汲取教训，在写一部作品，尤其是写长篇小说这种体例的作品前，要从核心思想、作品结构、人物形象、人物关系、行动线设定各个方面进行周密的整体构思。列出这次写作要涉及的一些问题，找出最重要的问题：这个作品到底要干什么？论证能不能立得住？经过反复的思考，发现论证立得住，才能开始写作。

对一名普通作家来说，这样的预先构思和整体计划会让写作过程变得比较有效率，可以减少不断返工损耗的概率——至于极少数天才作家，可能不走寻常路，也可以达到完成一部杰出作品的目的——当你完成这部作品，返回去再看一遍并作修改时，会发现可能只需要对句子和词语进行微调，稍加斟酌就可以交稿了。如果是这样，你的这次写作将会是非常愉快的。从构思到完成，这个过程效率很高，你在写作这部作品上算得上是"成功人士"。这种写作过程可以说是完美了，不能算是真正的修改。

写作中出现的最可怕的问题,是你写完或写到三分之二时,发现这个作品不成立。而且,你还发现几乎无法下手修改,到了一个完全无法改进的窘境。你学习"愚公移山"的精神,学习托尔斯泰六易其稿的斗志,对自己的作品反复修改,最后可能没有变成托尔斯泰,反而变成了"愚公",你会沮丧地发现,这个作品一开始就是错的。你走在错误的道路上,完成了一个错误的作品。

这种情况下,怎么办? 如果是对自己没有要求的作者,有两种处理方式:一、束之高阁;二、硬着头皮投稿。

你或许会反驳说,那是普通作家所为,像托尔斯泰这种大作家,他会"想破脑袋"一定要搞定这件事情。他会锲而不舍,一直钻研下去,像孙悟空用观音菩萨给的毫毛变成金刚钻在亢金龙犄角上钻洞,非要从这个密不透风的金铙里钻出去。同样,托尔斯泰一定会不断修改《复活》,他一定要钻透这个"金铙",找到自己理想中的那个人物。他不断推翻原有的结果,然后重新开始。你把自己放在托尔斯泰和孙悟空的位置上,你以为自己也是这样的人,我觉得不是不可以,但是最终还要看你的资质和机缘。托尔斯泰有资质,有天生的强力意志;孙悟空有观音菩萨和天兵天将的帮助,有足够的机缘。你有什么,一定要想清楚。有时候,放弃不一定就是错误的。如果你拿着一根香蕉,想办法要把香蕉皮剥掉,这样努力几次是没问题的。如果你拿着一枚火炭,非要攥住不放,那就要把自己的手掌烫焦了。

如果你对自己要求很高,可能就会面临修改中最大的打击,即推翻重写。

推翻了重写,有点像烟草大王褚时健先生在七十岁之后重新创业种橙子。如此重新开始,百分之九十九的人都不太可能成功,毕竟年纪太大精力不够,原有经验和社会关系都起不到太多作用,这是一个全新的世界,要重新开始摸索。年轻人还没有定型,可以这么做,中老年人几乎没有什么可能性。褚时健是一个特例,不能把特例作为榜样来学习,就像你不能把自己当作愚公来移山一样。另外还要注意到,从烟草行业到农业,这两者之间的差异还没有大到原有的人脉资源、原有的人生经验都作废的程度,他的那些有社会地位、有影响力的老朋友还可以帮他吆喝卖褚橙。但如果是一个说相声的去造手机,这点人脉就很难平移过去产生真正的效用。

另外,推翻重写的作品成功的很少。在这种时候,大多数有理智的作者,可能会放弃,会"断舍离"。可能放弃之后,这个作品的某些种子,会在新的作品里发芽。

这个作品完全腐朽了,没救了,修修补补无济于事,那么,放弃更好。

我们应如何避免发生这样的事情呢?

一、在写一部新作品前做充足准备,避免事后大修大改

写作之前,建议你思考三个问题:

1.题材是不是足够独特,是不是具有足够的合理性;

2.可能涉及的相关资料掌握得是不是足够充分;

3.对要写作的人物与事件,你能不能得出与众不同的思考。

这三点立住脚后,你就可以着手写新的作品了。

这样做,虽然不能保证一定是优秀作品,但可以保证你不会推翻重来。

二、对人物行为进行细节调整，让人物行动合理化

在结构上要注意先后逻辑，人物面对突发状况时具有足够的合理性。

不管是短篇小说、中篇小说还是长篇小说，我们常会在写完作品之后发现其中的逻辑合理性不够。本来应该先写这个场景，再写下一个场景，可在写完之后，会发现原有步骤不对。这时就要进行结构性调整，从前调整到后，或者相反。有些人物出场时机不对，也可能需要调整到合适的地方，或早或晚，要刚刚好。

在小说中，人物性格塑造是重中之重。写一个人物性格深沉、缜密、寡言少语，不能直接这样描写，而是要用细节来表现。所有细节都要围绕着人物性格定位来写。修改时，要尽量让细节符合人物性格。比如，一个心思缜密的杀手，不能大大咧咧，到处留下各种粗心的错误——除非他是故意露出破绽，让敌手麻痹大意。

又或是，我们要写一个人物破门而入时将会面对一个恐怖场景。这个场景，不同作家会有不同的想象。假设有这样一个典型场面：某某打开房门，发现四名大汉端着枪对着他。这时候怎么办？原有铺垫如果不合理，人物就无法面对这种突发状况。或许可以这样处理：某某模仿英雄破门而入，结果被人家痛扁了。这个人不能是主角，但可以作为配角，在作品里搞笑。至于真正的主角，是从四个枪手背后出现的。搞笑角色吸引了四名大汉的注意力，真正的英雄从后面垂吊下来，轻松把他们收拾了。

如果胸有成竹地写一个做事滴水不漏的顶级杀手（例如法国名片《这个杀手不太冷》的男主角），那么他就不会贸然闯进一个陷阱里去，这样不能塑造他的典型形象。自然，他可以找一个混混当替身，把对手的注意力转移，如上面那样处理。

三、为了整部作品合理化，进行核心结构调整

著名女作家须一瓜的长篇小说《太阳黑子》写三个职校年轻人在一次郊游中，发现了一所别墅，在那里偷窥一个女孩子洗澡。后来，他们三个人把女孩子和她的家人全部杀害了。具体怎么杀害的，没有细节描写。然后，这三个年轻人逃到了厦门，一个当协警，一个养鱼，还有一个开出租车。他们三个人隐姓埋名，十分后悔自己犯下的罪行，平时总做好事，甚至为做好事到了玩命的程度，想以此来减轻自己内心的负罪感。我送审后，李小林主编提出这部作品有个大问题：这三个年轻人实际上犯下了"不可饶恕罪"。冷酷地杀了五个人，他们一定是很残忍的，这样就算玩命做好事又怎么能赎罪呢？李老师指出了这一结构性的问题。但整部作品的中心思想是赎罪，因此，李小林主编建议把三人行凶改成过失杀人，过失导致了女孩子的死亡，最多连带她的外婆死亡，就可以了，不能灭门。因为是过失杀人，所以三个人的悔恨、赎罪，才是合理的。我之后写成一篇修改意见，发给了作者。她后来出书时修改为过失杀人，合理化了三人的赎罪行为，这也是重要的结构性修改。可见李小林老师的专业意见是非常高明的。

四、对整个段落进行调整

有写作经验的作者在写作时会有这种经历：有时候兴致勃勃地写了一大段文字，后来发现这段文字完全是多余的、累赘的，这时就下决心要把它全部删掉。之前我们讲到了语言运用要精确，表达要自然、准确，不能模棱两可，那些可有可无的片段都可以删去，把重要部分凸现出来。这是非常常见，也是很重要的修改。

还有一些段落的修改，涉及情绪上的调整：假设你打算写一个街

道,本来要先写咖啡馆,然后写行道树,再写树叶。可你下意识地先写行道树了,接着写了秋天的落叶。你自己重读这个段落,发现这样写不够好,节奏感不对,气氛不对。你原本的顺序,是先描写咖啡馆的内部环境,咖啡的香味,然后再蔓延到外面,写街道、行道树、落叶。你更看重的是自己的情绪与这个咖啡馆的谐调,而不是从街道走入咖啡馆一路的所见所闻,那是一种美食探馆的写法,不是你预先设定的抒情散文的写法。于是你就着手调整,把行道树和落叶的段落调整到后面。再把词句顺一顺,"偷得浮生半日闲"的感觉就来了。

写作是一种手艺活,你要尊重自己的职业,要努力把作品打磨到最好,字词句每一个都要推敲,让自己满意。

现在大家基本上都是用电脑来输入写作,很少再有手写在本子上、稿纸上了。

过去用钢笔、圆珠笔、铅笔在纸上写字,跟用电脑写作很不一样。那种写作很传统,更有手工艺人的感觉。在夜深人静时,你要一个字、一个词、一句话地写在纸上,写字时,发出沙沙的响声。自然,可以类比夜深人静时你用电脑写作,发出敲击键盘的嗒嗒嗒节奏声。但那种感觉不太一样。用电脑写作,在文档上修改起来方便太多了。用拼音输入法,写得快,但如果不仔细,也容易出现错别字,尤其是同音异义的错别字。手写就比较少有这种问题,手写的问题是多一笔少一笔,或者同形异义。但据说也有作家手写时竟然把"大吃一惊"写成"大吃一斤",这个我就不太能理解了。

手写,修改,再抄写,这是手写时代作家的写作流程。

著名作家王安忆老师在写作时非常传统、细心,手工艺感超强。她的写作习惯很严谨。她用笔,以蝇头小字,写在一个本子上——以前的旧式笔记本,不像现在的本子那么精致。写完之后,她会在本子页边上用更小的字修改,涂涂抹抹,线条和符号密密麻麻。据说她的初稿谁也看不明白,只有她自己能看明白。改好之后,第三步才是拿出珍贵的稿纸来誊抄,稿纸干干净净的,仿佛一气呵成,天衣无缝。你们可以想象,王安忆老师这样反复三遍以上,思考、写作、修改、誊抄,她的文字、她的语言,能不精确、能不经得住推敲吗?最后,再请人帮忙打字,整理成电子稿本,这个过程中还会再看一遍,校对一遍,进行个别字词句的微调。那真是非常严谨的工作啊。

五、对句子和词语的修改

这里讲一个轶事。

美国短篇小说名家雷蒙德·卡佛,他的作品在二十世纪九十年代的中国文学界一度十分风靡,他对字词句的斟酌,对景物和细节的简练描写都让人十分着迷,很多年轻的作家都在或明或暗地模仿他。几年前,他的责任编辑爆了一个猛料。这位编辑说,雷蒙德·卡佛的极简主义作品风格,实际上是责任编辑给他删改出来的。他的话在全球文坛曾经引起一片哗然。有人指责说他贪功,也有人认为,责任编辑对作家稿件的修改非常重要。但不管是出自编辑之手,还是雷蒙德·卡佛自己之手,他的作品之所以能成为极简主义的典范,少不了对字词句的反复斟酌。雷蒙德·卡佛的作品,基本上把可有可无的文字,都尽量删掉了。

雷蒙德·卡佛的语言很短促,他几乎不用叠加的形容词,而是直接用动词推进。他用主语、谓语,把一个事件直接呈现出来,而不使用大段形容词、描述性词语。他非常注重词语的精炼和简练,并且做到了极致。

但人与人天然不同,性格不同,偏好不同,不是每一个作家都要这样极简。每一个作家都有自己的风格。

几乎每一个有经验的、敏感的作家都会有自己的"恶癖"。

我很讨厌几个词。一是"从某种程度上",在写文章时不小心写下这个词,修改时一定会把它删掉。二是"众所周知",很多文学评论家在写文章时,一不小心就会用这个词。我觉得这个词很不讲究,看见它就像吃了苍蝇一样难受,一定要把它删掉。三是"比方说",原是这段话的开头,现在已被我删去。

你可能会觉得有点过头了,但这就是长期写作形成的对词语的癖好。

好的作家,一定会有自己的词语偏好。他碰到某个词的反应,就像有人对花粉过敏一样。有作者说过,她特别讨厌"的"字句,例如,"我是喜欢喝茶的""她是不喜欢见人的"。碰到这种句子,她受不了,一定要改为"我喜欢喝茶""她不喜欢见人"。其实没必要争论这样改了是不是一定就比"的"字句好,这是作家自己的语言偏好,有偏好,语言才独特。好的作家,语言一定要独特。

当你养成了对文字的敏感,你的写作就会更上一层楼。

课后作业:

语感就如同水感、球感,需要在具体的阅读与写作中不断地养成。你有什么文字恶癖吗?请举例谈谈。

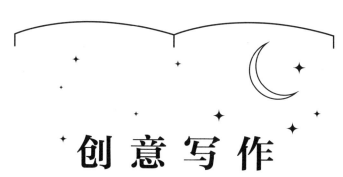

创意写作

写出一个星辰大海

第十六课
如何写出你朋友的独一无二

在写作时,我们常常会碰到技术性问题。例如细节如何呈现美?如何表现人物的独一无二?

这节课我们来到了一个重要的写作节点。

当我们写作时到底在写什么? 中心思想? 人物关系? 惊奇故事? 好作家不会跟你说这种问题,他们更注重语言感觉。语言好不好,要看它的表现力,它的涵养力,它的带动力。一名好作家对语言有独特表现力,有自己的语言敏感。有些细微感受,不是通过字面呈现出来,而是通过语言的独特感受传达给你。

摄影技术诞生后,语言表现力变成了弱势。语言是一种"间接"的表达,不如照片那么直接地反映一个人的模样:他的身体、他的面容,他的仪态,也不如照片那样能精准地呈现风景的原貌。

十九世纪批判现实主义作品,如列夫·托尔斯泰、陀思妥耶夫斯基、福楼拜、巴尔扎克、狄更斯等大作家的长篇小说,对人物、景物的描写简直事无巨细。比如,巴尔扎克在他的作品里,可以花两页的篇幅描写一个街区。你需要很多的耐心,很强的感受力,才能从这些描写语言中抽身而出。

普通人对于美的感受,对于人物形态的描摹总是模棱两可的:大眼睛,高鼻梁,小嘴巴,身材颀长,丰满性感……用再多好词好句,你描写的女性形象也未必准确,不一定生动,不如一张照片直截了当。即便繁复地堆叠,效果也不好。她到底长什么样子? 读者仍然不知所云。其实,大多数女明星的长相都是这样的。

再说到中国传统美人,文人们早发明了各种词汇:丹凤眼、吊梢眉、樱桃嘴巴、黄蜂腰、蚂蚱腿……这些脸谱化语言假设真的凑在一起,你可以想象这个美人有多么吓人! 语言描写具有模糊性、不准确性,到头来你仍不知道她到底长什么样。

摄影技术发明后,语言艺术家敏锐地采取了"以退为进"的方式,更多地转向呈现模式、暗示模式、唤醒模式,作家不再大篇幅地描写人物样貌,而是写他或她的样貌给周边人物所带来的影响。以美人之美在具体场合表现出来的带动效果,把美人的惊人之美烘托出来。我们改变了"美丽"这个表述,而用"动人"。是的,这个美人的出现,带动了整个场面,让本来沉默的人群,骚动了起来。

推而广之,美人之美不一定是样貌美,也可以是有魅力。一个有魅力的人出现了,整个场面都会被调动起来。经典文学教材都会提到《红楼梦》里王熙凤的出场,是"人未到,先有声"。《红楼梦》第三回写道:

> 一语未了,只听后院中有人笑声,说:"我来迟了,不曾迎接远客!"

接着,又通过王熙凤的视角,来写林黛玉的美:

> 这熙凤携着黛玉的手,上下细细打谅了一回,仍送至贾母身边坐下,因笑道:"天下真有这样标致的人物,我今儿才算见了!"

林黛玉怎么美? 不用细写,这就是了。

金庸写的武侠小说虽然取材于中国古代,但他运用了当代文学语言,当代人物结构模式,并且以语言的呈现模式来描写一个人的模样(美)。他不再详细地写嘴巴、鼻子、眼睛长什么样,而是写美人的出现对其他人产生的影响。

在长篇武侠小说《天龙八部》里,大理国小王子段誉被吐蕃国师鸠摩智掳到苏州。这个多情小王子第一眼看到绝色美女王语嫣,脚就迈不动了,人就呆了。这里写王语嫣的美对段誉产生的影响力,从而让读者通过段誉的震惊感受来想象这位女子的惊人之美——这时段誉已经不是刚开始的逃家少年,也经历了好几次生死逃命,对江湖险恶不再蒙昧无知。见到王语嫣之前,他已经认识可爱的钟灵、严厉的木婉清,这两个美女都成了他的女朋友。然而王语嫣的美仍然能让段誉惊讶得目瞪口呆,这就给了读者极大的再创作空间。

现代社会不断发展,东西方审美不断交错融合,现代社会的审美具有越来越丰富的多样性。

十多年前欧洲时装界推出中国模特吕燕时,很多中国观众不能接受小眼睛、厚嘴唇的吕燕,不能接受吕燕那种野性美——吕燕的形象不符合中国传统审美对大眼睛和樱桃小嘴的偏爱。可西方审美认为她的样貌是独特的,符合他们对东方美的认知。

这是文化差异、文化错位,也可能是某种猎奇心态下的特殊审美。

不管你是否认可吕燕，都应学会宽容，对美要有包容度。如果美都是一个模子做出来的，就不独特了。如港台明星，既有林青霞、张曼玉，也有周慧敏、钟丽缇。各呈其好，各有忠粉。香港是中西文化交汇之熔炉，拥有丰富的、多样性的审美态度，使其在全世界各摩登城市中，具有独一无二之美。

虽然文学语言不能像影像艺术那样直截了当地表现美，但语言艺术仍然有其不可代替的独特魅力。你一旦写作，就有机会塑造自己心目中独一无二的美（人）。这是只有语言艺术才能给予你的机会，而且成本很低。为什么我们要写作？因为在写作中，这种自己心目中的美，对你来说才是独一无二的。

每一个美人都是独特的，但她仍然不是你内心深处所思所想之美。你只有通过写作，才能描述出那种美。

回到本次课的核心。你的男朋友，你的女朋友，他们都是独一无二的。但如何描写才能让他们脱颖而出呢？我们要寻找的是独特性，是独有的个人性。这种独特性让他们与众不同。

网上流行一种独特文体——玛丽苏体，年轻网民比我更熟悉。我不太懂，请教了女儿，她详细解释了何为玛丽苏体，以及汤姆苏体。

玛丽苏体描写一个女子拥有绝色的容貌、最高的智慧、最多的财富、最神秘的家族。她一觉醒来就掌管了整个地球，所有美男子都臣服于她的石榴裙下。玛丽苏女主还可能拥有魔力，拥有无穷无尽的创造力。总之，所有优点全集中在她一个人身上。这种人地球上是不可能存在的，火星上也不可能存在，整个太阳系都不可能存在。但在虚构世界里，玛丽苏女主却可以大模大样地存在。写作者把自己的所有愿望堆叠在人物身上，创造了自己内心深处、想象世界里独一无二的玛丽苏女主形象。换成男性，那就是汤姆苏男主。

玛丽苏文、汤姆苏文是文学里比较极端的作品。这种作品被称为"苏文"，它在技术上是不节制的，在叙事上是不成熟的，只是一种典型的"爽文"，缺乏一波三折的曲折美学。

语言艺术的特点是天然反对十全十美，反而是带有缺点的美，带有不足的美，更能打动挑剔的读者。美人是这样的，而具体到了作品里的故事情节的展现，也是要带有"缺陷"美，才能更加打动人。比如周星驰、朱茵主演的名作《大话西游之月光宝盒》，该片刚上映时，虽因其独有的"恶搞"风格而不被内地主流电影界认可，然而却以碟片传播模式，在文艺青年群体中疯传。随着时间的流逝，庞大观众群的认可使其成为 VCD 时代的经典影片。那个时代的文艺青年几乎都能脱口而出几句影片中的对话。

在影片里，朱茵主演的紫霞仙子的形象深入人心。紫霞仙子美丽、洒脱、自然、爱笑、调皮、聪明，有一种令人难忘的美。她坚信自己的男朋友、小毛贼至尊宝在将来一定会成为一个盖世英雄，踏着七色彩云来娶她。如果最终至尊宝真的变成了盖世英雄，脚踏七色彩云敲锣打鼓来娶她，那么这个故事就是经典的大团圆结局，是才子佳人小说的现代电影版了。也不是不行，而是太套路了。这个电影之所以令人久久难忘，是因为它并不按照玛丽苏文体进行——得到一切，征服一切——而是以紫霞仙子最终死去为结束，给观众带来强烈不满足的"缺陷"感，令人魂牵梦绕。紫霞仙子在至尊宝的怀里，说了让文艺青年久久难忘的一句话："我猜中了开头，但是猜不中结局！"

这个具有缺陷美的结局，让整部影片完美起来了。

作为《西游记》各种影视改编中最成功的作品，《大话西游之月光宝盒》几乎重新创作了一个新故事，除唐僧师徒五人和观音菩萨、菩提老祖的名字取自《西游记》之外，电影里的故事线索以及紫霞、青霞、白晶晶等人物,全都是新编的。这部作品另辟蹊径,添加了《西游记》中没有的一个元素:爱情。编导让桀骜不驯的齐天大圣转世成了一个在山寨里混日子的小头目至尊宝。至尊宝有普通山寨强盗的各种特点,却没有齐天大圣的英勇气概。至尊宝泼皮无赖,多嘴多舌,但在紧要关头能挺身而出。在"恶搞"的外表之下,藏着一颗炽热的齐天大圣的心。你也可以说,平凡人都有不平凡的梦想。但只有越过紫霞仙子——佛祖面前的一根灯芯变成的绝世美人,抛弃尘世间最美最难以割舍的爱情,至尊宝才能变成顶天立地的大英雄,脚踏七彩云的超级战神。

至尊宝这个滑稽、恶搞的人物,从山寨强盗变成盖世英雄,这前后的巨大反差,使他成了独一无二的电影人物形象。

由此可见,写作要描写有缺陷的故事情节。有缺陷才是真美,不完美的独一无二,才是真正的完美的独一无二。

看电影或读小说时,有心的观众和读者,大多能感受到缺陷美的模式了。

如果你的主人公必须是完美的,那么,你也可以给这个主人公配置一些不完美的助手,而形成一个错综复杂的团体。好莱坞大片《神奇女侠》的女主神奇女侠是个完美无缺的大美女,她漂亮、健壮、勇敢、刀枪不入,拥有挽救世界、与战神对决的超级神力。她的几位伙伴却各有各的缺点——有缺点的几个伙伴聚在一起,给予完美无缺的神奇女侠有效的辅助,帮助女主完成了挽救世界的壮举。

这是塑造独特人物形象的特殊手段,一定要"不完美"。

当代中国应该逐渐形成自己的民族美学系统,包括文艺美学、建筑美学、音乐美学、电影美学、人物美学、性格美学等等。如果电影演员都是韩版小鲜肉,千篇一律,缺乏独特性,则泯然于众矣。也许来个搞笑版小鲜肉,或从来都是做错事的小美女,反而能让观众记忆犹新。

我们还可以运用语言的独特优势,让你的男朋友、女朋友——也就是男主角、女主角发挥独特的影响,从而塑造出独特的人物形象。

写男主角非常帅、非常强壮,有八块腹肌,写女主角身材高挑、腰细腿长,语言表现力都不如电影画面那么直接,那么有感染力。这是一种静态描写,不够动态。文学语言的优势是在动态中对比出来的,是"动人"的。

我给大家举三个例子。

一、写男主角的独特性,没有比特里·普拉切特和尼尔·盖曼合著的名作《好兆头》更合适的例子了。

> 克鲁利正以一百八十公里的时速行驶在伦敦斯劳区以东。他身上没有什么恶魔特征,至少从经典定义来看是这样的。没犄角也没翅膀。诚然,他正在听一盘《皇后乐队精选集》,但这算不上过硬的证据,因为任何磁带放在车里超过两星期,都会变形成《皇后乐队精选集》。甚至连他脑袋里都没转什么特别邪恶的念头……
>
> 克鲁利有一头黑发和漂亮的颧骨,足蹬蛇皮靴,或者至少可以说是穿着鞋。另外他能用舌头做出特别古怪的动作,而且每到忘形时,就有发出嘶嘶声的冲动。
>
> 他还很少眨眼。
>
> 他开的是 1926 年产黑色宾利古董车,出厂至今只有一位主人,这人就是克鲁利。他一直在打理这辆车。

《好兆头》的读者都知道，克鲁利是《圣经》里的那条"蛇"，一个典型的恶魔。这个人物的出场就是极其独特的。他和天使亚茨拉斐尔是一对"好基友"，从开天辟地到二十世纪，这位恶魔和这位天使都在人间游逛。他们身处敌对阵营，却是"秤不离砣，鼓不离锣"的一对儿。天堂和地狱，也是这样的结构，只是人间横在中间而已。

二、写女主角的独一无二，以美国大作家纳撒尼尔·霍桑的名作《红字》为例。

我一直特别爱读《红字》，这部作品的女主角海丝特·白兰一出场，就与众不同：

> 当那年轻的妇女——就是婴儿的母亲——全身伫立在人群面前时，她的第一个冲动似乎就是把孩子抱在胸前；她这么做与其说是出于母爱的激情，不如说可以借此掩盖钉在她衣裙上的标记。然而，她很快就醒悟过来了，用她的耻辱的一个标记来掩盖另一个标记是无济于事的，于是，索性用一条胳膊架着孩子。她虽然面孔红得发烧，却露出高傲的微笑，用毫无愧色的目光环视着她的同镇居民和街坊邻里。

第二段，则用近乎正面描写的方式，来烘托海丝特·白兰的与众不同：

> 那年轻妇女身材颀长，体态优美之极。她头上乌黑的浓发光彩夺目，在阳光下熠熠生辉。她的面孔不仅皮肤滋润、五官端正、容貌秀丽，而且还有一对鲜明的眉毛和一双漆黑的深目，十分楚楚动人。就那个时代女性举止优雅的风范而论，她也属贵妇之列；她

自有一种端庄的风韵,并不同于如今人们心目中的那种纤巧、轻盈和不可言喻的优雅。即使以当年的概念而言,海丝特·白兰也从来没有像步出监狱的此时此刻这样更像贵妇。那些本来就认识她的人,原先满以为她经历过这一磨难,会黯然失色,结果却惊得都发呆了,因为他们所看到的,是她焕发的美丽,竟把笼罩着她的不幸和耻辱凝成一轮光环。

海丝特·白兰是清教主义时期"被侮辱与被损害"的女子,但是她的个性与普通街坊邻里完全不同。虽然经历过这一磨难,却仍然焕发着美丽,"竟把笼罩着她的不幸和耻辱凝成一轮光环"。作者以一段庄严的描写,让海丝特·白兰这位"有过失"的女主角出场不凡。

三、用独特的细节来表现主角的个性特征。

《红字》一开头,"她虽然面孔红得发烧,却露出高傲的微笑,用毫无愧色的目光环视着她的同镇居民和街坊邻里",就是精彩的细节描写,让这个性格倔强的女主角跃然纸上。不仅如此,这个独特的情景也把主人公丰富复杂的内心世界在对比中呈现出来,可以说尽在不言中。

现代大作家李劼人的名作《死水微澜》里的女主人公邓幺姐是一个手轻脚快、快言快语的女子。她天性善良,虽然经历丰富,传闻众多,但不改爽朗性格。作者在她出场时,这么描写:

> 两天半里头,邓幺姐很少做甚么事。只有第二天,我们在坟跟前磕头礼拜时,她来帮着烧了几叠钱纸;预备供饭时,她帮着妈妈在灶房里做了两样菜。……妈妈本不肯的,她说:"太太,我还不是喜欢吃好东西的一个人。你们尝尝我的手艺看,若还要得,以后家务不好时,也好来帮太太在灶房里找件事情做做。"

……妈妈还在犹豫道:"供祖人的事情呀! ……"

她已把锅铲抢了过去,笑道:"太太也太认真了,我身上是干净的呀!"

除此两件事外,她老是陪着妈妈大姐在说话。也亏她的话多,说这样,说那样,一天到晚,只听见她们的声气。

"她已把锅铲抢了过去"是一个动态的呈现,十分生动。这样一个动作细节,比起五倍或十倍的文字描写,效果更好。

现在做一下总结。

1.以独特的细节来表现主角的独一无二;

2.用动态对比的语言来呈现人物个性;

3.创造独特的情景以带出人物的复杂心理。

课后作业:

你有一个性格独特的人物,或沉默寡言,或快言快语。你酝酿已久,觉得有必要把他(她)写出来。要用细节来表现人物的行为,用动态对比的语言来呈现人物的性格,还要创造一个具有反差效果的情景,让人物如海丝特·白兰或邓幺姐那样出现,表现出与众不同的心理状态与独特的气质。

第十七课
如何正确吐槽同事而不露声色

这次要讲一个延伸话题：如何正确吐槽你的同事。

这是与写作能力密切相关的语言拓展能力。

一切和语言表达相关的行为，都可以纳入写作能力拓展范畴。如何正确吐槽同事，就是一个极有用的写作技巧。

"吐槽"是一个流行词，已变成日常生活的惯用词汇了。我从三个角度理解"吐槽"：

一、吐槽要带有善意；

二、吐槽要促进人际关系再温暖；

三、吐槽要化解问题并优化人际关系。

首先，不要把同事关系看成"宫斗关系"。把同事关系都描写成"斗争关系"，这就是"天天斗""月月斗"，有点"斗争病态化"了。正确处理同事之间的关系，可以彼此提升，不一定成为知心朋友，但可以成为良好的合作伙伴。同事之间有什么"槽点"，可以适当地吐槽一下。吐槽得好，大家心领神会，关系更加融洽。这个分寸感的掌握，确实很微妙。

吐槽同事，要注意因人而异——要把同事看成有特点的活人。一个真正的活人是复杂的，兼具一个人之为人所特有的优点和缺点。大善大恶者，百分之九十九点九九都不在你我身边。所以，我们要平视同事，而不是把他看成神仙或恶魔。

举个例子，一同事是急性子，你可以吐槽："神行太保戴宗也没有你这么急。"

一个同事是慢性子，可以这么吐槽："等你文案做好，花果山都塌了。"

一个同事虚荣心强，可以吐槽："你啊，腰上不系根爱马仕都出不了门。"

如果是位女同事，还可以吐槽："你的办公桌可以开名牌包包派对了。"

以上是我临时空想的，因缺乏实际场景刺激，显得有点生硬，不够自然。

语言运用要恰到好处，不能空想，要在具体环境下，根据不同的人，在具体场景中即时反应。如果你的语言储备够丰富，临场发挥时会蹦出很多好点子。语言表达是一种即时反馈模式，应用场景很重要，不同场景，要运用不同的语言。

"吐槽"还有一个婉约的方式，即恰到好处地用典。

用典，是引用历史典故或诗词名句，或四大名著等内容。

一些朋友劝架不成反而搞得更糟，我们可以说，你本应该唱红脸，却变成了唱白脸。也可以用林黛玉、薛宝钗、贾宝玉、王熙凤等《红楼梦》人物形象，或者用刘备、关羽、张飞、诸葛亮、曹操、司马懿、孙权、鲁肃、周瑜等《三国演义》里的人物形象来比喻。最合适的，说不定是《水浒传》里的英雄们，一套一个准。

另外，从传统诗、词、戏曲中，也可以找到很多现成句子。

我个人特别喜欢《诗经》，虽然不能倒背如流，但很熟悉，急用时掏出一两句，也能应付不虞之需。其他还有《唐诗三百首》《宋词三百首》《元曲三百首》。

特别推荐读的人比较少的《元曲三百首》。

一个人有深阅读储备，通常都会从容很多。如果把《元曲三百首》读得滚瓜烂熟，你就可以信口拈来。对四大名著的某一本了如指掌，比如《水浒传》，不管是三十六天罡还是七十二地煞，也不管是花和尚鲁智深、豹子头林冲还是黑旋风李逵，在日常对话中能够随时随地脱口而出，就是巧妙的运用。

假设你有一个死党是销售经理，这段时间产品卖得不好，心里非常郁闷。聊天时你可以恰当地为他解解压："问君能有几多愁，恰似库存三千在心头。"假设公司业绩不好，有个女业务员照样无忧无虑，你就吐槽她："商女不知亡国恨，隔江犹唱后庭花。"

"吐槽"要注意对象，要合适地运用到不同人身上，避免产生不良歧义。我曾吐槽一死党装腔作势，说他是"举杯邀明月，对眼成三人"。

"吐槽"不能脱离具体语境。在具体语境中脱口而出，会有意想不到的效果。

这种拿捏，没有一个明确的准则，具体问题具体分析，不能太迂腐。真正要运用好，需要人生积累和职场修炼。而你的同事，你的领导，就是你修炼的对象。

今人看《西游记》，总结了一句话：不怕神一样的对手，就怕猪一样的队友。这句话在职场相当流行。

转换一下《西游记》里五人组的角色，可以改编成公司老总带四名员工去西部旅游的故事。一路上,各种竞争对手如妖魔鬼怪般纷至沓来。大家面和心不和,各自心怀鬼胎,而竞争对手一有机会就可能把公司的业务吃掉。这种情况下,"西游"五人组要如何应对? 如何进行危机公关? 个人要有应对能力,团队合作更要精诚团结。

"西天取经"的老总是唐僧。他并非大力金刚,也不是超级战神,而只是一个普普通通的大唐和尚。虽然是十世转生灵童,自小修炼,但看起来也没有超人的定力,被白骨精迷惑,动辄掉进温柔陷阱,瞎签合同,导致公司利益大受损失。世界就是这样,恰恰是最不懂技术、最不会营销、最没有品位的人当上了总经理。来自"985""211"的你,无论是计算机天才还是数学天才,都只能当一只"996"小白鼠。你永远不知道总经理是怎么上位的,简直是个比奥数还要艰深的问题。很多理工男宁愿埋头解题,也不愿意面对这种奇怪的现实。这就像孙悟空,他无论如何都弄不明白,唐僧为何会看中猪八戒,却处处讨厌他这个忠心耿耿的徒弟。对公司最忠心耿耿,对妖怪最冷酷无情,对整个"西游"项目最有贡献的人,难道不是他齐天大圣吗? 为何师父就是偏心眼于天蓬元帅呢?

不懂"管理学"了吧? 你这么能干,还常常受到表扬,天天拿奖金,老总怎么平衡员工之间的关系呢? 猪八戒成事不足,但是败事有余,暗中给你使一个绊子,害你受紧箍咒折磨,不死也难受。沙僧看着温良恭俭,十分敦厚,但他也是上仙下凡,曾是玉帝御前卷过帘子的大将。卷帘大将说不定已经跟玉帝建立起了特殊感情,玉帝甚至还可能与他演了一出"周瑜打黄盖",交给他一项秘密任务。例如,混入取经队伍,假装忠心耿耿,但是出工不出力,消极怠工,暗中破坏"西游"项目。

不管你是齐天大圣、天蓬元帅还是卷帘大将,不管你是哪一所"985"高校毕业的,都要给这个昏庸、不理智、爱发脾气的唐总打工。

这就是现实。他能当上总经理，一定有自己的道理。要么就是根正苗红，要么就是朝中有人。金蝉子是如来嫡系，十次转世血统纯之又纯，一路上还有观音菩萨、天兵天将暗中帮助。妖怪们也来者不善，如青牛精独角兕大王，单凭一个金刚琢就万能地打遍天下无敌手，无论多少天兵天将都被这个"圈套"治得服服帖帖。连佛法无边的如来佛祖，也斗不过这个集华夏文明精华于一身的伟大"圈套"。他明明知道青牛精的底细，但是不肯跟孙悟空透底。为了不得罪青牛精背后的老大太上老君，他甚至以特殊方式向青牛精赠送"十八座金山"。

说到团队合作，在《西游记》里，爱发脾气，人格有缺陷，却总喜欢献爱心的西游总经理唐僧，十万八千里走下来有惊无险，竟然一次都没被妖魔鬼怪吃掉。这样的奇迹能发生，靠的是英勇无敌铁金刚孙悟空的护驾，但看似糊涂的猪八戒，貌似温柔敦厚的沙僧也做出了自己的贡献。还有存在感不够强的小白龙——他出身最高贵，是典型的官二代——也在紧要关头，现出真身来救唐僧。这样一个人与妖与怪构成的同事关系，确实非常独特。除了唐僧似乎一无所长之外，其他四位都各有特点，彼此能力可以互补。重构《西游记》里经典的"西游五人妖"的关系，创造出《西游记》的职场版，确实有创意。

在这个经典的故事里，孙悟空每次要掏出那根一万三千六百斤的"掏耳勺"去打妖精时，猪八戒队友就会坏事——其实《西游记》里的猪队友也做了不少好事，只不过大家没记住而已。

孙悟空对敌红孩儿时，被红孩儿喷出的一股浓烟熏得晕死过去，慌忙之下跳入溪水里，又被冷水一激，金刚不坏之躯差点坏了。这时，沙僧吓得手足无措，但是猪八戒却淡定地说，大师兄有金刚不坏之躯，哪能被熏死了呢？紧要关头，他不计前嫌跳下水把孙悟空捞起来，做了相应急救措施。

《西游记》第四十一回"心猿遭火败,木母被魔擒"写道:

> 真个那沙僧扯着脚,八戒扶着头,把他拽个直,推上脚来,盘膝坐定。八戒将两手搓热,仵住他的七窍,使一个按摩禅法。原来那行者被冷水逼了,气阻丹田,不能出声。却幸得八戒按摸揉擦,须臾间,气透三关,转明堂,冲开孔窍,叫了一声:"师父啊!"沙僧道:"哥啊,你生为师父,死也还在口里。且苏醒,我们在这里哩。"行者睁开眼道:"兄弟们在这里? 老孙吃了亏也。"八戒笑道:"你才子发昏的,若不是老猪救你啊,已此了帐了,还不谢我哩。"

可见,猪队友并非一无是处。他虽不像孙悟空那样顶天立地、见神杀神见佛灭佛,但也有自己存在的价值。在孙悟空落难时,天生乐观、擅长按摩的猪队友,就转化成了牛队友。实际上,在和法力高强的牛魔王作战时,猪八戒显示出了很强的战斗力。

孙悟空嘴硬,实际还挺感动的,从此两人不再那么明争暗斗了。

各种能力、各种性格的人在一起共事,彼此取长补短,相互合作,才能组成一个更好的团队。

有句话特别没道理:交友就要交比自己强的朋友。可世界上哪有那么多比自己强的朋友呢? 以这个逻辑,总统、总裁就肯定没朋友了。老想着找神仙队友,排斥猪队友,别人也不会跟你交朋友。功利一点说,如果你身边都是神仙队友,万一碰到累活脏活,或者某些不上台面的事情,就没人帮你干了。

每个人都有自己的朋友圈,有自己的成长路径。

你的朋友圈跟你的成长路径是匹配的,有一个不断淘炼的过程。

你在成长,你的朋友圈也在成长。你变成了神仙,你的朋友也变成了神仙。孙悟空在花果山时，交的朋友都是牛魔王之类的妖怪。孙悟空上天后，交的朋友变成了太上老君这种上仙。所以，你自己也要努力修炼。并非你周围都是神仙，周围都是大佬，你就能毫不费力地白日飞升。

交朋友既要看到他的优点，也要看到他的缺点。要有平等心态，要有同情心。不能把斗争哲学运用到人际关系中去。

很多年轻人信奉"斗争哲学"，喜欢"恶叙事"，认为别人都是坏的，处处提防。一个普通人活得跟政治家似的，太累了。

这里，我们提倡"正确吐槽自己的同事"，运用的是一种善意的模式，而非恶意模式。

有一部职场小说《杜拉拉升职记》，十几年前非常有名，女明星徐静蕾还执导了同名电影。这部作品写的就是尔虞我诈、口蜜腹剑、两面三刀的"斗争哲学"。我不欣赏这种"斗争哲学"，也不欣赏"宫斗剧"。我不赞成把"斗争哲学"扩散到我们日常生活的方方面面——你我都是普通人，不是三军统帅，不是政治领袖，没必要斗个你死我活，大家各自安好，不是最好的生活吗？

为什么不能转换视角，来一个"善叙事"呢？善以待人多好。老子说："夫唯不争，故天下莫能与之争。"不争不斗，彼此友善，诚以待人，人生也能过得很好。

转变思考角度，换用"善叙事"，看到对方的优点，逆向思维，用友善而不是恶意的方式来评价双方关系，生活会轻松很多。

这个时候，连"吐槽"都不需要了。

接着，我们可以继续思考，如何提升"吐槽"这一写作技巧？日常写作和表达就是一种修炼。

这种修炼不需要多么高大上，不需要多么高雅。发微博、发微信，只要运用得当，就可以训练语言能力，提高表达能力。

微信作为一种独特的交流工具，其语音留言和文字留言呈现的场景不一样，效果也不一样。除非有某种特定的需求，我一般不喜欢用语音，也不希望不管陌生还是熟悉的朋友，一上来就给我一大串语音留言。

在微信上留言，也要讲究技巧，相当于写一封短信，要把自己的开头、结尾都写好，表达准确，简洁明了为佳。

我最怕有人在微信里突然发问："在吗？"

"在吗"这个词，让我简直无法应对。

到底回答"在"呢，还是回答"不在"？

你仔细琢磨，体会语境，会觉得都不合适，都感到很怪异。在，还是不在？这是一个哈姆雷特式问题。以至于，脑袋里一整天都会缭绕着"在吗"这个词，十分魔性。

我有个女同学，她大学毕业后长期在南方工作，而父母都在东北。

她每次一看到妹妹发微信，"姐，在吗？"就感到心惊肉跳，总觉得有什么不详之事。

妹妹又说："姐，没别的事，你别紧张……"

她更加紧张了。

妹妹继续说："就是，关于咱妈……"

女同学急了："你倒是一句话说完啊。"她追问："到底发生什么事了？"

妹妹说："没啥大事。"

真是急死人了。

妹妹说："咱妈后天过生日，你送她一件什么礼物呢？"

微信是一种留言系统，一定要完整地写完一段话，让对方一看就清楚。

这也是写作中"准确自然"的要求，是一种日常训练模式。长期积累下来，潜移默化地，你的表达能力就会不断进步。

有小学生加我为好友后，说了一连串的话：

"老师

"你好

"我有一件事

"啦啦

"必须对你说

"我的作业提交了

"你别忘记砍砍啊

"哈哈"

嘿，小家伙你就不能一句话写完再发送吗？一句话分成十次，手机叮叮当当一连串响十次。小朋友打字快，中间几乎没有间隔，一连串急响，还以为出什么大事情了呢。其实就是一句话——还有"砍砍"这两个错字。小学生可以被宽容，成年人就不应该了。我会委婉地提醒一下，一般来说，小孩子都能立即领会。

发微博也是这样的。很多人发微博，一句话都没写清楚，不知道想说什么。不一定是你能力不够，而是你太急。写微博可以当成微型写作，完整地陈述一件事情，表达一个态度，不要语焉不详、模棱两可。写作就要有思考习惯，把一个完整句子写出来，回过头去修改一下，再斟酌，再修改，表达得更清楚后再发表。

把一句话写完整、写清楚，这种微型写作训练在日常生活中很重要。

进阶的话,则是深阅读与创造性写作的有效训练。

阅读一本好作品时,有感而发评价一下,写成短评或长评,这样就能养成写作的好习惯。

短评一句话、一段话,皆可。如读完 2018 年诺贝尔文学奖获得者奥尔加·托卡尔丘克的新作《怪诞故事集》后,你可以发个朋友圈:《怪诞故事集》我很喜欢,并附加一张封面。进一步,可以改成:2018 年诺贝尔文学奖获得者、波兰女作家奥尔加·托卡尔丘克的《怪诞故事集》,我最喜欢《绿孩子》这篇。再进一步,可以加一句:读了这篇作品,被其中的神秘气息所吸引,中世纪的波兰,有一种欧洲边缘的特殊气息。如果你愿意,还可以再加一段喜欢的文字摘抄:绞刑架随处可见,仿佛木工的存在就是为了制造杀人和犯罪的工具。……这里只有火与剑。

如此不断延伸,最终就会形成一篇文章:书评。

给读过的作品做评价,养成习惯,是很好的积累和锻炼。

很多人说不知道怎么写书评,以上就是简单明了的逐步进阶步骤。

实在还是不知如何开头,我另有一个建议:可以在书里找一句话,把它抄在最前面作为开头。接下来写:读到这句话,我十分喜欢,把我想到却没有说出来的话都说出来了……下面你可能就灵感大发了。继续写下去,不要停下来——写作如同编织毛衣,不断地编织下去,毛线就会变成毛衣。

现在我们通过电脑、手机,将阅读中想到的话快速记录、保存下来。而传统的学者,用一种卡片法,为自己的阅读做资料索引。

二十世纪三十年代,北京一位版本目录学家孙楷第去日本东京寻书。他花了一个月,没日没夜拼命读书做卡片,回国后出版了《日本东京所见中国小说书目》,这本书后来成了版本目录学奠基作品。书中抄录了明末清初戏曲家袁于令所作的长篇历史章回小说《隋史遗文》的相关资料，后来被发现是四雪堂主人褚人获编纂的流行作品《隋唐演义》的母本。《隋史遗文》因崇祯年间被列入禁书，三百年来不见于中国大陆，而只见于东京大学藏书寮，非常珍贵。孙楷第先生在东京大学看到这本书，抄回全书书目并加上精短点评。这个重大发现，修正了鲁迅先生在《中国小说史略》里认为《隋唐演义》资料不足的观点。鲁迅以为《隋唐演义》是直接源自《开河记》《海山记》的，因为他不知道《隋史遗文》的存在，不知道褚人获改编的《隋唐演义》，实际上是整本"抄袭"袁于令的《隋史遗文》。和《隋史遗文》相比，《隋唐演义》中编入了唐明皇与杨贵妃的旷世恋情，是典型的才子佳人、帝王将相的故事。而听书者，就爱听这种桥段。

虽然《隋史遗文》才是正宗的，但一直不为人知；而抄袭本《隋唐演义》却一直流行到现在。

现在是互联网时代，图书目录更加完整，更容易索引，如孙楷第先生那种发现遗失古籍的机会很少了。但阅读一本书后能坚持写读后感，是很好的写作训练。

写笔记，写书评，做卡片，都是可以在日常生活、日常阅读中使用的，持续提升写作能力的有效方法。

写作能力的养成要靠长期积累，不能投机取巧，寻找速成的捷径。日常生活中的积累，与正式写论文、写长篇小说一样有良好的训练效果。

毕竟，不是每一个人都会从事专业写作，但你要有对语言的独特感悟，就要在日常生活中坚持训练。

其实，不仅是吐槽同事，在特殊场合下，例如头一次主持一个大型节目，心里感到紧张，两腿有些发颤，这时，不如吐槽一下自己。

我最近集中看了"脱口秀"三位女生的视频，发现杨笠、赵晓卉、李雪琴，无论她们是什么风格，都善于吐槽自己。

是的，在大型场合，在一些紧张时刻，吐槽一下自己，可以有效地摆脱紧张感。

课后作业：

请用一句话吐槽你的同事有自恋癖。

第十八课
写长篇前，如何制定作品规则

每一部作品都是有规则的。

长篇小说篇幅大、空间广、时间长、人物众多、情节复杂，因此确定规则尤其重要。在虚构写作里，作家是造物主，是规则制定者。

写一部长篇小说就是"创世纪"，需要设计方方面面。长篇小说不是天然存在的，之前是"虚空"，是"无"。你不仅要创造出天、地、水、空气、万物，还要创造出伊甸园、亚当、夏娃、智慧树，以及诱惑蛇……这些元素必不可少，构成这个新创世界的核心——这些都是可见的。

还有表面上看起来不可见的：核心冲突。

如同鲁迅在《野草·题辞》里写的："地火在地下运行，奔突；熔岩一旦喷出，将烧尽一切野草，以及乔木，于是并且无可朽腐。"

核心冲突正如"地火"，本来"在地下运行，奔突"，是整个作品的背后推动力。写作者不会自己把核心冲突归纳出来，而是用作品的细节、人物和故事来推动和呈现，让读者感受与会意。

但是，核心冲突至关重要，提供了作品的火与热。

一、要找到并确定核心冲突

核心冲突有以下几种类型：

1.价值观冲突。价值观冲突是最直接的冲突，它会形成一个巨大推动力。无论你站在哪一个角度叙事，作品里的人物行为模式都会产生变化，而不同人物的不同行为，会撕裂人与人之间的关系。有人认为钱是万能的，没钱是万万不能的；有人认为真爱才最重要；有人认为成功者为王；有人支持精英主义；有人支持平民主义。各种价值观，可能趋同也可能分裂。在这个基础上，主人公的行为开始变化。

有两位主角，假设是一对恋人，或男女同事。男、女主人公表面看来没什么不同，都是芸芸众生中的一员。然而他们分别持着不同价值观，表现出来的行为就会有差异。缺乏缓冲地带、妥协的空间，冲突就会发生。完全不妥协，就会发生"战争"。

价值观冲突在故事进程中时时刻刻产生着强大推动力。爱情关系、同事关系，到底会走向哪里？都跟价值观冲突密不可分。

大到拯救世界，小到过小日子，这其中都有价值观冲突。价值观冲突设定合理，读者会有很强的代入感，作品在叙事进程中对读者的感染力就会很强。

一名敏锐的作家会发现特别重大的价值观冲突，而在此基础上加以推演，创作出令人难忘的作品。

2.民族与国家存亡的冲突。金庸先生在武侠小说里特别擅长制造民族存亡的矛盾冲突，为主人公设置重重障碍。在他的名作《射雕英雄传》里，主人公郭靖生活在南宋和金、元南北对峙的年代，家仇国恨交织、纠缠在心中。每一个人都不可避免地面临着痛苦抉择。主人公的个人生活、爱恨情仇，与国家意志、民族情感纠缠在一起。这种抉择，一步不慎，不仅身败名裂，还可能家破人亡。实在太难了，简直步步惊心。

3.道德与情感的冲突。很多年前刘德华主演过一部电影《法外情》,核心冲突是法律与人情间的矛盾,属于道德与情感冲突的一个细化。我们生活在熟人社会中,无时无刻不面临着道德和情感的冲突。既定道德作为一种社会秩序,规范并约束着人们的行为。道德伦理对一个人的生命、一个人的爱情、一个人的未来,都具有极大束缚力、极大伤害力。现代文学中一些著名的作品,如鲁迅先生的《彷徨》与《呐喊》,里面那些令人记忆深刻的主人公,他们面对的都是具体的个人情感和社会道德之间的双重撕裂。这些核心冲突,形成了一部作品的核心推动力。

确立一部作品的核心冲突至关重要。作品能不能有效地推进,能不能顺利完成,都跟基础设定有关。基础设定不稳固,写作过程会很艰涩。

当代人很幸运地生活在一个和平年代,避免了战争的伤害,避免了颠沛流离,有什么核心冲突呢? 我们不能为了当一个好作家,就非要来个"国家不幸诗家幸",拼命去中东冒险,或者发动战争,给自己找核心冲突素材。真有这种想法,甚至去做了,那真是一个疯子,或者一个天才。

大多数作家都是普通人,不是都要像海明威那么疯狂——第一次世界大战时在意大利前线,西班牙内战时又去做志愿军,没有一个大热闹他是不参加的。之后还待在古巴喝酒写作,以一把猎枪了结生命。海明威那样躬逢乱世,是命运使然,是性格使然,不可欲求,不必追求。一名普通作家在生活中只能顺世,在精神上、创作上,却可以神游万里,独创世界。

在和平时代作家如何寻找核心冲突? 这本不该是问题,问的人多了也就成了问题。

任何一个时代,都面临着价值观撕裂的问题,都面临着道德与情感冲突的问题。现代人所面临的核心冲突,可以说是新与旧的冲突,是升级与不升级的冲突——你的第一代智能手机,要不要升级为最新一代?你用的最早版本的操作系统,要不要更新为最新的操作系统?为什么要升级呢?这个很简单,操作系统是整个手机系统运转的基础,所有的Apps 都建立在这个操作系统之上,如果操作系统不稳定,那么 Apps 就会频频崩溃。一个社会的政治制度、文化制度也像是操作系统,要不断升级,不断修补原有的缺陷。比如,儒家在现代社会无法作为底层操作系统带动整个社会向现代文明转变,于是有些有识之士就发明了"新儒家"。且不管"新儒家"是不是有效,但我们可以用这个例子来说明系统升级的重要性。硬件、小程序、生活的方方面面,都需要建立在一个合理的、稳定的操作系统上。手机最重要的两个操作系统是苹果系的 IOS,和谷歌系的 Android 系统。没有这两个系统的稳定和不断升级,我们现在整个庞大的移动互联世界,就无法存在。

假设哈姆雷特来到现代,手拿一个陈旧的诺基亚手机,他或许会踯躅于伦敦街头,内心交战:升级,还是不升级?这是一个问题!

系统升级是一个貌似和我们人生分离的问题,实际上和我们的人生须臾不可分。文明的旧与新之间的矛盾,有时候会变成家庭里的尖锐矛盾:婚姻、恋爱、买房,以及要不要跟父母住在一起,都是具体而清晰的家庭矛盾冲突。有些家长保守、守旧,一分钱都要存在银行里,可是年轻一代有新的消费观念,喜欢超前消费,这就造成了家庭矛盾。

有一部电视连续剧《虎妈猫爸》曾经很流行,以孩子上学后年轻的父母之间教育观念的差异而引发的冲突为核心推动力。孩子的成长,孩子的教育,不同的观念和态度,给这对夫妻带来很深的矛盾,甚至把双方父母也卷入进来,在平凡世界中翻起了不小的风浪。

所以,核心冲突无时不有。只要我们把故事人物,把我们所知事件,还原到这些基本冲突中,你就一定能找到自己的核心冲突。

二、清晰地设定人物关系

只有一个特殊的人物关系设定,才能奠定这部作品在叙事语言上的底色。

人物关系是一部作品的核心关系。如果说核心冲突是纲,那么人物关系就是目——纲举则目张。父女关系、夫妻关系、恋人关系、同事关系,这些不同的人物关系在文学作品中都很常见的。写同事关系比较有名的是职场小说《杜拉拉升职记》。情感类小说则不胜枚举:莎士比亚的《罗密欧与朱丽叶》、法国女作家玛格丽特·杜拉斯的名作《情人》等。

这些人物关系是简单罗列,并未能穷尽所有关系。在写小说时也不需要把这些人物关系分得清清楚楚,如写父女关系就一定要紧扣着写到头,其他什么关系都不加入,而是要分清主次,不能纠缠不清。假设加入伦理关系,加入恋人关系,只能作为副线,最多作为复线。

现代小说家在思考人物关系这个问题时,大大地推进了一步,会对本来稳定的关系来一个反转,破解这种稳定性,而获得一种崭新的美学效果。

日本女作家吉本芭娜娜的名作《厨房》一度非常畅销。核心故事很简单:一位深爱着自己女儿的父亲,妻子出车祸去世后,为更好地照顾女儿,做了变性手术,由父亲变成了妈妈。这个故事人物设定真是太特别了,让人过目不忘。

在长篇小说人物关系设定上,一般都要设定一个主线,再设定一个副线;甚至一个主线和数个副线。这要根据作品本身想要达到的规模来具体思考。

三、预先设定这部作品的人称

在汉语里,人称就是"你我他",这三种人称,是文学叙事的三视野。大家读到最多的人称是第三人称——他;其次是第一人称——我。

用第一人称时会产生自然的代入感,会和作者的自我情感、自我成长经历融合在一起。最适合第一人称叙事的是成长小说、情感小说。

第三人称通常是虚拟一种客观视角,即上帝视角。作者在最高处,创造一切,控制一切。第一人称很少会用在类型小说中,武侠小说、侦探小说、悬疑小说、战争小说,基本都是第三人称叙事。

第一人称和第三人称有什么区别呢?

第一人称有一个叙事视角限定——如同电影摄像机镜头般有"边框"。"我"看到的事物,看到的人,有视野的限定,不能什么都看见,只能看见第一人称的眼睛能看见的。作为"我"来讲,不能看到小说里其他所有人物、所有故事情节,也不能看到所有空间,更不能控制时间变化,而只能置身于其中。

用第一人称"我"叙事,一定要有限定。你有很多未知的事物,你要探索很多未知的空间。处理得好,这种"我"的视角会让读者产生强烈的共鸣。第一人称叙事,呈现的是独特经验,因此在细节处理和人物关系处理上会遇到困难,有些地方很难说服自己,很难把自己剖析给读者。独特经验不是普遍经验,这让第一人称叙事具有了伦理和道德上的局限,因此很难成为大多数人接受的畅销书。

第三人称是"上帝视角",高高在上地模拟一种"客观世界"的假象。"客观"只是一种模拟,不过有些文学批评把这种"客观"看成了

"绝对真实",把现实主义看成了真实主义,这就抹杀了文学与现实之间的差别。"客观世界"是一种哲学假设,我们作为个人,作为一名写作者,如何能创造一种绝对的真实、绝对的客观呢?有些科学家甚至认为宇宙不过是一种幻觉。

第三人称的作品中,叙事者脱离了故事情节,高高在上俯视自己所创造的这个世界,控制着这些人物关系,操控着他们的生与死。第三人称叙事能满足一个"创世主"的野心,是大多数作家喜欢用的叙事视角。在技术上,第三人称叙述没有第一人称叙事那么讲究,作家一偷懒,就一笔带过了。

还有一个叙事人称是"你"。

读到过第二人称叙事作品的朋友可能不多,用第二人称来写作就更少了。

二十世纪八十年代,曾有过一阵小说技巧探索风,受西方作家作品影响,有些中国作家尝试用第二人称来写作。这些作品很少被读者读到,也没有什么影响力。

第二人称叙事影响力最大的作品,是法国作家布托尔的长篇小说《变》。这部作品在二十世纪八十年代被译成中文,在文学圈里刮起一阵风,但能读完者大概不多。

第二人称太严厉,限定太死,几乎没有突破的可能性。写成短篇小说就差不多了,布托尔竟然写了一部长篇,是一个惊人实验。用第二人称来叙事、又能写长篇的,以我有限的阅读经验,仅此而已。

中国作家莫言有一部中篇小说《欢乐》,以第二人称视角写成,语言繁复而词语过剩,一般读者很难读完。但这部作品中气十足,时有精彩句子,体现出作者的独特才华。

为什么强调人称问题呢?你选定了一个人称,就意味着你的长篇小说进入了一个特定叙事视角,通常很难再作人称变化。第一人称叙事限定视角下,你不能对另外一个人物的内心活动了如指掌。"他心里想……"这种第三人称叙事句子,第一人称叙事中就不能用。如果用了,你就破坏了视觉限定,而导致叙事失序了。

不过,这也难不倒有创造力的作家。有些作家发现,人称叙事可以交替使用。

长篇小说有很多章节,你写不同的人物,每一个人物都作为第一人称叙事出现,这样各自提供一个个人视角,交织出一个复杂的社会现象,体现出对这个世界的多重理解。日本现代文学大师芥川龙之介的名作《竹林中》,采取数个第一人称叙事,以不同人物视角叙事来呈现这样一个哲学观念:真相只有一个,每个人所看到的却决然不同。四个人物讲述同一件事情,"真相的不同碎片"最终却拼不成一个完整模型。这是"真相缺失",人类永远无法抵达真相,只能触摸到真相皮毛。如此,反而带来了扑朔迷离的叙事效果。

《竹林中》(日本导演黑泽明改编为电影名作《罗生门》)这类作品体现了现代作家对人和世界的关系的新认识。

现代主义与现实主义不同,更强调认识的局限性。在现代主义里,人们的认知能力是有限的,常常看不到真相,最多只能看到真相的碎片。那种全知全能的,全在掌控中的十九世纪现实主义视角,在现代主义作品里变成了碎片。在这些作品里,事物真相只存在于叙事中,那个唯一的、绝对正确的真相可能并不存在。

改一下笛卡尔的名言:我说,故我在。

在一部长篇小说里,有些作家也会交替使用第一人称和第三人称。但这种叙事方式推进很困难,作家常常要仔细斟酌,避免技术上的失误。大多数作家为省事省力,很少使用交替人称叙事,第三人称叙事全知全能,想写什么就写什么,很轻松也很过瘾。

我建议青年写作者从第一人称开始写"成长小说",个人经验叙事可以更好地建构作家自己的写作世界。

四、设定作品的时代背景

确定时间背景尤为重要,人物生活的地点、时间,决定了他们的思想、行动。有一部反映上海滩故事的连续剧挺有名的,设定的时间背景是 1924 年,可人物脱口就吟诵起了徐志摩的名作《再别康桥》——《再别康桥》的写作时间是 1928 年。

在设定时间背景时要严格,那些不发生在这个时间段的事情要排除。如果设定时间背景为秦朝,人物就不能吃辣子鸡、烤羊肉串、水煮牛肉,因为那时候没有这种菜。

五、设定作品的地点

任何一个人物、任何人物关系所发生的地点都是特定的。不同地点会给读者带来不同的感受——这里有文化背景的潜在暗示。以纽约、巴黎、东京为故事背景,读者就会感到作品是时髦的、洋气的、有世界视野的。也可能有副作用,一些作家为洋气而洋气,为时髦而时髦,很想把自己打磨光亮,于是专门写名牌、超跑、豪宅,为写而写。

为写而写和自然而然地写是不同的。你设定的地点对作品的气息有极大影响。以上海作为故事发生地,读者脑子里会不由自主地出现"洋行""租界"这些词。从租界的角度、从洋行的角度来塑造上海,使得上海这个地点变成了时髦、洋气的象征。每一座城市、每一个大陆,各有自己的设定。马尔代夫给人的感觉就是悠闲、浪漫。很多读者喜欢看科幻电影,科幻迷有一个戏称:伦敦、纽约、东京,是地球上三座受到外星人攻击最多的城市。

课后作业：

请以第二人称"你"作为叙事人角度，写"你"去吃小龙虾时，撞见前男友或前女友，发生的一系列事情。要求冷静客观地描写冲突场景。

第十九课
虚构：如何创造平行宇宙

虚构的本质，是创造平行宇宙。

创造虚构世界的材料，不一定是历史上确切发生的事件，也不一定是现实中发生的事情，而是作者虚构出来的事与物。虚构体裁包括小说、戏剧、影视剧本、动漫、绘本等。

虚构是创造的基础，从抽象的语言、文字、艺术、民族、国家，到具体的工程、建筑等，都是人类文明所独有的虚构创造。

一些人抱有不正确的观念，认为虚构是胡编乱造。而这里谈到的虚构，是个创造性的概念。虚构作品的基本功能是把个人情感投射到被创造出来的世界，创造出一个"虽不能至，心向往之"的平行宇宙。

用一句流行语来讲：身体和灵魂总有一个要在路上。身体在路上不容易，阅读可以在路上，创造更是可以让自己拥有独特的平行宇宙。

人们生活在一个不那么有趣的、狭窄的空间，朝九晚五地工作，缺乏可能性。但人有幻想，总想去看绝美的风景，在这个独占的风景中放松心情。或者幻想发生特殊的事件，让平凡生活变得有趣有味。无法在日常生活中获得的，就通过虚构来实现。从日常世界升级到虚构世界,作家创造了自己的独特文学世界,我们可以称之为平行宇宙。

虚构是这一切的推动力,创造力要通过虚构来实现。

虚构,有以下五种类型。

一、历史人物与历史事件的虚构

在历史中进行虚构的作品,是中国传统小说的一个重要门类。《三国演义》《隋唐演义》《说唐全传》《东周列国志》等,都是用历史材料来进行虚构的作品,近代历史学家、小说家蔡东藩还创作了一套忠于史实的历史演义。现在流行的古装剧、玄幻剧,也算是非典型历史虚构。

历史虚构写历史人物和历史事件,有一种是严格考证,不用不实材料。也有一种是充分演义,只用历史人物名称,而重新定位他们的人物性格,虚构各种事件,揉入作者喜爱的宫斗、修仙、穿越等情节,构成新的历史剧模式——戏说历史或历史传奇。

人们扩大了历史人物边界,把历史事件放大,使之充满整个历史与空间,创造出一个平行宇宙。

英国玄幻名作《纳尼亚传奇》以第二次世界大战为背景,却没有写历史上某个名人。英国魔幻电视连续剧《梅林传奇》,则讲述传说中辅佐亚瑟王完成王霸事业的魔法师梅林的传奇人生。《说唐全传》虽然以隋末为背景,但其中为人所津津乐道的"隋末十八条好汉"中的十人,如李元霸、宇文成都、裴元庆、雄阔海、伍云昭、伍天锡、罗成、杨林等,全都是虚构出来的。

二、架空时间和空间的虚构

英国魔幻小说大家托尔金的名作《魔戒》是典型的代表。在这部作品里面，托尔金独辟蹊径地创造出一个不属于地球、不属于历史的中土世界。游戏《魔兽争霸》中的兽人部落和人类联盟，《冰与火之歌》里的维斯特洛大陆，都是作者虚构出来的历史上、地球上不存在的平行宇宙。在这些作品中，人与人的关系，人们对于世界的理解，可以和现实世界进行对位，但更多的人物、事件和人物关系，以及这个世界的道德伦理，都是作者虚构的，他们还发明了只有这个世界才存在的语言，如《魔戒》里的中土语言。

三、科幻中的虚构

科幻小说是一个方兴未艾的小说门类。这种小说门类在最近几十年拯救了好莱坞大电影工业——在电视剧、网络直播等新手段冲击下，仍然能焕发出生命力。今后十几年科幻类作品仍然会广受欢迎，变得越来越流行。科幻作品要有基本科学元素，中国科幻小说家郑文光把科幻小说分为"硬科幻"和"软科幻"，"软科幻"套用科幻外壳，实际仍是写人类的一些基本问题的科幻小说。"软科幻"里也有星际旅行和时空穿越，但不像"硬科幻"那样会对旅行时所运用到的科学与技术进行详细的描述。"软科幻"作家关注的不是科学技术本身，而是在这种科技背景下人类的生存和情感。这类"软科幻"属于社会批判科幻小说，虽然没有着眼于技术硬核，但有些作品写得非常深刻，非常精彩。

台湾科幻小说开山鼻祖张系国先生是伯克利大学电机学博士，计算机专家。他长期在美国的大学任职，却热爱创作"软科幻"小说，是真正文理皆通的科幻小说大家。张系国先生不把注意力放在畅想未来科技上，而是思考科技对人性、人类世界的破坏。他的名作《超人列传》《星云组曲》等,创造了具有独特人性的科幻世界。美国科幻名家阿西莫夫的名作《银河帝国:基地七部曲》、赫伯特的《沙丘六部曲》,都是典型的"软科幻"。美国科幻名家中,还有写玄幻而入科幻的,例如尼尔·盖曼的《美国众神》、厄休拉·勒古恩的《黑暗的左手》。而道格拉斯·亚当斯的"银河系搭车客指南"系列,则是独创的幽默"软科幻"小说。

在"硬科幻"小说中,科幻作家把更多笔墨投入对科学技术发明的畅想上,沉迷于对科技知识的无穷想象,并为这种可能的科学技术而着迷。"硬科幻"代表作品有阿瑟·克拉克的《2001:太空漫游》,郑文光的《飞向人马座》和刘慈欣的《三体》等。

"硬科幻"需要关注以下几个要素:

1.遵守因果律。不管能不能进行超光速飞行,能不能穿越时空,都一定要遵循因果律。在历史上已经发生的重大事件,不能通过时间旅行去随意改变。

2.不要随便打破现有物理学定律,如热力学三大定律。

3.不滥用相对论和量子力学。

4.要推翻以上各条,必须进行合理的科技推测。

四、现实虚构

虚构现实人物,把人物和故事放在我们生存的时代中,以他们的特殊故事表现作者的情感与态度。可以不写自己,不写朋友们,而创造出新人物、新故事、新情节,表达独特认识。

现实虚构是虚构写作中的重要部分。

一个怪异老板,一个莫名同事,一个另类同学,一个相爱相杀的朋友,这些都可以是写作的对象。当你进行此类虚构时,你创造了现实世界中可能存在却又十分独特的人物——通过你的创作,你的虚构,这个人物被立体化了。这个人物和故事可能来自你身边,也可能来自你读到的报纸,或你在微信、微博里读到的惊悚故事。大多数信息都是转瞬即逝的,只有跟你的独特认知构成特殊关联的信息,才能不断出现在你的脑海里,才可能被形象化、系统化,和你记忆中某个特殊形象契合,形成真正的现实虚构。另一种契机是这个独特事件或者特殊人物对你产生了触动,某些共性和共鸣刺激着你,推动你进一步寻找相关材料去丰富这个意象、这个人物,创造出独特的作品。

英国曼彻斯特大学著名学者戴维·洛奇写了一部以学术界为背景的长篇小说《小世界》,副题为"学者罗曼司"。我非常喜爱这部作品,它是类似《巨人传》般喜气洋洋,但饶有回味的杰作,有些情节令我忍俊不禁。这部作品写一群国际会议生物——各国学者们满世界飞来飞去开国际会议。这些学者中有学术界大佬,有资深学者,有初出茅庐的博士生,还有些不知道来自何方的怪异人物。作为西方文学某一种文艺理论界成员,这些学者彼此熟悉,经常在各国会议中碰面,聊天,八卦,然后又匆匆分别。如果在旅行中有邂逅、艳遇,那就上上大吉了。书中有一位梅顿女士,永远用性与欲望来解释一切文学现象,任何一个文学细节,她都能联想到性方面去。

《小世界》的作者戴维·洛奇自己就是一个开会生物。二十世纪七十年代,他曾一天之内跑了亚洲好几个城市,一刻不停地赶飞机。他也曾早上在瑞士开会,晚上飞到了以色列。重新回忆这种经验和经历,他觉得有很多荒唐和趣味。戴维·洛奇不断思考这些事情,创造出好几个开会生物的独特形象,有些是脸谱化的,有些是自己亲历的——跟作者人生经历密切相关的事件和细节,是支撑写作的关键材料。这些细节写到入迷时,会有神来之笔。

五、自我虚构

我是谁？我来自哪里？我要到哪里去？自我又是谁？这些疑问是人类祖先认识世界时就不断发出的，是人的一生都要探寻的重大问题。

法国心理学家拉康提出著名的"镜像理论"，揭示了人有不同的"我"——自我、本我、超我。不仅是肉身的我，还有自我认识的我，以及社会文化塑造的我。对应不同的人生阶段，就是"想象界""象征界""实在界"。这些阶段到了最后，还有"假我"和"真我"。"镜像理论"回归了弗洛伊德的精神分析理论，又加入了解构主义的手法，对二十世纪五六十年代的欧美文学理论界有很大影响，文学批评家把"镜像理论"运用到文学批评里，取得了丰硕的成果。人在婴儿期看到镜中人会惊讶。他一开始不知道"镜中人"是谁，突然认出镜中那个人是自己，于是开始有了身份认识和身份认同。这是一个自我认识的过程。接着，婴儿逐渐长大，又认识了母亲、父亲等家庭成员，这些成员构成了一个熟人世界；进入幼儿园之后，婴儿变成了儿童，开始拥有了社会属性，他不再是"宝宝"，而是拥有具体姓名的个体，他要面对的是一个越来越大的陌生世界。这时候，他就进入了"实在界"。

在写作中，作家一刻不停地剖析自己：我拥有一个什么样的自我？我拥有几个自我？茫茫人海中，不计其数的读者，每一个人都是独一无二的存在。同时，你呈现在陌生人面前的形象，和你真实的内心又不一致。你要深挖自己，呈现自己。这是一个丰富的隐藏世界——表面上你可能是一个淑女，人人都觉得你有教养。可你真实的内心，却是非常狂野的。你希望活出真我，希望有不一样的，打破各种规矩的自我。

假设有一位商业成功人士，他经营公司非常成功，赚到了很多钱，得到了社会和家庭的双重认同，享有较高的社会声誉，家庭和睦令人羡慕，在很多人眼中是既能疯狂工作，又会享受生活的完美人物。可实际上,他的内心深处可能拥有不为人知的特殊癖好。

多年前有一位投资界大佬就是这样一个典型人物。有一天,他突然在微博上宣称要跟某位女士私奔(真名实姓,有图有真相,人人都能搜到)。名人私奔啊! 十分轰动! 一时哗然,传播深远。私奔之后到底怎么样,人们不管,人们只是好奇他怎么会突然打破"人设",做这样出格之事。有人担心他今后怎么混,怎么面对朋友和家人,种种可能,令人浮想联翩。

这是最典型的文学素材。这种严重违背社会规范的行为,大部分人都做不到,想都不敢想。这位商业大佬却能突破,简直是爆炸性新闻啊。后来怎么样了? 可以搜索一下,再思考一下,也许你能创造出一部有趣的作品。

这些不同的自我构成了叙事中重要的推动力。如果你想讲述一段自己的特殊经历,这段经历是你不能在电视真人秀节目中讲出来,甚至不能跟任何朋友说出来的。你可以写在秘密日记里,自己珍藏起来。甚至什么也不写,就这样让秘密随风飘散。更好的办法是通过虚构,把多重自我或某一个特殊自我放在虚构世界中,创造一个平行宇宙。你可以给这个自我起一个名字,假装跟你没有任何关系,从而可以尽情演绎。假设你把这个自我放在一头驴子身上,写驴子在整个罗马帝国的社会中大行其道,可能就是一部《金驴记》。

大部分作家都会在自己的作品里,在那些看起来跟自己毫无关系的人物身上放置自己的深层愿望。不少作家表面上跟他的作品并不匹配。有些作家看起来谨慎胆小,甚至有些怯懦,可在平行宇宙里,却是一个胆大妄为的爱情杀手,甚至是银河系浪子。

挖掘自我,探寻真正的自我,最好的方式是写作。

写作是真正的自我激发,能让自己被千百倍地放大。

我们之前提到过自动写作训练，这是入门写作很有意思的训练方式。通过训练，你内心深处的一些独特感受会被牵扯出来，你成了一个倾吐者，一个创造者，你最终会创作出自己的平行宇宙。

课后作业：

每个人在成长中，都会遇到某些特殊的人或事，你害怕的一个人，或你无法战胜的某件事。它们是你在成长过程中遇到的"巨怪"，就像《哈利·波特与魔法石》里，赫敏、罗恩、哈利一起面对的那个"巨怪"。这个"巨怪"可能是你的老师、你的父母、你的恋人、你的小伙伴，也可能是一项运动、一次考试、一个噩梦。这个"巨怪"，是你一定要战胜的。你战胜了这个"巨怪"，就获得了一次成长跃级。从写作角度来说，每一位作家都会遇到"巨怪"，你要像堂吉诃德战风车一样勇敢面对，哪怕被外人认为是荒唐举动。

请以"我人生中的巨怪"为题，写一篇 1500 字的文章。你人生中的巨怪是什么？如何战胜这个巨怪？

第二十课
如何写出力透纸背的反面人物

写出一个栩栩如生的反角，是一名作家对创作的重要考量。

长篇小说时空跨度大，结构复杂，人物丰富，设置反面角色就是一个迫切的问题。

写反角，实际操作上比写正角容易，因为"画鬼容易画人难"。

"画鬼"为何容易呢？因为坏和恶，容易脸谱化，邪恶之事令人记忆深刻。做坏事的人，不管是明面上的坏人，还是隐藏很深的家伙，我们通常都会记忆深刻。

有人对你好得不得了，可你就记不住他。有人对你有一点点坏，你就记得刻骨铭心。在"相爱相杀"的故事里，一个微小的不好，甚至还不能称坏，主角就记得很清楚。因为坏能造成伤害，形成一种创伤记忆。对人善良，对人好，却不容易让人产生良善记忆。只有在遇到了挫折，在沮丧绝望时，你才会想起那个对你好的人。

这是人类心灵的怪异现象，真的是神秘莫测啊。

从文艺角度来说，读者对坏人坏事会本能地躲避，不去深究。人们一听到坏人坏事，首先会激愤，发起各种抨击，容易把事情和问题浅层化，并滥用道德判断。比如，明末抗清名将袁崇焕被误认为叛国而被崇祯帝斩杀。当时的庸众不假思索地仇恨他，据说把他的肉都割了吃掉。这些庸众在清兵入关之后，继续着自己的庸常生活，仿佛一切都没有发生过。

自媒体时代，网络暴力很发达。很多专业黑户专门喷人，在网络上做道德打手。类似"负心汉"这类新闻，各种身份不明的跟帖者拼命追骂，甚至进行人肉搜索。一个三流明星的琐事，夸张到了满屏皆是的地步。网络庸众的日常生活很乏味，似乎需要这些网络小道消息和明星绯闻的滋养。这种绯闻涉及的道德问题，一般不会触及平台底线，普通网民有相对较大的狂欢空间。其实这种狂欢挺可怕的，很多事变成了网络暴力。这个"负心汉"到底是不是真恶人？他的所作所为是不是真的？对这些问题很多人不深究，看问题流于表面，跟着流言蜚语的泡沫一起狂欢，留下一地垃圾。

偶尔有一些专业人士会去挖掘和暴露真相，然而也会随着喧嚣的泡沫一起沉没。

也有人利用互联网浮躁的特性自我策划和炒作。一种是自黑，一种是自贱。这些做法，我都不喜欢。

写作为何要强调细节？因为只有合乎逻辑的细节呈现，才能更有效地呈现真相。

某个人是真坏还是假坏？是负心汉还是出轨女？严密的细节能吐露真正的秘密。在作品中，你想写一个令人过目不忘的人物，一定要注意细节的合理性。

写反角也一样，要进行细节的处理，设定得出人意料，让人回想起来觉得合情合理，造成一种震惊效应。

古龙的长篇小说《绝代双骄》里有一个反角"李大嘴"。他有个可怕的爱好是当众吃人肉。有时是真吃,有时是假吃,更多时候是痛苦地吃。假装吃人肉是为了吓人。李大嘴是武林中臭名昭著的坏蛋,吃人恶行传遍整个武林,为人所不齿。然而,他却培养出一个正角江小鱼。江小鱼是《绝代双骄》里其中"一骄",另外"一骄"是花无缺。花无缺是一个超越了正派武林和邪派武林的至高无上门派的传人,他高贵冷艳,江湖中无人可匹敌。江小鱼豪爽有趣,花无缺高贵冷艳,这一对双胞胎在性格上形成了鲜明对比。

每个人的隐秘渴望都有两面性:一是富满天下、名满天下、高贵冷艳、拒人于千里之外;二是豪爽、有趣、聪明、机智,在江湖上跟所有人打成一片。花无缺和江小鱼这两个人物形象构成了武林世界的双面:一正一负,一冷一热。两个人的性格和武林背景差异很大,处处显示出张力。反角李大嘴到最后被读者发现,其实他内心深处是有善意的。他的吃人桥段是假的,他本人对此也做了忏悔。他对江小鱼是真心喜爱,宁死也要保护江小鱼。他比很多所谓的"武林正派"人士要有担当得多。这是一个非常有意味的反转,很精彩——在一个大多数人看来是大恶人的人身上出现了善意,就显得弥足珍贵。

金庸先生在长篇小说《天龙八部》里也塑造了"四大恶人"的形象。"四大恶人"的每一恶都不一样,我印象最深的是叶二娘:她每天都要偷个婴儿出来玩,假装自己是婴儿的妈妈,玩完之后再把婴儿弄死。欺负弱小,凌辱妇女,伤害孩子,是恶中最大的恶,叶二娘之恶简直不可饶恕。"四大恶人"之云中鹤轻功超卓,是人人切齿的采花大盗。他奸淫妇女的恶行跟叶二娘伤害婴儿一样不可饶恕。后来读者发现,云中鹤是真坏,叶二娘的故事却出现了反转,牵扯出武林中最深、最骇人听闻的秘密。

高明作家在处理人物和素材时会充分铺垫,在关键时刻反转,准确击中读者软肋。

反角不一定是恶人，但设计"恶人"的反角形象，往往会更鲜明生动。比如"复仇者联盟"里的超级宇宙坏蛋灭霸。恶人反人类，没有人性，缺乏同情心，这些都是读者讨厌的。高明作家在设计反角时要有冒犯之心，要有一定的勇气，这种有勇气的处理方式，就是"翻转视角"，即你看到了大多数人看不到的隐蔽事物，你看到了真正的人性，你看到了人性之外的隐蔽世界。你会超越普通人认为天然合理的一些界限，尤其是道德、哲学的边界。这种冒犯是好作家的典型特质之一。通俗文学作家通常在冒犯之后，回归被冒犯的道德；而严肃文学作家，却在冒犯方面越走越远。纳撒尼尔·霍桑在《红字》里、福楼拜在《包法利夫人》里、列夫·托尔斯泰在《复活》里，都冒犯了当时的社会道德。

我不是鼓励你在写作时故意写坏人坏事，绝非如此。一名作家要看到普通人忽略的幽暗之处，把大多数人漠然处之、大多数人忽略的"非真善"揭破，从而把对整部作品的思考推到一个巅峰状态。为了自己的生存，为了自己的尊严，为了美好的向往，并非蓄意地作了恶，这类反角不仅不会让读者产生愤怒，反而会令人抱以同情。

法国作家雨果的名作《巴黎圣母院》里的"钟楼怪人"，看起来是一个丑人，但他不是反角。小说里，人人都远离他，讨厌他。但作家发现了"怪人"丑陋外表下的善良内心。这是外表与内心的典型反差，也是一种有效的"翻转视角"。后来很长一段时间，写貌丑心善的角色成为一种风尚。"怪人"虽然怪，但是内心善良，对人友好；不像故事里有些贵族，表面高尚，暗地里男盗女娼。雨果塑造的"钟楼怪人"已经成了法国文学的经典形象。

"钟楼怪人"的形象冒犯了当时大多数人的认知——贵族社会和正常社会中的大多数人不接受"钟楼怪人"。他可以存在，但要躲在帷幕后,来无影,去无声。然而雨果赋予了"钟楼怪人"一个重要的特性,让他比大多数法兰西贵族更有同情心,更加善良。这种高尚品质闪耀着人性光辉,是法兰西浪漫主义文学对人性善的颂歌。

可以作为对比阅读的是中国清代小说名家李渔的名作《无声戏》中的第一回《丑郎君怕娇偏得艳》。该文采取了另一种核心冲突模式,让宿命成为主宰:

> 好事的就替他取个别号,叫做"阙不全"。为甚么取这三个字?只因他五官四肢,都带些毛病,件件都阙,件件都不全阙,所以叫做"阙不全"。即几件毛病?眼不叫做全瞎,微有白花;面不叫做全疤,但多紫印;手不叫做全秃,指甲寥寥;足不叫做全跛,脚跟点点;鼻不全赤,依稀略见酒糟痕;发不全黄,朦胧稍有沉香色;口不全吃,急中言常带双声;背不全驼,颈后肉但高一寸;还有一张歪不全之口,忽动忽静,暗中似有人提;更余两道出不全之眉,或断或连,眼上如经樵采。
>
> 古语道得好:"福在丑人边。"他这等一个相貌,享这样的家私,也够得紧了。谁想他的妻子,又是个绝代佳人。

这部作品里,李渔的兴趣不在于"翻转视角",让"阙不全"成为一个良善之人,而更关心人的奇特命运。他从"婚姻与宿命"的角度,同样把人物的命运"翻"出了新花样。

"伪君子"是另一种特殊的反角,金庸先生在长篇武侠小说《笑傲江湖》里塑造的华山派掌门人岳不群,是令人难忘的"伪君子"。岳不群江湖人称"君子剑",好评度很高。只有少数武林前辈知道他是"伪君子",嵩山派掌门人、"真小人"左冷禅和日月神教前教主任我行也对他知根知底。岳不群虽然是华山派掌门人，但一开始武功不高，欺负一下江湖宵小和普通晚辈还可以，跟左冷禅比就有很大差距，连左冷禅的几个师弟武功都比岳不群高。面对日月神教光明右使向问天、日月神教前教主任我行、少林寺方证大师、武当山冲虚道长，岳不群都是自愧不如的。华山派前辈、剑宗大师风清扬超越所有正派、邪派高手，岳不群更是难以望其项背。但岳不群在江湖上的做派非常正面，讲究规则，不伤害无辜，不奸淫妇女，不以大欺小，是一个典型的君子形象。《笑傲江湖》故事中段，除了主角令狐冲外，很多顶尖武林高手都知道了岳不群"欲练神功，挥刀自宫"的秘密——庞大的故事洪流到了转折点，有点"天门中断楚江开，碧水东流至此回"的意境。蕴蓄了一整个长江中上游的巨水，到了这里为之一转，只为呈现故事后半场的"两岸青山相对出，孤帆一片日边来"的浩大意境。

金庸先生巧妙地运用一个特殊"转换物"来转换人物性格。这个"转换物"至关重要，要设置得极其合理，埋伏下很多有价值的、今后要用到的线索。这样，才能紧紧地抓住读者的注意力。

这个"转换物"就是《葵花宝典》——故事一开始岳不群就带着一群弟子来到福建，"偶然"地碰到青城派在福威镖局外挑衅、杀人。林家的福威镖局由林平之的祖父林远图创立，他以《葵花宝典》为基础，创下七十二路辟邪剑法，打遍天下无敌手。但到了儿子林震南这里，七十二路辟邪剑法这门绝世武功的威力却消失了。福威镖局家大业大，都是因为林远图威名远扬，能震慑远近的宵小邪恶之徒，但林震南武功低微，无法保家，而招致灭门惨祸。青城派掌门人余沧海是一个真小人，他作为"炮灰形象"，带领一众弟子不远千里来到福建，觊觎林家至宝《葵花宝典》。然而，他只是配角中的配角，他们的出场，主要是为了引出背后的真正大鳄岳不群先生。

原来,深谋远虑的华山派掌门人岳不群先生为了重振华山派雄风,做出了比青城派余沧海更邪恶的行径。他瞒着几乎所有人,通过欺骗的手段收服了林家后人、年轻而未曾涉世的林平之,获得了林家珍藏的武林至宝《葵花宝典》,并且"挥刀自宫"练成了神功。既然"挥刀自宫"都做得出来,那么岳不群就突破人性最后一关了。和作恶的岳不群形成反差的是正直有爱的师母宁中则。知道岳不群练就邪功的真相后,她不堪凌辱而自杀身亡。这个悲剧凸显了岳不群的"伪君子"形象,被读者深深地记住了。

二十世纪六七十年代,金庸先生的武侠小说传遍了华人界,也传遍了非华人界,包括越南、马来西亚等东南亚地区。据说越南、马来西亚一些政客相互攻讦时,都说对手是"伪君子"岳不群。

岳不群的"伪君子"形象为什么让人印象深刻呢? 因为他不择手段到了令人咋舌的程度,伤害妻子、女儿都在所不惜,一直尊敬他的弟子令狐冲,更是被他利用来实现自己的阴谋。

很多读者觉得"真小人"比"伪君子"更让人接受。在作恶能力和伤害面之广上,"伪君子"岳不群远远超过余沧海、左冷禅、丁春秋、鸠摩智、四大恶人等。

伪君子具有双重罪恶:第一是虚伪,第二是作恶。

"虚伪"带有极大的欺骗性,普通人很容易上当受骗,因此"伪君子"对人们造成的伤害比真小人大得多。

其次,真小人为利,伪君子为野心。个人逐利,伤害不大;一个人有野心,却会造成巨大的浩劫——更何况是打算统一五岳剑派为"五岳派",而进一步一统江湖这种大理想呢。除极少数顶尖高手识破"伪君子"岳不群之外,大部分江湖人士都被他欺骗了,连自命不凡的真小人左冷禅都惨中恶招。而正因为受到欺骗,很多人盲从他,帮他一起作恶害人。

岳不群先生的大弟子令狐冲是武林奇才，带着"主角光环"在江湖上行走，几乎战无不胜，黑白通吃，却惨遭师父的欺骗差点丢掉性命。令狐冲和大魔头任我行的女儿任盈盈跨越正邪两界鸿沟成为一对恋人，本来是一件好事，江湖上正邪两派如果能趁此弭息仇恨，建立和平共处关系，那么多少江湖人士都会保全性命，而彼此安好。

令狐冲和任盈盈都有真性情，希望能超越江湖情仇，却被一直敬爱的师父深深地伤害了，名声扫地不说，差点尸骨无存。

"伪君子"岳不群虽然知道令狐冲没有投靠日月神教，但他发现自己正好可以利用令狐冲——为实现野心而利用弟子。岳不群先生内心之残酷，为人之虚伪，已经达到了登峰造极的程度。古话说"虎毒不食子"，他是见什么食什么，妻子、女儿、弟子，全都可以抛却，真有"一将功成万骨枯"的大气概。

由此可见，伪君子所犯下的恶远超真小人。

魔法小说"哈利·波特"里也有一个经典反角伏地魔。

伏地魔有点像魔法界的希特勒。他们都有一个宏愿：要在自己控制的国度里建立纯血统世界——希特勒要建立雅利安纯种民族国家，为此他杀害大量犹太人以及其他被视为低等的东方民族。而伏地魔要建立纯血统魔法师的魔法世界。因此，来自麻瓜家庭的魔法师都遭到排斥，甚至被追杀。希特勒和伏地魔的愿望和手段是一致的，他们都造成了人间或魔法界的浩劫。

做一个总结："伪君子"刚出场时往往以好面目示人，甚至以圣贤面貌出现。

《道德经》对善恶问题有深刻揭示："大道废，有仁义。智慧出，有大伪。六亲不和有孝慈，国家昏乱有忠臣。"

老子身处采猎文明与农业文明交替的微妙时代,他敏锐地发现:农业文明导致了人类的腐败。他的理想是回到淳朴简单的采猎文明,那个时代人们各顾各家,老死不相往来,是真正的"理想国"。

《庄子》则进一步阐发这个思想:"相濡以沫,不如相忘于江湖。"两条鱼与其在一个干涸的地方相互吐水来苟活着感动人,不如到大江大湖里去畅游,彼此不顾,各自逍遥而游。

为了方便起见,本次课用"坏人"及"丑人"的例子来说明如何写反角,如何翻转视角。反角可以是坏人,也可以是好人。通过反转的手法,可以避免平铺直叙,而让人印象深刻。而"翻转视角"更多地体现在作家对人物形象的定位上,通过人物处在特定时代而体现出来的活泼人性与僵化道德的冲突,来表现作家敏锐的观察和独特的思考。例如,维克多·雨果在发表《巴黎圣母院》之后,成了法国"浪漫主义"思潮的中坚力量,而他对上流社会的道貌岸然的抨击,对普通人民心灵美的赞美,也一直影响深远。

关于"反角"的描写,可以总结为三点:

1.不从坏处写坏,要从不坏处写坏;

2.不从正面写反角,要从反面写反角;

3.坏人不像坏人,好人不像好人。

关键在于巧妙地设定"反转"情节,同时,也要求作家拥有"翻转视角"的能力。

另有一个启示:正角有时候可以用反角方式来写,这样会让人物具有丰富性。也可以从道德仁义的角度来写阴险奸诈——很多大奸大恶的家伙开始时可能是"善人",后来抽丝剥茧,直达本质,发现是一个坏家伙。

写作上切忌平铺直叙,要像黄河、长江一样,多少道弯,多少道曲,才有味道。描写反角人物时,用"反转"手法会更有效果,不能一善到底,不能一恶到底。中间如果有一个大型"反转",人物性格会更生动。

有些网络小说想象力丰富,尤其是涉及打怪升级,提升内功,获得各种奇特宝器、法器的作品,令人目不暇接。然而这些作品最大的毛病大多是"平铺直叙"——主人公一出场,就注定战无不胜,见神灭神,见佛灭佛。这样缺乏反转,人物性格就不够丰富。不仅缺"反转",更缺"翻转视角",因此段位不高。

很多网络小说都是半成品,这是很可惜的。

课后作业:

今天的作业分为两个部分,请选其一进行创作。

A.分析金庸武侠小说《笑傲江湖》里岳不群这个角色,要求300—1000字。

B.以"隔壁老王"为原型,写一个"伪君子"版老王,要求300—1000字。

第二十一课
如何描写一段旷世三角情缘

　　这次主题是海选调查来的，拿到手之后我十分头大。

　　"旷世恋情"又或"三角恋"，这些主题都非常惊悚，非一般人所能驾驭。这个主题我的创作经验并不多，只能从技术上来分析。

　　为了避免落入男权陷阱，这里先定义：三角情缘既可以男主为核心，也可以女主为核心。

　　女作家在构建三角情缘时，以女性视角来叙事，会有自己的独特性，比较容易把握叙事的连贯性，也容易写活细节。

　　也有假的女性视角：

　　一种是男作家用女性视角；

　　另一种是女作家沿用男权认识。

　　传统经典多是男作家写的，这些作品烙上了浓重的男性主观视角。不过英国维多利亚时代有一群著名女作家如简·奥斯汀、勃朗特三姐妹、乔治·艾略特等，在作品中以女性的独特角度来挑战这种男权叙事的局限。她们渴望爱情，希望得到自我选择的权利，例如，《傲慢与偏见》里伊丽莎白面对男性强大压力时表现出来的倔强。虽然不是专门设定"三角情缘",但主角一旦面临选择,就不可避免地要在不同男性之间比较、判断、选择。传统文化里,男性可以自如地比较、判断、挑选女性,但女性却只能处于被动状态,无法选择。

"三角情缘"是几乎所有小说门类中重要的结构,也是一部作品成功的秘密之一。无论是传统经典,还是后来的类型小说,作家都特别注重构建一个"三角关系"。

"三角关系"的核心建构,是这次课的主题。

"三角"是一个几何体,也是最稳定的几何结构。在一部作品中,"三角"构成了人和人之间的稳定关系。这个三角关系中,三人互为依靠,也可以互为转换。

在中国传统哲学里面,"三"是一个奇妙的数字。"一生二,二生三,三生万物"。

老子在《道德经》第四十二章里,对宇宙发生、发源和变化有这种奇特的看法。从原初的"一",到"万物"的爆发之间,有一个特殊边界点——"三"。"三"之后,就是万物。从零到一是质变,从一到三是量变。

有学者认为这符合现代宇宙学的发现:宇宙大爆炸若干秒之后,就开始形成宇宙的物质。又过了一段时间,宇宙的整体框架出现了。几亿年之后,各种星辰也都出来了。虽然温度还很高,但已经从爆炸时的数十亿度迅速降温,形成了宇宙的基本雏形。

"三"是一个关键点。一、二、三,都是质数;三之后,就出现非质数四了。然后五是质数,六是非质数,七是质数。到后面,质数与质数之间的间隔越来越大,万事万物都出现了,而且就如同非质数一样越来越丰富。这就是世界的开始,也是世界的发展,以至于玄妙。

"三"为临界点,"三"之后,就是不胜枚举了。

中国传统的文化典籍对数字非常敏感。例如三字句的《三字经》、四字句的《千字文》。这些不同字数构成的句子,让独特的汉字排比具有美妙的音乐性。

"三"是变化的开始,也是变化的基础。

"三"所构成的故事结构、人物关系,是比较常见的,也是稳健的。

"三"这个数字在传统作品里比比皆是,除了《三字经》,章回小说《三国演义》、刘关张"桃园三结义",都用到了"三"。《西游记》主角是唐僧师徒五人,但其中核心三人组是唐僧、孙悟空、猪八戒。

《红楼梦》里的核心三人组是贾宝玉、林黛玉、薛宝钗。"宝黛恋""宝钗缘"也是"三角情缘",构成了这部杰作的核心支撑。

"哈利·波特"系列里的核心三人组由小魔法师哈利、赫敏、罗恩三人构成,非常稳定,几乎锐不可当地拯救了魔法世界。

金庸先生非常重视"三角情缘"。他常常让个人关系置于民族关系、国家关系的生死存亡边缘,来对人性进行深刻的拷问。在人物关系的设定上,他的写作技巧值得学习。如《倚天屠龙记》里张无忌、周芷若、赵敏的"三角情缘",张无忌和周芷若是传统门当户对的关系,张无忌和赵敏是民族敌对的关系。这样纠缠不清,就非常出彩。又如《笑傲江湖》里,令狐冲、岳灵珊、任盈盈,也构成了一个复杂的"三角情缘",一个特殊的"友敌关系"。这种"友敌"的三角关系,才是一部作品的核心推动力。同门师妹岳灵珊与魔教大魔头的女儿任盈盈,这两者之间形成了一个多么大的张力,几乎就是一个在南赡部洲,一个在西牛贺洲;或者一个在长江头,一个在长江尾。无论令狐冲武功多么高强,都会被她们之间的巨大张力折腾得筋疲力尽,死去活来。

所以,设定一个有巨大反差的"三角情缘"关系,让人物与人物之间充满张力,是一部作品吸引人的关键。

"三角情缘"的核心要如何设定？

首先,让忠诚与背叛并存。

"忠诚与背叛"是写作中的重要主题。

忠诚与背叛之间是可以互相转化的。在写作时,要给人物关系留下转化的空间,不要切断或阻塞这种可能性,这样人物性格才会丰富,人物关系及其变化才会让人印象深刻。

《倚天屠龙记》里,周芷若本来不是特别出色的弟子,而是师父灭绝师太眼中一个需要保护的弱者。她怯生生地出现在江湖险恶的环境中,是恶狼们眼中的羔羊。张无忌作为正派武林人士,作为师兄,坚决地保护她,让她心生感激和爱意。周芷若先经历了师门剧变,由纯情的女生变成了坚毅的女杰。为了替师父复仇,她承担了掌门大任,并采取违背人性的方式占有了倚天剑,练成了剑中隐藏着的绝世武功——九阴真经。这个魔功改变了周芷若的性情,让周芷若从一个可爱的小姑娘转化为一个心狠手辣的女魔头——她与张无忌之间的忠诚关系,转化为背叛的关系。

一开始,金庸先生借用外界的目光,把张无忌塑造成一个负心汉角色;到最后,读者发现,原来是周芷若处心积虑,利用了张无忌的单纯,施巧计获得了倚天剑。她隐藏得很深,对张无忌造成致命伤害也在所不惜。周芷若这种背叛,称为可怕的魔变,令人十分感慨。她被过于重大的责任压垮,被灭绝师太的重托压制,最终转化为女魔头。

而心狠手辣的蒙古郡主赵敏,一开始是一个无情杀手的角色。她对张无忌施加各种辣手,毫不怜惜地进行出击。如果不是张无忌太坚韧了,再加上"主角光环"的笼罩,十个他也被杀死了。后来,张无忌不断扭转弱势,即便是武功超绝的两大魔头玄冥二老也拿他毫无办法。赵敏看在眼里,佩服在心中,由恨生爱,两种情感不断地加深,最后家仇国恨的关系转换成了超越家仇国恨的爱情关系。

"家国关系"转化为"爱情关系",是这部作品的核心推动力之一。其中的微妙变化、细节处理,都是非常困难的。这种烈火炼金般的考验,使赵敏和张无忌最终成为一对生死恋人。

从江湖仇恨到家国仇恨,从爱到恨,从恨到爱,这些因素相互之间都可以不断转化。

其次,爱要深爱,恨要痛恨。

深爱之后的痛恨,会给读者带来真切的痛感。若无深爱,痛恨也是虚假的。

把"三角"这一数学上的稳定关系运用到写作中,不仅构成了一部作品的核心,而且让这部作品具有坚实的基础。同时,三角关系中不同人物间要有相互转化的张力空间,让主人公在这个广袤的空间来回奔忙,从而造成令人揪心的人物性格变化。

因此,要转换"深爱"与"痛恨",最好设定一个"三角关系"。

如果只设置"两角关系",两个点虽然也可以相互转化,但是复杂性不够,转化的可能性有限。

借用科幻小说的观点,两点之间连一条线,是典型的一维,再加上一点,生出两条线,构成了一个二维平面,这样可以变化的因素就多了。

那么如何确定"三角情缘"的各个点呢?

第一个点,让男主角、女主角构成一个特定的道德关系。这个关系不能简单,一定要有落差,越复杂越好,和家仇国恨、道德人伦都要发生互动,突破原有道德伦理的约束。如果道德伦理仅停留在社会层面,就很难进入个人心理层面。典型例子是《罗密欧与朱丽叶》中,男、女主角之间反差巨大的道德关系,形成了令人难以忘怀的悲剧结构——个人被历史压倒,个人被道德束缚,个人被仇恨所控制。

第二个点,让男主角和女配角构成一个动态关系。可以是真爱关系,但不一定符合道德伦理要求。真爱,常常与传统道德伦理发生冲突。

第三个点,在道德与爱情之间,确立一个核心纠结。到底要顺从道德,还是要顺从爱情? 生存还是毁灭,这是一个问题。这样,就构成了文学人物关系中最重要的"三角情缘"。

在"三角情缘"中,道德与爱情都要合理,从各自角度来看都是正当的,这样才会产生"纠结"。假设道德是伟大的,那么爱情对道德的冲击力就是令人惊心的。如果这个道德本来就不成立,那么爱情就无法对它构成强烈的冲击了。因其似乎不可超越,超越之后才能欣喜若狂。

路遥的名作《人生》里也有一个"三角情缘",但他这个设定非常呆板。一个"坏人"黄亚萍,一个"好人"刘巧珍,浪子高加林在两人之间进行选择。简直太容易了,一点都不"纠结"。实际上,作者替读者做好了安排:浪子回头金不换,高加林要得救,就必须回归传统道德。作者设定了一对爱情关系,一对道德关系,这两者是不能转化的,只能彼此对立。路遥作品所表达的思想是相对传统的,他反对新生事物,而不假思索地向传统道德低头,从而简单地反对新爱情关系的可能性——高加林跟城里女友黄亚萍分手后,心灰意冷地回到村里,光棍汉德顺大爷(代表传统道德)接纳了他,开导了他;前恋人刘巧珍也代表传统道德宽恕了他。在这两位"牧师"的心灵抚慰下,回头浪子高加林终于获得了内心的平静。

由此可见,路遥不是传统道德的质疑者,而是传统道德的维护者。

路遥的另一部名作《平凡的世界》,最终呈现出来的观点也是对传统道德的捍卫和妥协,而不是质疑。而茅盾、巴金等前辈作家的作品,其中的人物都突破了旧道德的约束,哪怕以死抗争,也不退缩。

"三角情缘"的核心技术是反转。

反转技术,在当代文学写作中,尤其在类型文学写作中至关重要。

金庸先生的名作《笑傲江湖》里令狐冲、岳灵珊、任盈盈的"三角情缘",就同《倚天屠龙记》里张无忌、周芷若、赵敏的"三角情缘"一样复杂。他们的"三角情缘"关系,最终都经历了反转模式。《天龙八部》里,大理国小王子段誉和王语嫣、木婉清的"三角情缘",最终也经历了巅峰反转,一举颠覆原来的所有设定,如同蓄满了水的堰塞湖,突然倾盆而下,淋漓尽致。不过,最终把压力倾泻到了小王子的母亲刀白凤身上,我总觉得用力过度了。

令狐冲和岳灵珊本来是青梅竹马,被人们视为天生一对。然而善解人意的小师弟林平之出现后,岳灵珊先变心了。任盈盈出现后,令狐冲和岳灵珊的关系更是被彻底改变——作为一个悲剧人物,岳灵珊从令狐冲身边离开,来到心机深沉的林平之身边。她选择了弃明投暗,最终结局可怜,令人悲伤。

金庸先生擅长设立"三角情缘"作为作品的推动力,写来真是翻云覆雨,令人目不暇接,阅读的狂欢一章接一章,让人无法摆脱。

归纳金庸小说的核心叙事模式:男主与女主之间,要有人物背景落差。一个是正派,另一个必须是邪派。一个来自南宋,另一个必须来自辽金元——家仇国恨对个人爱情的冲击是经典矛盾,应该是借鉴了《罗密欧与朱丽叶》的经典结构——这个悲剧结构可以无限次地用到所有的写作中去。不过要注意运用反转的技术。在这种"三角情缘"的关系中,必须有一次反转。如果一次不够,就两次。但要慎重,超过两次，就可能变成"乱翻"了。

再复习一下："一生二，二生三"，如果不慎重地来到了第三次，就不能形成真正有效的人物与故事情节的巨大张力。除非你是一个天才的作家，能在翻来翻去中翻出普通人所不能理解的新花样。但这样就不是反转，而是彻底翻转了。例如金庸在《天龙八部》中将最终大翻转设置在段誉的母亲刀白凤身上，令人瞠目结舌。

写作者在创作长篇小说时，如果能构思出独特的"三角情缘"作为核心推动力，那就成功了一半了。

课后作业：

哪部作品里的"三角情缘"最令你难忘？请你写一段书评记录下来。

第二十二课
非虚构：如何写好恢宏的历史作品

这节课专门讲一下"非虚构"。

"非虚构"的严格定义，大家可以去网上搜一下。这里不专门定义为写真人真事的作品。宽泛地说，传记、报告文学、纪实小说、散文、游记、历史小说，都可以囊括在"非虚构"内。

"非虚构"作品有一个铁律：写到的材料都是真实的，要以事实事件来推演。不管是历史记载还是现实生活事件，都要基于真实、事实。运用这种真实材料来进行叙事而写成的作品，都是"非虚构"。

"非虚构"可以分为个人和历史两个大类。另有关于事物的如《伦敦传》《尼罗河》等，结合了历史和城市的如《耶路撒冷三千年》等。

以个人经验、经历写成的非虚构作品可大致分为三类。

第一类是自传。

前几年网上流行的《我是范雨素》，是典型的自传体非虚构写作。自传类作品很多，比如胡适的《胡适自传》，马尔克斯的《活着为了讲述》、海伦·凯勒的《假如给我三天光明》等。政治家自传如《甘地自传》《漫漫自由路：曼德拉自传》等。普通人的自传如《平如美棠》，是写一对平凡人坚守一生的爱情、婚姻与生存的故事。两人经历生死考验，穿越了整个大动荡时代，仍然坚守在一起。这是真实人物真实事件，非常打动人。但如果是虚构的，却打着真人真事的名义，如《一个出身寒门的状元之死》这类专为吸引眼球而编造的"真人真事"文章，就不是非虚构作品。

不管你是名人还是普通人，只要你对这个世界、对这个社会、对自己的人生有好奇、有感慨，都可以写自传。《我是范雨素》是典型的关于一个平凡人的故事。清代沈复所作自传体散文《浮生六记》也算是"非虚构"。

杭州的方凌燕女士有一篇散文《逃离》，我阅读之后被打动，把它选入了《这才是我想要的语文书》的散文分册。这是方女士写自己十六岁时遭逢"文革"，为保存亡父留下的一个金手镯而惶恐不安的一段个人经历。这种事件在那个时代，在千千万万人身上发生过，但只有少数人记录下来，而成了珍贵档案。

我给方大姐写了一封纸质信，留了电子信箱，想请她把版权授权给我。一个多月后，方大姐给我发了一封电子邮件，只有寥寥二三十个字。她说自己身患绝症，多次化疗，已经生无可恋。化疗过后手指疼痛，打几个字都锥心地痛，随我怎么处理她的文章。这封信我读了非常难受，一时不知如何回复。挨过了将近一个星期，我才写了一封长信。内容大意是，方大姐的人生经验是如此独特，心得体验是如此丰富，您应该把自己的故事记录下来，写一部自传。在信里，我不谈她的病，也不说您一定要坚强之类的话。我说，不为了成名，不为了得到褒奖，而是给后人留下一份历史文档。方大姐似乎被我这封信打动了，过了几天,她又回了信。随后一年多,我们陆续通了几十封信。又过了一年多,她忽然发来邮件说自传写完了,近四十万字,是她自己一个字一个字在电脑上写的。这部自传写她的父亲,老家是浙江诸暨,原本是上海的一个著名画家,生活优渥,家庭幸福。方大姐出生于1949年年末,她一生下来,就被送回了诸暨老家,由奶奶抚养。三年后,当她被接回上海时,父亲突然"跳楼自杀"了。这个惊天的灾难,导致了母亲颠沛流离的一生,同时,方大姐也经历了人生的最大动荡。她少女时代离开上海去杭州,在十九岁就早早地嫁给了一个表哥。这个表哥是奇才,一生研究地震云,在预测地震方面具有很深的知识。这种知识不太被主流地震界认可,然而却得到了美国的承认,之后他以杰出人才的身份移民美国。这样,方大姐又从杭州去了西雅图。方大姐的人生,就是不断地"逃离"。她在信里感谢我,说在写自传过程中,身体竟然神奇地恢复了。方大姐的大女儿是西雅图血液研究所的研究员。她也专门写信对我表示了感谢,说她母亲之前病危,丧失了求生意志,医生和家人都毫无办法。没想到,这次我劝她写自传,却让她在写作的过程中焕发了生命力,身体渐渐恢复了。她说这完全是一种生命的奇迹。

我记录这件事情是想说,每一个人都是独一无二的,每一个人的人生都值得记录。范雨素的人生值得记录,方大姐的人生也值得记录。方大姐的自传因种种原因,一时没能出版。然而我认为写完是最重要的,这部完整的自传有其独特价值。就像沈复的《浮生六记》,或饶平如的《平如美棠》,等待机会,总有机会。

著名作家冯骥才先生在二十世纪八十年代曾作有《一百个人的十年》,写的是经历过"文革"的人的一生。记得有一篇写某个工厂的钳工,莫名其妙地卷入了两个大厂的武斗中。虽然他并没真正手沾鲜血,但后来被追查,被抓捕判刑,而且刑期不断加重,坐了十年大牢。他讲述自己的奇特故事，令人感慨一个时代的大荒谬。

为什么要写自传？有些人觉得自己的经历与众不同，要表达出来。有些人不一定经历过历史大事件，但对世界有独特感悟，也值得写下来。

无论选取哪一种角度，你的自传都要有反思精神：

第一，剖析自己。真实记录，不要掩饰、粉饰、吹嘘，而是自然、真实地写下来，避免宽泛空洞的议论和个人评价。

第二，揭示生存状态中的真实与荒谬，正视现实带来的冲突与压力。

第三，要有同情心、同理心。把个人经验放大到社会整体经验中去，以小见大，从一叶中看到整棵树，从一粒沙中看宇宙。这是写自传的核心，也是写自传的价值。以此，一个平凡人会写出不平凡的自传。我们如何去理解所经历的一切，如何思考自己人生的变化过程，是自传写作中非常重要的推动力。

第二类是传记。

给其他人物——名人和非名人都可以——作传。如林语堂写的《苏东坡传》《武则天正传》、陆键东写的《陈寅恪的最后 20 年》。国外写政治人物的如《华盛顿传》《杰斐逊传》《林肯传》，写科学家的如《爱因斯坦传》《薛定谔传》《美丽的心灵：纳什传》，著名作家传记也有很多。以上都是名人名传。

也有写特殊人物的隐秘事件，如美国记者斯科特·安德森写的《阿拉伯的劳伦斯》，传主并不是一个伟人，只是英国一个上校。这本书写一战前后，劳伦斯上校在阿拉伯半岛深入部落，发动部落游击战对付入侵的土耳其军队的冒险生涯。他几乎以一己之力抵抗住了整个土耳其大军在阿拉伯半岛的攻势。

第三类是纪实作品。

纪实作品可以写作者自己经历的特殊事件,在某一个地点看到的真实生活,自己从中得到的体会,呈现某种不为人知的真实事件等。

美国媒体人彼得·海勒斯曾长时间住在重庆一个小山城里,体会那里的平凡人与事,写了很多文章发表在美国的报纸上。后来,他总结自己在这个小城的生活,写成了"非虚构"作品《江城》。出版后曾登上《纽约时报》排行榜,被翻译成中文出版后也在国内引发了热潮。

曾获诺贝尔文学奖的乌克兰女作家 S.A.阿列克谢耶维奇,是非虚构写作大家,写了大量的作品,如《二手时间》《我是女兵,也是女人》《锌皮娃娃兵》《切尔诺贝利的悲鸣》等。

纪实类作品还有一类是历史纪实。

历史纪实对历史上发生事件的那些特殊地点、特殊时间进行敏锐的深入研究,相对来说更专业。

我推荐几本记忆深刻的历史纪实,如黄仁宇的《万历十五年》、茅海建的《天朝的崩溃:鸦片战争再研究》。另外,英国历史学家罗杰·克劳利写的《地中海史诗三部曲》和《征服者:葡萄牙帝国的崛起》,最近这一两年非常流行,青年翻译家陆大鹏的翻译也广受好评。还有西蒙·蒙蒂菲奥里的名作《耶路撒冷三千年》、美国记者拉莱·科林斯和法国记者多米尼克·拉皮埃尔合著的名作《巴黎烧了吗?》、英国学者奥兰多·费吉斯写的《耳语者:斯大林时代苏联的私人生活》等。这些非虚构的历史作品,都是专业人士写的。因为题材的特点,作者要广泛阅读历史书籍,对相关历史事件有精微洞察力,对自己掌握的材料有深刻思考,写出来的历史纪实作品才有很强的可读性。

最后，我要隆重推荐美国记者拉莱·科林斯和法国记者多米尼克·拉皮埃尔合著的名作《为你，耶路撒冷》。此书翻译成中文有800多页，我花了大约三天读完，非常震撼。

有志于历史纪实写作的朋友，在写作上要有一定的知识储备。

第一，要掌握相关历史事件的丰富材料。

除了阅读正史，还要读野史，读古人的笔记、小说。假设要写安禄山以及"安史之乱"，读《新唐书》《旧唐书》外，还要读唐代笔记，如《安禄山事迹》《唐国史补》《明皇杂录》《隋唐嘉话》《朝野佥载》等，把相关内容检索出来，包括安禄山的各种传闻、小道消息。这些作品或多或少涉及一些事件、人物，可以作为写作材料，从这些材料里慢慢勾勒出描写对象的形象。

第二，要构建自己的历史观。

"历史"隐藏在一片迷雾中，但是如克罗齐云："一切真历史都是当代史。"这句话曾被广泛引用，也有学者认为是对他原意的误解。但克罗齐在其名作《历史学的理论和历史》里确实说过："历史是历史判断。"还说："一切历史，当其不再是思想，而只是用抽象的字句记录下来时，它就变成了编年史。"综上所述，克罗齐强调对历史进行深刻的思考，而不是简单地记录历史事件。书写者不同，讲述的历史也不一样。历史观决定了作者对历史的理解和书写。不同时代有不同的历史学派，有不同的历史观。

历史观决定了写作者对历史材料的取舍态度。要不然，读了一大堆历史书，看了很多材料，也不知道如何去处理它、整理它、运用它。所以，确立历史观非常重要。有些历史穿越小说，写得很热闹，但是历史观很腐朽，一味打打杀杀，一味男尊女卑，信奉"成王败寇"，信奉"丛林法则",让人读之叹息。

身处二十一世纪,再回头去看历史,要更多地尊重个人价值,以同情心、同理心来感知历史,思考历史,而不仅仅是抱着历史必然论、历史决定论不放。要发掘出与众不同的思考角度。比如,可以研究安禄山到底是在怎样的背景下成长起来的?他的人生有过怎样的艰辛,有过怎样的荣光?他又为何背叛唐朝?为何在杨贵妃面前卑躬屈膝的安禄山就是正确的?为何安禄山不能造唐朝的反?种种问题,都要带着现代性目光,去寻找材料、阅读材料。对笔下人物要给予公正的评判,有同情心、同理心。用这种心态去理解,也许这个人物会更有血有肉,活灵活现。

以真正的历史观去梳理和思考,接着要确定人物和人物关系。

要写安禄山这个人,除了搜集和他的人生、事迹相关的资料,还要研究当时的政治制度、地理环境、民族关系。安禄山出身卑贱,在看重家族和出身的唐代政治制度下,是怎么当上平卢节度使和范阳节度使的?他的出身和少数民族的背景,给他的人生带来什么积极和消极的影响?此外,还要研究他与其他人的关系。他的老师是谁?他的敌人是谁?他的朋友是谁?他的家庭关系是怎样的?

为了更好地切入这段历史,还要研究隋唐时代中国与北方游牧民族的复杂互动关系。在古代中国,与北方少数民族打交道是一个大难题。蒙受过唐明皇恩典、得到过杨贵妃欣赏(还拜杨贵妃为干娘)的安禄山,为何最终会造反?这真是一个谜题。是因为一直视他为眼中钉的当朝宰相李林甫"官逼民反"吗?还是安禄山天生有反骨?历史留下很多谜团,《安禄山事迹》里记载了安禄山的大量坏人坏事。既然安禄山这么坏,唐明皇和杨贵妃对他如此宠爱有加是不是也要受到批评?他们甚至给安禄山在华清池盖了一幢大房子。又该怎样评价唐明皇和杨贵妃呢？他们如此这般容易被安禄山蒙骗是为何？这些都要更深入地阅读和理解。

"历史假设"也可以作为书写历史的切入点。很多历史写作者都会作一个历史假设：如果安禄山不造反又会如何？李自成不霸占陈圆圆又会如何？1453年君士坦丁堡没有陷落于奥斯曼土耳其之手，西方文明又会如何？这些都是历史假设，并不是"历史的必然性"。通过历史假设，可以反推历史发展的各种可能性。

历史到底是必然的还是偶然的？是偶然决定必然，还是必然决定偶然？

我们习以为常的历史书，更认同必然性，反对偶然性。

我本人读了这么多书，其中也有很多历史作品，一直对历史必然性还是偶然性问题有疑问。我们一直被教育：历史是必然的。但历史书籍读得越多越发现历史可能是偶然的——一个偶然事件可能决定了历史走向。

不用把历史偶然性作为一个唯一的正确观念来看，而只看作一个思维方式。我们不知道什么机缘巧合能导致这种偶然性发生，从而决定了历史的走向，决定了政治制度、民族矛盾、文化形态。偶然性很迷人，可以作为历史写作的切入点。

在历史纪实写作中，时代背景的确立也非常重要。不同时代背景下，人物关系不同，所运用的材料也不同。

美国汉学大家薛爱华的名作《撒马尔罕的金桃》（曾译名《唐代的外来文明》）和《朱雀：唐代的南方意象》，都是我特别迷恋的历史著作。这两本书比较特别，都是研究历史背景下的物质文明变迁的，书中无人，只有物。作者研究特定历史背景下的经济发展和物质流通。特定历史背景下，政治制度对于物质的流通、对于经济活动的影响，是非常大的。封闭社会阻塞物质的流通和文明的流通,开放社会带来物质的交流和文明的提升。

《撒马尔罕的金桃》目前出过三四个版本。唐代文化形态比较开放,政治制度比较开明,同已知世界各国的物质交流非常频繁。南边海路可以到东南亚,穿过马六甲可以到印度,从印度再往西即到当时大食阿拉伯沿海诸国。早在秦朝就有人通过这条交通要道进行商业活动。商业活动是人类的重要文明活动,把物质从一端运到另一端,是非常重要的文明之间的交流。没有物质交流就没有文明的相互激发。唐代的物质文明汇聚天下,有一个短暂的高潮。长安城百万人口中据说有数万外国人,各国文明在那里互相交融。各种珍奇宝玩琳琅满目,还有很多跟人们的精神发生神秘关系的东西。书中写到西方进口的某种天青石能够激发诗人的灵感。而南方雷州半岛的人,则会在刮风下雨打雷时,拿着木制的簸箕、铲子去野外抓雷公。这些雷公长得很像掉毛的秃鹫,在天上耍威风,落地却不如鸡,被雷州先民煮了满足饕餮之欲。

课后作业:

写一篇自传《我的一生》。

不管是平凡的一生,诡异的一生,高潮迭起的一生,还是迷惘的一生,都可以写。

第二十三课
如何写一篇"形散神也散"的好散文

一说到散文,大家立刻会想起"形散神不散"。

中小学语文老师总爱说"形散神不散"。这句话的意思是"中心思想要明确"。

再深入思考:中心思想要明确,如何能做到"形散"呢? 如果形散,中心思想又如何能做到明确呢? 中心思想明确的散文,"形"是不可能"散"的。这种散文的作者一定是举轻若重地写,随便一篇散文都想达到"洪钟大吕""大音希声",或者"安得广厦千万间,大庇天下寒士俱欢颜""为往圣继绝学,为万世开太平"的效果。一篇小文章,弄得跟皇帝下旨、宰相上书似的,在表达上显得拘谨,甚至战战兢兢。选词择句都想着"神不散",这种散文是不自由的。一篇小文,何不自由自在一点?

散文这个体裁要打破思想局限,提倡更自由的写作。

最近几年我也在写散文,写记忆中的童年,写求学经历,写上海的街道,写国外的所见所感。童年时是上树搭巢下河摸鱼,自由自在地生长,除了成长,没有其他更重要的中心思想。非要说有,就是"自由自在"。我还写历史散文、阅读心得、教育感悟,出版了一本散文集《野地里来,野地里长》。这是我写作经验的汇聚,值得珍惜。这种写作经验也让我感到"形散神不散"这个概念对真正散文的写作破坏极大,对作家的钳制很大,让人特别不自由。很多人提笔四顾茫茫,不知道如何下手,总感觉自己缺乏中心思想,缺乏高大上的情怀,还总害怕自己不深刻,不知道如何一下笔就是"洪钟大吕"或者"如椽之笔"。

在这里我要放一个大招:散文写作要"形散神也散"。

若想散文有趣、灵动、生命力蓬勃,充满对自由的深切渴望,一定要"形散神也散"。

很多朋友写散文时下笔难,总觉得没有什么可以写的。因为没有"中心思想",尤其是缺乏高大全的中心思想。硬要写,又觉得虚假。一下笔就发现这不能写,那不能写。小朋友更惨,只能热爱学校、热爱老师、热爱社区,什么都要热爱,什么都要歌颂。你不能写好玩的事情,不能写乐疯了的事情。在小孩子的人生中哪有那么多外在的热爱需要没完没了地歌颂?如果让他写自己喜欢的小猫,自己喜欢打的游戏,自己喜欢吃的冰激凌,他就有话可说,有文可写了。一名美食家可以写各种美食,一个小孩子就不能写美食了吗?我曾给小朋友出过一道题目,写爱吃的美食。有一位小朋友写吃小龙虾,精彩极了。一旦可以写自己喜欢的事情,孩子们就会文思泉涌,滔滔不绝。提笔犯难都是因为想着"形散神不散",被这个"神"控制住了,被这个"神"吓着了。没有"神"你根本不敢落笔。你担心这些内容是没有意义的,你也苦恼于无法写出语文课本里要求的那种好词好句,你更担心语文老师横加批评。各种担心,各种瞻前顾后,使你的写作变得困难重重。勉强写出一篇作文来,也是干涩无趣,磕磕巴巴的。为何?我手不能写我心,被迫着要写崇高的情感,要写被老师摆在高台上供瞻仰崇拜的东西。这些不是孩子们内心所想的,他们也没有感受过。被逼着写,只好"口是心非",

胡编乱造了。

一百年前新文化运动一开始，胡适之先生等前辈就提倡"我手写我心，我手写我口"。后来的语文课堂虽然也提到这句话，但并没有多少老师真的让孩子去做。

真正好的散文写作，就是要秉持陈寅恪先生所提倡的："自由之精神，独立之思想。"我们写散文，首先要去意义化，去道德化，去中心思想化。

写作本身不应有那么多的道德要求，不应该做那么多的意义规范。

从写作的角度来讲，你写下来的每一句话都是有意义的。如我们外出旅游，到外面去寻找美食；我今天什么也没有干，胡思乱想了一整天；这些写下来都是有意义的。"吃喝玩乐"促进消费，难道不是意义吗？人们寻求美好的生活，传递自己的所见所感，难道不是意义吗？胡思乱想是人所特有的一种思维模式，你能胡思乱想是很幸福的，你能想象一条鱼在胡思乱想吗？因此，胡思乱想一样可以写到文章里来。

以"中心思想"或"崇高化"角度来看沈复的《浮生六记》，那真是"鸡零狗碎"的日常生活，一点高大上内容都没有——只是"闺房之乐"、夫妻之乐。这怎么就变成了新文化运动以来深受读者欢迎的经典了？我简单地查了一下，发现《浮生六记》起码有一百四十多种版本。林语堂先生还把它翻译成英文在国外出版。一部如此琐碎的生活记录、情感记忆，这么不"高大上"，迷恋于小资情调、低级趣味，可以说是"形散神也散"，不也成了经典吗？

《浮生六记》为何能打动人？我提一个自己的看法，那就是真实自然，情真意切。

那么，散文到底是什么？

选入语文课本的作品大多数是抒情散文、游记散文。语文课本也不用通行的小说、诗歌、散文的概念，而是自创了"记叙文、说明文、议论文"三大体裁。这是典型的"语文工具化"思维，把写作这一复杂的人类思维活动粗鄙化了。

现在互联网写作发达，微博、微信等各类写作都可以归入散文中。细分还可以有：人文随笔、思想随笔、生活随笔。杂文小品、影评书评，也可以归到散文范畴中来。豆瓣、知乎等知识类网站的一些问答也可以算是散文。

我爱看历史散文，也喜欢读人文随笔和书评影评。要写好这种散文，必须打破思维局限，也要有点信心，相信自己的思考总是有意义的。你的写作不需要太多中心思想，你的写作尊重差异性价值，尊重个人的价值，尊重人和人之间的平等，热爱精神独立和灵魂的自由就足够了。你去旅游，看到了好山好水，发出赞叹；你去看一场电影，觉得十分热闹，都是写作的好题材。你读到一本好书，十分感动，写下来，不要有心理负担。

你所碰到的一切，你想到的一切，都能写到文章里。

有朋友会问："什么都写，见什么写什么，会不会写成流水账呢？"

很有可能写成流水账。缺乏写作训练的记录，比较容易顾此失彼，写成流水账。我们从一些旅游网站、美食网站里看到很多人写游记，写吃货记，都是流水账。不过把流水账写得清楚明白，告诉人们怎么找好吃的，花了多少钱，能不能吃饱，合算不合算，这个流水账也有点用处，是相当不错的流水账。这个流水账把一些基本信息传达给了读者。作为读者，我可以按图索骥去旅游，去找美食。

这流水账也是好的，不必贬抑。如果能够把时间、地点、特色以及相关的地理位置和交通工具写清楚，就是更好的流水账。

这种流水账虽然有自己的价值，但还不能算是好的散文。

好的散文，会把流水账所涉及的材料进一步提纯，进一步思考，进一步运用。

现在流行吃小龙虾，我一直不太能理解，为何会有这种奇特现象？小龙虾个头大，肉量少，肉质平常，各方面都比不上对虾、基围虾、黑虎虾、大龙虾，为何人们会趋之若鹜呢？小龙虾价格也不便宜，和对虾、基围虾的价格差不多，以虾肉虾壳比，对虾和基围虾要实惠多了。人们痴迷小龙虾，到底是因为肉好吃呢，还是因为香料香？你是吃十三香，还是吃小龙虾？如果没有如此多的调料，你还会觉得小龙虾好吃吗？不断思考，必有所得。

我常去菜场买菜，我知道竹节虾、对虾、草虾、基围虾，质量都高于小龙虾。冷静思考，会觉得嗜吃小龙虾是个非常奇怪的行为。以香料炮制出来的美味，成了一种风尚并且"病毒式"地传播，也是一种独特的人类行为模式——美食"乌合之众"。

散文写作要避免流水账，就需要避免非逻辑地罗列资料。要把资料消化后，思考其背后所隐藏的社会生态、大众思想。有时候会发现，人们本能去做的事，背后有很大的荒谬性。这样思考并写下来，这篇散文可能会是很好的吃货思想随笔。

散文写作要有真情实感，要准确自然地表达，不要动辄抒情。

"煽情的语言是三流语言"，这是我的观点。为什么？煽情文的本质是控制文。煽情的语言目的是诱骗我们、哄骗我们、控制我们。通过让人感动流泪的方式煽情，让你的情绪产生波动，从而情感战胜理智，被非理性控制，丧失独立思考能力。

真情实感，准确自然地表达，才是最好的文字。

世界万事万物，自然而然，不见得于人都有意义。只要感受真实，就可以写下来。

游记更要真情实感、准确自然。

比如去马尔代夫旅游：

……阳光铺满沙滩，海水湛蓝且干净。在这里你可以放下一切，拘谨、紧张的情绪全都抛弃，回归自然、自在。生活中、工作中的所有负担都消失了。你看到的沙滩是真实的，你光着脚接触的沙子是真实的，在太阳照射下略有点烫的感觉是真实的。风是自由的，阳光是浓烈的，内心是饱满的，身体是放松的……

你把自己的真实感受写下来，就是很好的散文。

大家可以偶尔做一次"自动写作"训练。这个"自动写作"训练能让你放松思维，自由自在。什么词你都可以写，写得越多越顺畅越好。这是发散思维的训练，可以大大地拓展自己的词汇。

"马尔代夫游记"要如何才能不写成流水账呢？"中心思想"是什么？"快乐"可不可以是中心思想？"自由"可不可以是中心思想？"爱"可不可以是中心思想？都可以。在马尔代夫旅游，让你感觉人生回到了自然的状态。这只是一个特殊环境，旅游结束还要回到原有生活中，但这种状态是生活中的盐，让我们的生活有别样风味。

散文还要面对材料选择的问题。

材料很多、很丰富，很多人就会有选择困难症——这怎么写？其实散文写作真是自由自在，丰俭随意的。可以是一个花絮，一个片段，也可以是一整个人生。写作出发点不同，散文的形态也不同。

每个人都有自己的写作资源，这些资源是你生而具有的。

你的童年记忆是你最丰富的写作资源。小溪、小草、小鱼、小猫、风、云……总之你不断地写，想到什么写什么，不断地会有新发现。萧红的名作《呼兰河传》，不就是写这样一些事情吗？连隔壁一家粉条店的屋顶上落下一只破鞋掉到锅里，她都写得津津有味。和爷爷到后院检查酸菜缸的盖子，她也写得充满喜悦。

回忆小时候种种自由自在、快乐幸福的事情，写散文真是很快乐的。这种感受不一定都是确切的，有些属于美化的成分。不是我故意美化，而是记忆有"美化"倾向。人们总喜欢把美好的、甜蜜的记忆留下，而过滤掉不好的、悲伤的事情。

黄永玉先生写记忆中的湘西的大作《朱雀城》，里面全都是"记忆的珍珠"。

其次，阅读历史作品。

这些作品呈现出人类历史的不同风貌，是挖掘写作的珍贵宝藏。可写的事情实在是太多了。历史不是一块铁板，一个看起来像恶霸的人，换一个角度你会看到他人性的一面，甚至还有人性中的光辉。在"非虚构"这一节里，我提到了很多非虚构名作，不过挂一漏万，还有很多精彩的作品都没有来得及写下来。

第三，写生命中的人与事。

用一种万物皆好的心态去看，会发现人生也是有趣的。沈复一生潦倒，但他和妻子陈芸却有自己的生之乐趣。梁实秋先生的《雅舍小品》里，连下象棋都写得活灵活现，令人喷饭。民国时代的教育名家夏丏尊先生写弘一法师，说弘一法师生活态度很平常，很惜物，认为"世上竟没有不好的东西"。我常引用这句话,和太太相视一笑。学会容纳好事物,不为坏事物所羁绊,就能看到更多的好,更多的善。

第四,在具体的生活场景、历史场景中锻炼自己的批判性思维能力。

生活是一种感悟,上年纪又有感悟的人写散文,会更有味道。年轻人适合写诗歌、写小说。

人生也是有关键词的,比如自由、平和、安静、和善,综合起来,就会带给人们一种幸福感。在写作中可以重新回味,对人生境界也有提升作用。

有人问,散文写作一定要十分准确吗? 能不能虚构呢? 这是一个好问题。

这种散文的"虚构",不是小说中的那种上天入地,而是对某些事情发展的合理推演。某个事件你记不清楚,可以在确定的时间背景下推演。虽然不能确定百分之百还原真实,但是可以凭记忆,追述当时的心理活动和人物对话,构想当时的整个情景。这样,你的散文写作就带有一定的虚构。这种虚构不是胡编乱造,不是撒谎,不是吹牛,也不是造谣,而是在特定情境下的有效拓展。

散文写作也可以从一个观念出发,表达自己的思考。

你在日常生活中观察到某些现象,然后不断地去思考,形成自己的观念。

我曾写过一篇文章批评孩子学校的校服。为什么呢? 因为这些校服布料差、设计差、做工差,可以称之为"三差校服",还很贵。这些校服的上身效果也很差,显得学生无精打采、灰头土脸。批判之后,思考如何改进。比如委托专业公司设计,招标公示货比三家,提升性价比,这样才能用更好的材料，找更好的设计，以更好的做工来为学生制作更合适的好校服。

现在学校里也有美育课，但更多的是讲一种概念，还需要落实到日常生活中来。"美"不是标准答案，而是身边的一草一物，比如学校建筑、走廊设计、学生校服。校服都不好好设计制作，都不能让孩子穿在身上更显精神，那么这种美育就是虚假的，不合格的。

我们的孩子从小缺乏美的感受、美的培育、美的提升。"美"不是一个抽象的事物，而是日常生活中时时发生的现实。美要具体体现出来，小到衣服、家具、装饰、刀叉筷子、锅碗瓢盆，大到高楼大厦、市政建设，都要精心设计，呈现出独特的美学品格。我们在国外旅游时，会发现一个小小的路障，也有独特的美学设计。我们也常常在一些家具设计店里流连忘返，一个小小的厨房用具，都令你赞不绝口。举一个典型的例子，现在中国大城市里都有的 MUJI，日本著名品牌"无印良品"，在世界各国都有，而且都深受消费者的欢迎。你只要进入这家店，一眼就能看出是它，不会把它跟别的店混淆。它的独特设计美学，涉及了生活用品的方方面面，从拖鞋、床褥、卫衣到旅行箱、熏香器、拖把、圆珠笔、笔记本、陶瓷碗碟、玻璃杯，无论什么，都贯穿着典型的 MUJI 美学。我不能准确描述它，不能用文字更直观地传达给你。你只要去看，就会感受到：无论在北京、上海、广州、深圳、香港、东京、台北还是伦敦、纽约、多伦多，MUJI 都显示出独特的设计美学。这样的具有深厚民族文化背景，又能融会贯通东西方文化，具有绝佳实用性的产品，可以说是一种真正的设计美学。要有这种现实的体验，才是美的教育。

要尊重美，感受美，才能让孩子们真正提升自己的审美能力。当我们的孩子长大成为设计师时，才能设计出更好更美的作品。你很难想象一个孩子从小邋里邋遢的，毫无审美、毫无品味，长大后突然变成了一名杰出的设计师。"美"是更难的一种素养，需要长期的熏陶、浸润。真正杰出的设计师，都是从小在博物馆、美术馆、设计展览馆以及各种各样的优美商店中感受并不断地提升自己的美学品位的。

把地理、历史、个人记忆、人生经验等因素糅合在一起来写散文，也是一种非常有价值的写作体验。

我曾写过二十几条上海街道，其中一篇写华东政法大学门口的万航渡路。万航渡路过去叫极司菲尔路，有历史上著名的汪伪政府特务机构"76号"，也是李安导演，梁朝伟、汤唯主演的名片《色，戒》的一个重要历史和地理背景。我在写《万航渡路：一条路的黑暗料理，你看不见的刀光剑影》这篇文章时，把城市地理、历史人物和个人记忆揉在一起写，再起一个时髦的题目，就形成了一个历史地理散文的写作。

我还写过"中山北路"，是我的母校华东师范大学的前门大道。

大学期间，我们青年学生常去马路对面的曹家巷饮食店啸聚。吃炒螺蛳，喝啤酒，高谈阔论，大声喧哗。这是其一。我又把中山北路的历史摸索了一番，写到二十世纪三十年代，当时的民国政府在五角场大搞建设，做了一个宏大的建设规划。民国上海市政府所在的杨浦区和南边的南市区之间隔着日租界、英租界、法租界，两区之间没有道路直通，上海市政府修了一条从西边绕过去的路，这就是中山北路、中山西路、中山南路的来由。这条路有独特的历史元素，又有我的求学经历，糅杂在一起形成了某种暗潮涌动的情绪。我暂且把这种写作称为新散文，是"形散神也散"的一锅岁月浓汤。

散文写作要突破"形散神不散"的条条框框，找到自己的独特趣味。

要记住，你写下来的，都有意义。

课后作业：

今天的作业有两道题目：

A.我最喜欢的美食(吃货志)。

B.我最难忘的旅游(驴友志)。

相信你一定有很多感想，把所思所感写下来就是一篇好文章。

第二十四课
细节是魔鬼：一个好细节足以吸引整个世界的目光

"细节是魔鬼"，这句话大家都很熟悉，是管理学上耳熟能详的名句，也是一本书的名字。

一个小小的细节被忽略，就可能导致一个大战略的失败。

因此，无论在商业项目上、军事战略上，还是写作上，都要尤为重视细节。

《拿破仑的纽扣》是一本由化学家写成的趣味化学科普书，其中写了十六个影响历史发展的化学故事。

1812年9月14日，军事天才拿破仑在横扫西欧"一统天下"之后，率领六十万联合远征军一举攻下俄罗斯首都莫斯科。然而，他们进城之后，发现得到的是一座废城——俄国沙皇亚历山大实行焦土政策，在撤退前以缜密的计划将整座莫斯科焚毁，不留下任何物资给敌人。一片面包都没有，一座房屋都不剩。拿破仑大军虽然占领了莫斯科，却发现自己一无所得，军需供应上也面临着致命短缺。横扫俄罗斯的冬天来临了，致命的寒冷如同一把四十米长刀，疯狂地收割着拿破仑大军的灵魂。拿破仑被迫从莫斯科撤退,数十万士兵冻死在途中。回到法国后,六十万大军只剩下不到一万人。这次彻底的溃败后,拿破仑的名望从秋天的巅峰陡降到冬天的谷底。三年后法军在滑铁卢的惨败,也由此埋下了致命的伏笔。

书中写道:

> ……1812 年冬天的寒冷,是拿破仑征俄大军崩溃的主因。我们知道,锡在极低温度下会产生分解反应。……锡是一种银白色金属,在 13 ℃ 以上,它更加坚硬和稳定;在这个温度下,锡的另一种形态——呈晶体状和粉末状的灰锡才更加稳定。这一改变很难用肉眼注意到,即使在极低温度下,你也不会立即发现这一改变。首先,锡会出现一些粉状小点,然后会出现一些小孔,最后锡的边缘会分崩离析。

在当时,锡质纽扣非常时髦,英国制衣工业为法军制造了大量军服。资本贪婪,只要赚钱,不管是不是资助了敌人。然而,没想到这一举动却导致了法军崩溃,间接地为英军在滑铁卢一役中击溃法军作了偶然铺垫——拿破仑失败后黯然退位,被流放到了撒丁岛。

历史教科书总爱谈论"必然性",而排斥"偶然性",认为历史发展是由"必然性"决定的,虽然历史的"偶然性"也存在,但"偶然性"从属于"必然性"。

抛开历史教科书的抽象概念,我们仍然可以把"偶然性"看作一种细节来加以研究。

"偶然性"由细节支撑——不注意细节,魔鬼就会出现。"偶然性"由细节来体现,成了决定性的力量。这种力量不是大山大川的形式,而是细微的。人类有固定思维,很难注意到所有细节,总会在这里或那里出现问题。就如希腊神话中的悲剧人物西西弗斯推动石头滚上山坡,总会在某一个关键点滚落下来,功败垂成。

卡夫卡有一部短篇小说《地洞》,是我非常喜欢的作品。这篇小说写一个"主角"(不知道是动物还是人物)——"我",总觉得危险要来临,可能来自上方,也可能来自北方森林。"我"一刻不停地劳作,不断地"堵漏"。每次干完一件事情,又忧心忡忡地想到可能出现新的问题。因此,"我"挖了一个洞穴,又挖了一个洞穴,继续挖第三个洞穴,在这"狡兔三窟"中,不断地奔忙,为发现各种可能的漏洞(细节),"我"几乎永不停息。但最终,"我"绝望地发现,自己不可能完全堵住所有漏洞,不可能发现所有的细节——是的,或早或迟,漏洞总是会出现的。"我"唯一要做的,就是不停地忙活,让自己心安。至于能不能真的堵住漏洞,预防未知危险的来临,那是"我"无法预料的。

这部作品我大学期间阅读时不太能理解。前几年重读,因为人到中年,有了一些生活经验,才感到非常震惊:这不就是写现代人忙碌而绝望的人生吗?

如果人生缺乏真正的目标,你就会停留在无穷无尽的细节上。

所以,虽然我们要关注细节,要重视细节,但最终要超越细节。"细节决定成败"固然有道理,但如果我们完全停留在细节上,也许会被拖入细节的深坑中无法摆脱。

这样的细节,要在大局观中体现,才是真正的"魔鬼在细节中"。如果缺乏真正的大局观,这些细节就是缺乏逻辑合理性的。

在写作中,"细节"也是至关重要的——需要强调的是大局观中的细节。

细节是小说这幢建筑的坚实的支撑。

细节要出现在关键时刻、关键位置、关键人物、关键情节、关键情绪中。这些重要之处，都要以坚实的细节来表现。在这些地方，细节起到放大、调慢的作用，如同电影里的特写镜头。一旦电影里出现特写镜头，节奏就慢下来了。这个细节一定要有深意，在故事发展中起到关键作用。

在电影里，当镜头转向某一个局部———一只手、一个箱子、一扇窗时，就出现了细节。大导演希区柯克的名作《后窗》里，摔断了腿的摄影师因为无聊而用望远镜窥视对面居民楼的窗户，无意中有了惊人的发现：一个房间里，男人有家暴行为，甚至可能杀害了妻子。这惊人的细节把电影里本来处于一明一暗两端，彼此人生本应不交叉的两个人的命运连接在了一起，并在后来越来越深的介入中，将他们的命运交响曲推向了高潮。

细节除了有突出作用之外，还有一个重要的功能：当我们把目光集中在细节上时，阅读速度就会慢下来，心情也随之变缓，可以更好地去思考、去理解、去探索。

小说叙事和电影叙事有相似之处，当你用概括性语言来描述时，叙事速度就很快，如同在飞机上俯瞰大地；当你用特写镜头拉近细节时，就像在步行街里逛商店，一家家特色商店鳞次栉比，琳琅满目的商品不断出现。你要去发现，去体会。这样，你的行进速度会慢下来。

一个恰到好处的细节放在一个具体人物身上，其产生的效果比大段描写要强很多。

那么，在写作中我们如何安排细节呢？

一、关键细节要出现在一部作品的巅峰时刻

不管是小说还是电影,关键细节出现在一部作品的巅峰时刻,会成为压垮人物的最后那根稻草。宁浩导演执导的《疯狂的石头》,是一部"恶搞"风格的作品。片中有个职业大盗,说话带着港台音,表情严肃,装备丰富,是专业、冷酷、理智、冷静的职业大盗的典型人物形象("恶搞"是对典型人物形象的颠覆)。这种人物在经典影片里出现时,做什么都是心想事成的——让他去法国巴黎卢浮宫博物馆盗窃《蒙娜丽莎》也能手到擒来。如此一位职业大盗,受雇到重庆去盗取一颗超大宝石,于是产生了喜剧效果——他从博物馆天花板上垂吊下来,无声无息地落到了玻璃柜子上空——这种自天而降的镜头,常常让观众产生惊叹感,而不去深究他为何从天花板上垂吊下来。就在他的手将要够到宝石时,那根绳子突然不动了——职业大盗买的绳子短了一截,导致这位通天大盗功亏一篑,怎么伸手也够不着宝石。这个细节激发了观众巨大的联想,令人忍俊不禁。如果通天大盗买到绳子后,想起"细节是魔鬼"这句名言,先把绳子拆开,从上到下丈量一遍——如果他足够细心,他的职业生涯就不会出现如此重大而搞笑的失败了。根据一般购物经验,你买了多长的绳子,就会得到多长的绳子。这本来是自然而然的,不需要特别去复查。然而超级大盗忽略了一个重大细节:他在一个不诚信的商家那儿买了一条"缺斤短两"的绳子。

绳子短了一截是这部作品的关键细节。宁浩导演用这个细节来呈现通天大盗的"水土不服",他因犯了一个低级错误而满盘皆输,这确实令人会心一笑。在这一刻,观众会看到这位英俊、潇洒、严肃的通天大盗,被短了一截的绳子吊在宝石的上空,就差那么半米,无论怎么伸手,也够不着那颗宝石。本来是一个严肃场景,突然就变成了搞笑情节。这个细节在影片里非常有力量。

二、关键细节要运用在关键人物身上

著名作家余华的长篇小说《兄弟》的开头,描写亿万富翁李光头坐在黄金打造的马桶上,畅想自己花两千万美金搭乘俄罗斯宇宙飞船到天上去逛一圈的情形。笔触一转写到李光头从小就有一个恶癖:在公厕里偷看女人屁股。十四岁的李光头"偷看女人屁股"这个情节很重要。文中用很长篇幅描写了当时小镇公厕里的特殊场景。鉴于有些读者不一定会接受这段描写,有好奇心的读者可以自己去找来看。年轻一代已经没有上这种公厕的经历了,二十世纪六七十年代在小镇出生长大的读者却能心领神会。

李光头因"偷看女人屁股"而被县文化馆的赵诗人抓了个现行,从小就被打上了耻辱的印记,在人人鄙视的阴影下顽强地长大,后来成为镇上最早的亿万富翁。作为一个新时代新成功人物,李光头这个道德上"有缺陷"的人物形象,和早期改革文学如《锅碗瓢盆交响曲》《大厂》等作品里道德高尚的主人公很不一样。

三、关键细节要出现在关键情节中

多年前我去看了一部据说需分级的国产动画《大护法》。这个动画要分级,不是因为有黄色镜头,而是因为暴力等级高。大护法来自京城,长得像俄罗斯套娃,身穿红色斗篷,执一根放电金刚棒(放电时像机关枪)。大护法来到了花生镇,花生人都长得像花生,面目不清,不能说话。花生镇是一个奇怪的、幽灵出没的地方。

大护法来花生镇,是为了寻找失踪的太子。花生人抓住太子后,设下一个陷阱诱捕大护法。这个陷阱是一个重要细节——大护法终于在一个大堂里找到了太子。太子坐在椅子上对他破口大骂:"你整天跟着我有什么意思？你还是把武器扔掉滚回去吧。"一骂就是好几分钟，大护法被骂得蒙头转向，连电棒也无法放电了。这个情节的出现，意味着剧情要发生反转。果然，大护法中了圈套，被缴了械，陷入可怕的绝境中。

刘镇伟导演，周星驰、朱茵主演的电影《大话西游之月光宝盒》中有一个著名镜头，看过的观众大概都会记忆犹新。紫霞仙子用剑指着至尊宝，剑尖就要顶着他的喉咙时，电影突然停顿，让至尊宝独白：

……当时那把剑离我的喉咙只有 0.01 公分，但是四分之一炷香之后，那把剑的女主人将会彻底地爱上我，因为我决定说一个谎话。虽然本人生平说过无数的谎话，但是这一个我认为是最完美的。

紫霞仙子手中那把剑继续停顿，至尊宝涕泗横流版倾诉开始：

曾经有一份真诚的爱情放在我面前，我没有珍惜，等我失去的时候才后悔莫及，人世间最痛苦的事莫过于此。如果上天能够给我一个再来一次的机会，我会对那个女孩子说三个字：我爱你。如果非要在这份爱上加上一个期限，我希望是一万年。

当时很多年轻观众都会背诵这两段话。可见，一个关键的细节出现在关键的情节里能让人记忆深刻。

四、重要细节要出现在主人公面临生死的时刻

金庸的名作《天龙八部》以北宋和大辽的家国恩仇为背景，其中有一个顶天立地的英雄人物乔峰（后复名为萧峰）。乔峰是武林奇才，原为丐帮帮主，武功卓绝，天下无敌。然而，正在巅峰期的他却陷入了一个巨大阴谋之中。他的养父母乔氏夫妇和授业恩师少林寺的玄苦大师等被人杀害并嫁祸给乔峰，而在天下英雄要群起攻杀乔峰的最紧要关头，他携着在少林寺中被误伤的阿朱姑娘独闯龙潭虎穴，出现在薛神医和游贤庄游氏兄弟召集的英雄会上。这个特殊场合中，出现了几十个性格各异的武林人物，场面复杂，很难驾驭。从小说写作角度来说，这是一个巅峰级场面，没有驾驭大场面的高超笔力，很难写好。

其中有一个"喝酒断交"的细节，可谓经典场面中的经典描写。每个人读后应该都是久久难忘的：

> 乔峰端起一碗酒来，说道："这里众家英雄，多有乔峰往日旧交，今日既有见疑之意，咱们干杯绝交。哪一位朋友要来杀乔某的，先来对饮一碗，从此而后，往日交情一笔勾销。我杀你不是忘恩，你杀我不算负义。天下英雄，俱为证见。

这里一前一后，豪气干云，读来令人血脉偾张。真正是大手笔、大场面，此外，又有着纲举目张的特殊效果，渲染了乔峰睥睨天下英雄的万丈豪情，塑造了一个有情有义的大英雄形象。

这个场面描写占了整整一章，近万字，详略得当，有张有弛，把乔峰这位大英雄的忍与不忍、动与静、情感的舒张，淋漓尽致地呈现出来。

到了高潮时刻，乔峰因不愿意继续滥杀而放掉了玄寂大师，又因不忍放弃阿朱独自逃走而身负重伤。他自知难以逃脱，最后时刻：

乔峰自知重伤之余，难以杀出重围，当即端立不动。

　　一霎时间，心中转过无数念头："我到底是契丹人还是汉人？害死我父母和师父的那人是谁？我一生多行仁义，今天却如何无缘无故地伤害这许多英侠？我一意孤行地要救阿朱，却枉自送了性命，岂非愚不可及，为天下英雄所笑？"

　　这细节真是金子般洒脱，卓然独立。

　　在写作行当里面有一种说法：一名作家高明与否，要看他敢不敢对笔下人物下毒手。

　　据我所知，有很多作家不敢下毒手，不忍心"杀死"自己的主角，而导致自己的作品在关键情节上无法突破，很难更上一层楼。

　　在《天龙八部》里，大侠萧峰最终自杀身亡了。这是金庸写作的毒辣之处，也是深厚之处。在家仇国恨纠缠得如同一团糨糊，混沌不清时，深处漩涡的关键人物萧峰的人生已经"无解"，他再也无法脱身而出了。天下之大，竟无他这样一个大英雄的容身之地。读来，令人感慨万千。

　　性格决定命运，也决定我们的写作。

五、重要细节要出现在人物的思想行为发生突变的时刻

　　《水浒传》第十回"林教头风雪山神庙 陆虞候火烧草料场"，是令人记忆深刻的绝妙一章，也是决定林冲命运走向的一个决定性场景。这里有一个重要的细节：林冲冒着风雪在一家小店吃肉喝酒，回去后发现草房被大雪压塌了，连屋里取暖的火盆也被融雪浇灭。他就着雪堆下摸索着掏出了一床被子，打算去山神庙那里暂且寄宿一晚，第二天再

做打算。就在这时，他隐约听到门外有人交谈的声音。一听之下，发现是害得他家破人亡的恶贼陆虞候，竟然又来到了沧州，要继续置他于死地。收了陆虞候贿赂的差拨在草场放了十来把火，得意地说："便逃得性命时，烧了大军草料场，也是个死罪。"这段对话被林冲听得清清楚楚，他惊出了一身冷汗：

　　林冲听那三个人时，一个是差拨，一个是陆虞候，一个是富安，自思道："天可怜见林冲！若不是倒了草厅，我准定被这厮们烧死了！"轻轻把石头掇开，挺着花枪，左手拽开庙门，大喝一声："泼贼那里去！"三个人都急要走时，惊得呆了，正走不动。林冲举手，胳察的一枪，先搠倒差拨。陆虞候叫声"饶命"，吓得慌了手脚，走不动。

　　那富安走不到十来步，被林冲赶上，后心只一枪，又搠倒了。翻身回来，陆虞候却才行得三四步，林冲喝声道："奸贼！你待那里去！"劈胸只一提，丢翻在雪地上，把枪搠在地里，用脚踏住胸脯，身边取出那口刀来，便去陆谦脸上搁着，喝道："泼贼！我自来又和你无甚么冤仇，你如何这等害我！正是'杀人可恕，情理难容'！"陆虞候告道："不干小人事；太尉差遣，不敢不来。"林冲骂道："奸贼！我与你自幼相交，今日倒来害我！怎不干你事？且吃我一刀！"把陆谦上身衣扯开，把尖刀向心窝里只一剜，七窍迸出血来，将心肝提在手里，回头看时，差拨正爬将起来要走。林冲按住，喝道："你这厮原来也恁的歹，且吃我一刀！"又早把头割下来，挑在枪上。回来把富安、陆谦头都割下来，把尖刀插了，将三个人头发结做一处，提入庙里来，都摆在山神面前供桌上。再穿了白布衫，系了搭膊，把毡笠子带上，将葫芦里冷酒都吃尽了。被与葫芦都丢了不要,提了枪,便出庙门投东去。

《水浒传》里,林冲是最为读者欣赏的水泊梁山英雄之一。他的思想和行为,以及他的命运将要发生重大变化时,作者都用了浓墨重彩的细节来表现。

上面摘录的这段,是读者津津乐道的名段,也曾被选入高中语文课本。其中林冲的一举一动,一前一后,都写得清清楚楚——"再穿了白布衫,系了搭膊,把毡笠子带上,将葫芦里冷酒都吃尽了"这段二十六个字写了四个动作。"将壶里的冷酒都吃尽了"更是最精彩一笔,把林冲的悲愤心情、报仇雪恨的快意,表达得生动、精准。

细节要出现在主要人物命运转折的重要时刻。这时细节是决定性的,对人物命运转折产生了关键作用。

在写作时,充分重视细节,并运用得当,是一部作品成功的关键之一。

语言节奏、叙事节奏,抽象地说,不太容易明白,但是通过细节讲解,会让人理解得更准确。一部作品的节奏感,和写作者对手头拥有的信息进行分配的能力密切相关。写作者不能把所有信息从头到尾均匀地释放,而是要详略得当,快慢适宜。没有快节奏的铺垫,一开始就进行细节描写,读者就会产生厌烦心理。

例如在《天龙八部》里,作者充分铺垫乔峰受到的天大冤屈,让他经历从望重中原武林,到被天下英雄唾骂的巨变之后,再写他带着身负重伤的阿朱在游贤庄与天下英雄饮酒断交,这样的巨大落差,有着尼亚加拉大瀑布般的冲击力。无论多么细致、多么详尽地写决战的细节,写乔峰对待不同人物的态度,都是叙事节奏内所允许的。读者已经事先带着丰富的信息,对乔峰被冤枉的过程感同身受,因此会读得津津有味。这样的细节,作者写得酣畅淋漓,读者读来也感到精彩纷呈,欲罢不能。

林冲"风雪山神庙"这个关键情节,也是细节描写的典范。之前花了好几章笔墨来铺垫他所受到的冤屈,到关键时候总爆发,就有千钧之力。

《孙子兵法》云:"如转圆石于千仞之山者,势也。"

细节要精彩,之前的造势要足。

课后作业:

本次课程我们一直在不断地翻新"隔壁老王"这个段子。最后一节课,我们进一步思考这个故事:"隔壁老王"猝死后,妻子和丈夫听到这个消息的反应各有不同。这次请把你的笔墨放在妻子的身上。"隔壁老王"猝死的消息传到妻子耳朵里,她有什么反应?请用细节来写一段 500 字的作业。

特别期
写作的法器

对于每一个写作者而言,创造一个不被打扰的个人空间是至关重要的。

写作有一个特点:需要大段集中的时间来苦思冥想,或胡思乱想。这就要求你处在一个封闭空间里。你可以在自己的房间或在咖啡馆,找一个固定位置,面朝一个固定方向,喝一杯固定的拿铁咖啡。

找到一个适合你的封闭式、排他性的特殊环境,就找到了写作的自我世界。

每个作家都有自己的特殊癖好。很多作家都要借助独特的空间、特别的器具,让自己在纷乱的环境和复杂的心情中,慢慢地沉入自己的写作状态。

我曾归纳出两种类型的作家:先有开头的作家和先有结尾的作家。

换一种分类方法,作家还能分为两类:

1.工匠型作家,每天都写一点;

2.爆发型作家,平时似乎无所事事,灵感大发时拼命写。

工匠型作家,日拱一卒,积少成多,一两年必出一本书,几十年下来出版了几十本书。

爆发型作家,有如火山,间歇喷发,不鸣则已,一喷惊人,作品数量不一定多,却令人印象深刻。

这两种作家有一个共同点:都需要一个安静的书房。

作家莫言属于爆发型。他平时并不是天天坐在桌子前日拱一卒地写作,而是灵感爆发时,从北京回到山东高密老家,躲在一个没人打扰的房子里写作。手写时代,写作是一个体力活。作家在高速运转时,每天要写十个小时以上。一天手写几千字或一万多字,是惊人的速度。

找到独特空间后,又出现一个新要求:如何集中注意力。

让自己平静下来、集中注意力,要做很多事情。

有人喜欢走来走去,有人点上一根烟,有人泡上一壶茶,有人倒一杯酒,有人泡一个热水澡。

也有人看书。

找出一本书,可能是《圣经》,也可能是古典名著,翻开,读几页,慢慢在文字中安静下来。有时候,被某一个场景、某一段话激发,突然把这本书丢开,拿起纸和笔,或打开电脑,开始写作。

在手写时代,很多作家都希望自己拥有一个"写作魔盒"。

我也曾经设想过:这个盒子应该有七层,每一层都装着不同的器具。一层是橡皮,一层是剪刀,一层是双面胶,一层是涂改液,一层是美工刀,一层是巧克力,一层是金币。这些东西放在那里,并不一定都要用到,有些只是精神安慰,比如金币。

可惜,因为种种原因,我一直没有这样的"写作魔盒"。不然,每次写作时就不会觉得惶惶不可终日了。

不用说得这么玄妙,其实很多作家,对于写作时用的钢笔、墨水、稿纸,都非常挑剔。旧时代有条件的文人,都会定制专用的稿纸和信笺,印上自己特殊的标记:或者是画,或者是书法,或者是某种图案。

我曾经和很多写作的死党一起到处寻找好的钢笔,从英雄到派克,简直是一部血泪史。从书店、小卖店买来的稿纸,有些太薄,有些太粗,有些洇水,有些干涩,都无法达到愉快写作的要求,真是一言难尽。这才知道,能定制专用稿纸和信笺,是多么愉快的事情。

到了电脑写作时代,一个好键盘,一块好屏幕,一个好鼠标,就是你的"写作法器"了。

通过寻找特殊的"写作法器",让自己更快地集中注意力,更好地进入写作状态,这是非常重要的。

写作者都有自己的"恶癖"。

我写作时要喝茶,一度喝普洱茶,后来又迷上了大红袍。

每次写作前,我都会魔性地在书架上、储藏室里寻找,到底用哪一饼茶,要怎么泡,用什么样的茶壶。有时找了很久,甚至找了一个多小时,竟然一无所获。时间就这么白白地过去了。猛然一惊,似乎来到了平行世界。然后情绪就慢慢平静下来了。是的,随便找一饼茶吧,哪一饼都好,撬下一块,搁在茶壶里。当这茶从茶壶里倒出来时,情绪已经平静了。

也许茶还来不及喝,就奔到键盘前开始打字了。

也可能是欲速则不达,最终一天过去了,不了了之。

有人可能会有"伪写作法器"。

我认识的一个女作家,很时髦,喜欢喝杜松子酒。她讲究好的杯子,名贵的杜松子酒,制作精良的冰块。满满一杯喝下去,喝醉了睡觉去了。

"伪写作法器"并不能提升你的"法力",也不能让你有效地进入写作状态。所以你一定要找到真正适合自己的"写作法器",而不是"伪写作法器"。

有人非某种金笔的书写手感不能写作，有人非某个书店生产的稿纸不能写作，有人不在吵吵嚷嚷的酒吧里不能写作，有人嘴上不叼着一根哈瓦那雪茄不能写作。

电脑写作时代，有人非某种品牌的电脑不能写作，有人非某种品牌的键盘不能写作，有人非某种品牌的鼠标不能写作。

说到手写时代的写作，现在看起来已经成为一些写作者的骨灰级爱好了。就我认识的作家而言，除了黄永玉先生，真不知道还有谁在用笔写作。我听说王安忆、苏童、贾平凹都是坚持用笔写作的，他们写完之后，再请人帮忙输入电脑。也有些作家，明明是用电脑写作的，却装模作样地用纸笔抄一遍，假装自己是手写时代的忠实拥趸。这样作假，竟然也是一种现实，很好玩吧。

但不管怎么说，我也是经历过手写时代的人，赶上了一个尾巴。

那时根本不知道旧时代的前辈会拥有定制的笺纸，不仅纸张是手工特制的，还印有漂亮的图案、独特的水印，证明这是某某作家的专用稿纸。这种专用笺纸，再加上漂亮的书法，在形式上是独特的美学。是不是也催生写作灵感？很有可能。进而推想，毛笔时代，各种各样的湖笔、端砚等，大概也是那个时代的"写作法器"吧？也许有人就沉迷在磨墨的过程中，闻着上好的墨香，难免陶醉。

不过，手写时代对我来说打击很大。

我的写字习惯不佳，书法糟糕，却有写作洁癖，不能忍受在稿纸上涂改，一旦修改，就要用涂改液涂干净。后来病情越发严重，发展到要拿一把剪刀，找废弃的稿纸，剪一张符合原来格式的纸条，用胶水粘上去，覆盖要修改的部分。

这样的稿子，如果书法漂亮，字迹清晰，纸张优美，读起来是一种享受。但如果书法糟糕，真是不必坚持了。

我一度很喜欢读作家的手稿。从手稿的修改痕迹中，可以看到一名作家写作时的推敲过程。选这个词，划掉那个词，加上一句话，涂掉一段话，都有思考和斟酌的痕迹。

这是特殊的学习，也非常有用：似乎作家就在你的眼前，他的思维痕迹，也在你的眼前。

可惜我经历的手写时代，所能看到的文具设计丑陋，所能得到的稿纸本质粗糙。以至于，至今我也没能炼出独门"写作法器"。

或许，这就是我至今尚未写出震古烁今的巨著的原因之一。

所有这些东西，以某种神秘性，总会慢慢集中到一起。这个时候，你必须有这么一个"写作魔盒"，起码要有一个"写作法器"。对有些人来说，一盒哈瓦那雪茄，就是真正的"写作法器"。现在对我来说，一个好的笔记本电脑就算得上是"写作法器"了，因为，键盘和屏幕太重要了。

在写作的时候，一定要自己去找到进入写作状态的独门"法器"。这个"法器"具有确实的魔力，平时沉睡着，在需要时被激发，让你自由自在地进入自己的写作世界。

"法器"不一定名贵，不一定高大上。可能某一个品牌的笔记本电脑，就是你的"写作法器"。如果你喜欢台式电脑，可能某种品牌的键盘就是你的"写作法器"——你可能沉迷于机械键盘，可能喜欢打字时坐得笔直。你对键盘精挑细选，对比了各式各样的键盘，最终，你觉得世界上再也没有比自己正在用的这个键盘更好的了：回馈力、声音，都恰到好处，具有强烈的提神效果。

或许，这就是你自己的超级"写作法器"。

每一个人都应该找到自己的"写作法器"。

后 记

这本书顺利出版，首先要感谢编辑王檬，感谢已离职的营销总监郭桴、策划编辑吴嫦霞，感谢广西师范大学出版社上海公司副总编尹晓冬。特别感谢广西师范大学出版社上海公司总编刘广汉兄，我们是二十多年的老朋友。还记得 2016 年春，广汉兄与郭桴一起，和我在上海衡山路 12 号底楼，边喝咖啡边谈一揽子合作的事宜。再后来，是在东湖路的 Shanghai Brewery（上海啤酒厂）与郭桴一起喝酒，聊天。还有 2017 年某一次在北京，我邀请郭桴一起到郊区的私人会所去吃饭。

一晃五年过去了，我和广西师范大学出版社上海公司的合作，竟然如此绵长。各种往事，也都还没有忘记。

接着浮想联翩，就偏题岔开去了。

前几天，我忽然找出金庸先生的三联版《射雕英雄传》，一口气读完了。

第一次读这本武侠小说已是三十多年前的事情了。现在人到中年，再读，已不复少年意气。少年时的未来憧憬，梦想中的快意江湖，在时间泡沫中消淡，如露亦如电矣。

人生在每一个节点，都有不同的心境。

如能顺其自然，亦各呈其妙。

少年时读《射雕》，一目十行，喜欢找精彩情节浏览而不及其余，读得倒也十分痛快。即便如此，有些动人情节一直留存在记忆中。

人到中年读《射雕》，心境又颇不同。这时读到黄蓉变着花样给洪七公炮制美食，读到作者不时借景抒怀，都不禁有所会心。黄蓉在太湖泛舟时唱朱敦儒的《水龙吟》，又唱张孝祥的《六州歌头》，这些词曲引用都饶有深意，只有现在细细展读，才能体会作者当时的心情。少年读书只好热闹，匆忙翻阅书页而不及于细，还体会不到这种况味。

《射雕》第十三章，黄蓉与郭靖从漠北一路南游，到了太湖，因兴起而吟唱词曲，与闻歌而至的渔人问答，黄蓉说道："宋室南渡之后，词人墨客，无一不有家国之悲。"那渔人点头称是。

这里作者借黄蓉之口，说出"家国之悲"是南宋词人的主调，不可谓不婉转深沉矣。其时南宋朝廷腐朽积弱，北方金兵势力强大，更强大的蒙古正在兴起。方此之时，则无论骚人墨客的愁肠百结，还是抗金英雄岳飞的千古奇冤，都难以抵消大江南北进退消长的绵绵惆怅。时代至此，世事至此，即便是小说世界的创造者，也有大厦将倾，天命之至，凭人力难以挽回之痛彻感。

读书也是会换境移情的，不同年龄、不同年代读同一本书，会有不同的感悟。

写作也一样，不同年龄有不同的语感，对词语的运用，也各臻其妙。

我原不爱写散文，觉得如写不出新意只是煽情勾泪或拾人牙慧，终究不美，则不如不写。后来年齿渐长，多有人生感叹，睹物生情，求诸于己，反能有感而发。这时，不知不觉地就写了很多散文，积累起来，竟然也成一厚册。

回想起来，皆因我从小生活简单，人生粗浅。一个乡村孩子，野地里来，野地里长，虽然物质贫乏，但乐在其中，也不觉得有什么特别的苦恼。只不过，看不到更丰富的世界，触不到更多人生细节，难有感触，也缺乏不得不抒发的情感。无感而发，虽鄙陋如我，不为也。

写作与成长过程密切相关，你如何成长，就如何写作。每一个不同阶段都有不同的思考，能够不断地写下来，留下记录，就是你的珍贵记忆。

在长期写作中，我越来越清晰地感到，没有什么是必须写的。同时，你人生中的所有感触都有价值，没有什么是不值得写下来的。看起来似略有矛盾，实际是换位思考，不同的价值取向使然。你的人生，是独特而珍贵的，你写下来，就构成了自己的独特文学世界。

人生的琐碎记忆，在别人看来是庸常之事，但你写下来了，就是自己结出的记忆之珠。

如清代苏州人沈复的《浮生六记》，哪有什么慷慨激昂？哪有什么引吭高歌？哪有什么大江东去浪淘尽呢？他只是一个平凡得不能再平凡的人，只是写了贫乏人生中的一点闺房之乐，以及饮食之乐，只是透露了情感之真，人生之苦，感慨系之。但是，无论是人生琐屑，还是日常所感，只要写下来，就有价值。《浮生六记》这本书让后来的读者知道，在很久以前，也有人曾如此卑微而幸福地活过。他和他的爱人，他和他的花草，都消失了。他和芸成了前尘往事，但《浮生六记》留下来了。

我经常劝朋友们写自传，每一个人都应该写一本自传。

这灵感，其实是从胡适之先生那里学来的。胡适之先生当时，就到处劝人写自传，还感慨有人不听，例如林长民先生，他经历了那么多惊天动地的大事，如果能写一本自传留下来，该多好。胡适之先生还以身作则，写了一本《四十自述》。后来在美国纽约居留期间，还与历史学家唐德刚教授合作了一本《胡适口述自传》。因此，作为后来的读者，我们才能读到胡适之先生的人生经历。因为都是他自己亲历的，所以切实而细致，读来历历在目，这是历史学家、传记家后来再写作时所缺乏的内容与资料。那种亲历感，只有作者本人，才能娓娓道来。

我劝朋友们说，不要总想着发生什么惊天动地的大事，不要总想着自己有名作家加持，或总想着有一天变成超人拯救世界，要搞出大动静才值得写出来。不是的，非也！写作不要求大，不必求热闹，一点感怀，一点愁绪，一点小乐，都可以写下来。写完之后，再自己读几次，修改几遍，就是一部好作品。不一定要大块文章，不一定要锦绣珠玉，朴实情感，自然写作，有何不可？

今后哪怕暂时没有机会出纸质书，也可以发表在自己的博客、公众号上，与友人分享自己的人生，分享自己的喜悦，诉说自己的痛苦。

思绪万千，终于还是回到这本书来。

我在前言从头到尾地交代了前因后果，以及拖延了五年的各种缘由。

一本书有一本书的命运，如果一直不断地修改下去，会是什么样子呢？

很难想象，可能永远都不能结束吧？

我还是打住吧。

这本书要特别献给我的太太王琦，献给我的女儿乔乔。

寓居多伦多这一年多，是我们一家的非常时刻，是整个世界的艰难时刻，其中的各种焦虑与辛苦不为外人所道。但是，只要一家人能待在一起，就是人生最大的幸福吧。

这已经是在多伦多的第二个春天，花也开了第二回，叶也长了第二回。

我常常走在花叶茂盛的路上，看着花繁叶茂，呼吸着清新空气，感受到了一种具体而稳定的快乐。

而又一次修改，时间到了夏天。

多伦多寂静已久的街道，因解封而突然热闹起来，街上都是熙熙攘攘的人群。沿着街道，摆满了桌子椅子，人们在喝咖啡，喝啤酒，边喝边聊天。

　　商店门前，人们在秩序井然地排队。

　　就好像，事情一直都是这样的。

2021 年 6 月 13 日写于多伦多